공감하는 삶

공감하는 삶

초판인쇄　2023년 8월 31일
초판발행　2023년 8월 31일

지은이　안봉근
펴낸이　채종준
펴낸곳　한국학술정보(주)
주　소　경기도 파주시 회동길 230(문발동)
전　화　031-908-3181(대표)
팩　스　031-908-3189
홈페이지　http://ebook.kstudy.com
E-mail　출판사업부 publish@kstudy.com
등　록　제일산-115호(2000. 6. 19)

ISBN　979-11-6983-639-5　03810

공감하는 삶

어느 말 타는 자유인의 세계관,
외로움 정의에 관한 철학 노−트

안봉근 지음

감사의 말

어느덧 늘그막의 나이가 되고서야 깨닫는 한 가지는, 사랑의 감정이든, 감사의 마음이든 그것을 가슴에 품고 사는 것도 좋지만 알맞은 때에 그것을 상대에게 표현하는 것이야말로 무엇보다 중요롭다는 사실을 경험적으로 알게 된 것이다. 표현되지 않으면 모를 수도 있고, 짐이 될 수도 있고, 긴장감 없는 친밀한 공감관계를 이루기가 어려울 수 있기 때문이다.

그런 의미에서, 나는 이 책을 제일 먼저 '영대' 아저씨의 영전에 바치고자 한다. 10년 전 죽음을 목전에 두고도 자신의 상태를 뒤로 감춘 채, 한 고향 후배에 불과한 나에게 전화하여 "너를 인정하고 알아주는 사람이 있다는 사실을 잊지 말라"며 인간적인 신뢰와 격려의 메시지를 보냈던 '영대' 형님의 그 진실된 마음 씀과 남다른 인품을 떠올려 그리며, 님의 영전에 이 졸저를 바칩니다.

그리고, 가정이라는 둥지를 틀고, 평범하게 사는 재미를 꾸려오면서 30년간 말을 탈 수 있게 해준 나의 아내 박애옥과 평생 동지가 되어 줄 사랑하는 두 아들, 효제와 도영이에게 이 책을 선물하여, 부족하지만 하늘이 내린 가족 인연의 소중함을 잊지 않게 하고 그런대로 자부심도 가지도록 하고 싶다.

나는 얼마 전에도 낙마하여 어깨를 살짝 다쳤다. 말을 타는 것은 매번 나의 잠재된 본성을 깨워 한결 삶을 활기 있게 한다지만, '성현(聖賢)이 되고 싶다'라는 자기완성의 욕구만큼이나 끝이 없어 스스로 '지나침이 없도록' 자중하고 절제해야 한다는 점을 안다.

악필, 컴맹인 나를 도와 워드 작업을 해준 우리 강수빈 선생님한테도 고마움을 표한다.

아무튼, 숱한 시행착오를 겪으며 자유인으로 살아온 내가 배움과 사색을 통해 걸러진 삶의 지혜를 진리의 한계 내에서 나타내 본다는 것은 시작의 반복이고 과정의 연속이었지만, 이제 작은 결실(공감하는 삶)이라도 얻어 세상 사람들과 나눌 수 있다는 것은 얼마나 감사한 일이며, 큰 기쁨인가!

2023년 초여름
말 타는 자유인 안 봉 근

시작도 끝도 알 수 없는 광대한 우주의 공간 속에 티끌처럼 떠도는 지구의 표면에서 영겁의 일순(一瞬)을 살다가는 우리의 존재와 삶의 근원적 의미는 무엇인가?

이런 원초적 질문은 우리의 생의 기반에 담겨있는 비정한 자연의 수수께끼인 것처럼 보인다.

내가 전혀 모르는 공간들의 무한한 거리에 휘말린 채 그리고 나에 대해서 아무것도 모르는 공간들의 무한한 거리에 휘말린 채, 밤하늘을 바라보는 지금! 신비의 차가운 기운만이 이슬처럼 내려앉는다.

우주적인 공간들과 시간의 무한성보다 더욱 견디기 어렵고 또 그 속에 자리 잡고 살아가는 인간이 보잘것없이 사라지는 허무함보다 더욱 견디기 힘든 것은 바로 '침묵'이다.

이 무한한 공간들의 영원한 침묵은 나를 공포에 떨게 만든다. (파스칼)

그러나, 만약 우주가 인간을 보잘것없이 사라지게 한다 해도 인간은 인간을 죽이는 그 무엇보다 고귀하다. 왜냐하면 인간은 자기가 죽고 있다는 사실과 우주 속 그 무엇이 자기보다 더 강하다는 사실을 알기 때문이다.

만약 우주가 인간을 으스러뜨린다면 우주는 아무 생각 없이 그저 그렇게 하는 것이다. 그렇지만 인간은 그러한 사실을 '자각'하는 존재이다.

그리고 이 피조물의 상태를 극복하려는 초월적 욕구가 인간에게는 있게 된다.

예술을 창작하고 우주 비행의 아이디어를 개발하고 아이를 낳고 기르는 것도 반은 창조적 행위라고 할 수 있다.

이처럼 인간은 생명과 문화적 창조 행위를 통해서 피조물로서의 자신을 초월하고 자기 존재의 한계와 우연성에서 벗어나 목적과 자유의 인간세계 영역으로 자신을 끌어올리는 것이다.

그런데, 나는 왜 존재하는 것일까?

천하만물이 존재하고 살아가는 것과 똑같이 나도 내 의지와 상관없이 존재하고 있고 이미 살고 있으니, 사는 데 무슨 이유가 있을까, 공감을 통해 우리가 아는 것은 단지 살아가는 방법일 뿐인 게지!

모두가 '생명의 원리'인 자유와 욕구의 범주를 벗어날 수 없는 존재지만, 인간만이 유일하게 가지는 특성이라면 고도하게 진화시킨 정신(精神, mind)이다. 스스로를 객관적으로 바라볼 수 있고 주체적으로 역사를 인식하게 되면서 인간은 이처럼 존재와 삶의 의미를 묻는 것이 가능해진 것이다.

하지만, 인간의 가치 영역인 '어떻게 살 것인가'라는 선택의 여지에도 불구하고 생사의 우연과 필연이 낳는 우주의 순환과 침묵 때문에 인간의 정신(사유)도 한계에 부딪히고 무력해진다.

왜냐하면, 자연은 그 스스로의 목적을 가지고 있지 않으며, 내면적으로 근거 지워진 존재의 위계질서도 없이, 변화와 균형의 순환 이치를 보일 뿐이므로, 그런 자연의 무관심 속에서 인간은 전적으로 의미와 가치를 찾아 헤매도록 자기 자신 안으로 되던져져 있기 때문이다.

결국, 내가 코스모스(질서 지어진 우주)에 내재하고 있다는 그런 느낌의 코스모스는 더 이상 존재하지 않는다. 우주는 기(氣)의 취산(聚散)일 뿐이다.

천지음양의 기운은 뭉쳤다 흩어지기를 반복한다. 하지만 이 기운이 창조설에서 주장하는 생명의 근원을 말하는 것은 아니다. 생명의 기원은 창조설이나 진화이론이 닿지 않는 곳에 놓여 있기 때문이다. 현대 생물학에서는 단백질과 핵산 같은 물성(物性)에서 생명의 기원을 찾고 있다.

우리의 삶이란 과학으로 다 설명될 수 있는 것은 아니지만 그래도 역사의 명암을 거쳐 오면서 21세기 현대에 있어서의 지배적인 지식은 과학이다.

그렇지만 아직까지 과학으로 설명되지 않는 부분도 있다.

이를테면, 인간이 죽은 후에도 그 영혼은 남아 있는 것인지에 대하여 과학은 영혼 같은 것은 없다고 단언한다. 그 이유는 영혼(정신)이란 물질(뇌수)로부터 나오는 것이라 보고 물질이 없어지면 정신(영혼)도 소멸하기 때문이라고 말한다.

그렇다면 정신 즉 의식이란 그것이 어떻게 어느 순간에 물질로부터 시작되는 것인지를 다시 물으면 이에 대하여 과학은 설명하지 못하고 있다.

뇌과학에서도 '의식'에 관해서는 아직 모두가 동의하는 이론이 없다. 생존에서 필요한 판단력이란 이성이 아니라 감정에서 생긴다는 정도의 주장이 있을 뿐이다.

그뿐만 아니라, 우리가 생활 속에서 접하게 되는 불가사의한 현상들에 대하여도 침묵하고 있다. 예컨대, 무당이 예리한 작두 위에서 맨발로 춤을 추는 것이 어떻게 가능한 것인지? 또 물리력을 가하지 않고 쇠수저를 손가락으로 끊는 염력(초능력)이 발휘되는 것과 같은 심령(心靈)의 작용은 그것이 어떤 현상인지에 대하여도 말이 없다.

그리고, 인간에게 '자유의지'가 있는지에 대한 물음에 과학은 그것을 부정한다. 그러나 자유의지란 심리적 · 정신적인 비물리 현상인데도 불구하고 동물이 욕구하는 것과 마찬가지로 유전자 · 호르몬 등의 생화학적 작용이라는 결정론적 관점에서 이를 부정하는 것은, 자살이 가능한 인간의 '사회적 존재'로서의 자주적이고, 창의적인 특성을 간과하고 있는 오류가 있다 할 것이다.

일찍이 칼 야스퍼스가 '과학으로 삶을 다 설명할 수 있다고 믿는 것은 미신이다'라고 지적한 데는 그만한 이유가 있다. 하지만, 현대 물리학의 성과에 따라 인간의 의식과 생활문화 등에 많은 변화가 이루어지고 있는 것은 엄연한 사실이다.

'봄에 피어났던 꽃과 나뭇잎이 가을이면 열매가 되고 단풍이 되어 떨어지듯이, 그리고 천년을 못 가서 그 나무도 역시 죽어 없어지듯이' 모든 것은 유한한 시간 동안 객체로서 존재한다는 사실은 하나의 진리이다.

즉, 우리들의 세계는 어느 것 하나 영원히 언제까지고 그대로 존재해 있는 것은 없다. 변화유전(流轉)하고 있는 것이다.

시간을 놓고 말하자면, 어제를 등에 업고 내일을 뱃속에 넣은 오늘인 것이다.

뿐만 아니라, 우리가 알든 모르든 일체의 사물은 서로가 무한한 관계 속에 존재해 있다. 개개인과 모든 동식물과 자연물이 하나하나의 우주이자 더 큰 것의 일부이고, 서로 연결되어 있다.

우리들이 살고 있는 세계 속의 모든 것은 어느 것이고 고립하거나 고정(固定)되어 있거나 독존(獨存)해 있는 것이 아니고, 실은 가로로 세로로 무한한 상보적(相補的)인 관계에 있는 것이다.

전일적 세계관에서 보면, 인간도 자연의 일부이므로 먹이사슬의 생태순환에서 벗어날 수 없으며, 가치중립적인 과학의 진보는 현대인들로 하여금 존재와 삶의 무의미에 빠져들게 하였다. 그 결과 인간은 신(절대이념)이 없는 세상의 자유와 허무로부터 도피하듯 하여, 생명력과 욕구에 따라 스스로의 목적과 삶의 가치를 창조하지 않으면 안 되는 운명이 되었다.

우리 인간들은 잠시 동안 이 세상에 머물러 있다. 어떤 목적을 위해서 머물러 있는지도 모른다. 그런데도 우리가 어떤 목적을 위해 살고 있다고 느끼는 것은 공동체적 관계 속에서 같이 공감하며 살고 있기 때문이다.

그러므로 '공감하는 삶'의 견지에서 보면, 우리는 우리의 이웃 사람을 위해서 살고 있다는 것을 알 수 있다.

우선 우리 자신의 행복이 우리 이웃들의 미소와 관심, 행복에 의거해 있고, 또한 우리가 모르는 사람들의 운명과 인격적으로 동정의 유대 가운데서 결합되어 있기 때문이다. 바로 이런 이웃 사람들을 위해서 우리는 살고 있는 것이다.

나아가 개인이 그 주체성을 잃지 않고 독립된 하나로 있으면서도 더 '큰 하나'를 이루는 것이야말로 현대를 사는 인류가 지향해야 할 공동체적 이념이라는 데 공감하고 있다.

그렇지만 아직도 국제사회는 여전히 정글이고, 자유와 인간존엄 같은 가치보다는 힘의 논리에 따라 움직여지고 있다.

그리하여 '공감하는 삶'은 그 관계 범위가 많이 축소될 수밖에 없는 것이 현실이다.

우리는 대부분 제한된 수의 사람들과 관계를 맺는데 이 관계들이야말로 삶의 의미에서 대다수를 차지한다. 상처를 주는 것도 인간이고 상처를 치유해 줄 유일한 약도 인간이다.

이 세상에서 가장 깊은 사이는 삶과 죽음을 함께하는 부모와 자식의 관계가 아닐까?

자식은 부모에게서 생명을 받아 삶을 이어왔고 부모는 자식에게 자신의 육신의 죽음을 맡긴다. 그러니 부모와 자식은 이 세상에서 가장 깊은 인연을 맺는 사이인 것이다.

그런데 요즘은 이런 인연의 관계조차 맺고 싶지 않아 아이 낳는 것을 꺼리는 젊은이가 많다 하니 얼른 공감하기가 쉽지 않다.

아마도 부조리한 경쟁사회구조 속에서 장차 내 자식의 자유로운 삶을 보증하기 어렵겠다는 책임감과 우려 때문으로 이해된다.

아니면 욜로족의 사고방식에 기인하는 것일까?

어쨌든, 그것이 자연의 섭리를 어기고, 우리의 목적의식으로부터도 멀어지는 방식과 방향으로의 선택이라면, 그런 인생살이에서 보람과 즐거움인들 얻을 수 있겠는가!

우리는 지금 우리의 영혼 혹은 모든 정념을 고무시키고, 인간성의 본질을 구성하는 공감(sympathy)으로부터 멀어져 가고 있는 것은 아닌지, 또 '고통과 즐거움은 서로를 낳는 것이다'라는 고락상생(苦樂相生)의 이치마저 왜곡시키는 성급하고 불확실한 환상의 시대를 살고 있는 것은 아닌지.

자신의 삶과 미래를 마음대로 해석하고 예측하면서 파괴적인 결단을 내버린다는 것은 얼마나 좁은 우물 안 개구리 같은 짓인가!

애를 낳지 않고, 자살을 하고, 보험금을 탐하여 사람을 죽이는 등 공감력 없는 가치전도의 무모한 짓을 서슴지 않는다.

인간은 영·유아기에 친애 경험을 통해 '인간성의 본질을 구성하는 공감'과 인간관계를 맺을 기반 능력을 형성하게 되는데 우리 사회는 그동안 출산과 보육 과정을 너무 소홀히 다루어 온 것은 아닌지? 되돌아봐야 하겠다.

이를테면, 오늘날 거의 모든 아이들은 병원에서 태어난다. 그 절반 정도는 제왕절개로 태어나며 그 비율은 세계 최고 수준이다. 제왕절개는 산모의 모유 먹일 권리와 기회를 빼앗는다. 산모에게 투여되는 항생제와 마취제 때문이다. 모유 수유율은 1960년 대에는 100%이던 것이 지금은 10% 수준으로 세계 최하위이다. 이는 유럽 75%, 미국 52%, 일본 45%, 브라질 42%에 비해 터무니없이 낮은 비율이다. 엄마와 아이의 초기 친밀한 접촉 기회가 그만큼 사라졌다는 얘기가 된다. 물론 다 그런 것은 아니겠지만, 이런 자연스럽지 못한 출산과 초기 양육과정이 결국은 아이의 건강과 인성 발달에 있어 부정적인 요인으로 영향을 준다고 봐야 할 것이다.

그리고 이것은 의료의 상업화 문제와도 맞물려 있다. 즉, 외국에 비해 제왕절개 출산이 많다는 것은 우리나라 의료의 상업화가 그만큼 심하다는 반증이기도 한 것이다. 뒤에서 상론하겠지만, 의료제도의 문제는 삶의 질을 좌우하는 우리의 선택(의료가 사회재냐 경제재냐)에 관한 문제이므로, 우리는 '공감하는 삶'을 추구함에 있어 '의료의 공개념'을 빼놓고 다른 것을 먼저 말할 수 없게 된다.

생명경시와 물질만능의 병폐는 이율배반적이게도 병원 문턱에서 시작된다고 볼 수 있기 때문이다.

그러므로 우리가 하는 모든 결단과 사회적 행위를 자기가 타인에게 귀속시킬 수 있으려면 자기 자아와 타인 자아의 존재를 알아야 한다. 다시 말하여, 우리는 오로지 공감적 이해를 통해서만 자기 자아와 타인 자아의 존재를 알 수 있다.

더 나아가 우리가 사회적 행위나 사회조직(집단적 자아), 사회변동을 이해하기 위해서도 서로의 신뢰 속에서 공감 능력이 발휘되어야 하는 것이다.

어쨌든, 공감은 자연선택을 통해 증가될 것이다. 그 이유는 공감력이 보다 높은 이들을 보유한 공동체가 더 번영하고 더 많은 수의 후손을 양육할 것이기 때문이다.

그렇다면, 공감(共感)이란 무엇인가?

공감은 타인의 고통에 대하여 안쓰러움을 느끼는 동정심과는 다르다.
공자가 말한 "基恕乎 己所不慾 勿施於人" "자기가 하고 싶지 않은
것을 남에게 베풀지(시키지) 말라"와 같은 것이다. 여기서 서(恕)는 마
음을 같이하는 것 즉, 공감을 뜻한다. 이것은 헤아려 생각하는 사유
작용이 아니라, 남의 감정을 내 감정으로 느끼는 감정 작용이다.

요컨대, 공감이란, 타인의 희로애락 감정과 동일하거나 유사한 감
정을 자기 안에서 내 감정으로 재생하여 느끼는 것이다.
한창 자라고 있는 식물을 꺾지 않는 것도 그것의 생명력에 공감하
는 것이다. 공감으로는 고등동물의 감정뿐만 아니라 식물의 생명욕도
느낄 수 있다. 다만, 사물의 속성을 이해하여 알게 됨으로써 공감이
이루어지므로 아무런 감정과 감각이 없는 무생물과는 교신(공감)할 수
없다.
그리고 공감은 동감(공감된 감정)과도 구분된다. 공감은 긍정적 · 부
정적 감정을 가리지 않고 남의 감정과 유사한 감정을 남과 같이 느끼
는 이심전심의 감정적 작용 또는 능력인 반면, 동감은 내 안에서 유사
하게 재현된 남의 감정이다.

사람은 누구나 살면서 자기만의 관점과 가치기준을 갖게 마련이므
로 역지사지(易地思之)가 필요한 것이며, 우리가 사회적인 관계망 속에
서 공존해야 함을 거부할 수 없다면, 인생의 의미에서 '공감하는 삶'
이야말로 인간이 갖춰 나가야 할 건강하고 정의로운 삶의 태도가 아

닐까 한다. 그래서 우리는 공감을 배워야 하고 그 능력을 신장시키는 것이 가치 있는 인생의 목적 중 하나가 되어야 하는 것이다.

하지만, 공감은 상황이나 상대방을 더 자세히 알고 더 많이 이해해야만 닿을 수 있는 어떤 상태이다.

목이 타는 사람에게 다가가서 물 한잔을 건네며 거기에 나뭇잎을 띄워주는 세심한 마음 씀이 있어야 공감은 이루어진다. 공감하면 사랑도 이루어진다(이 태조의 경우처럼).

공감은 지혜로운 배려의 마음이 바탕에 있어야 가능한 것이다. 보자마자 눈물을 주르륵 흘리는 감정적 반응이 공감의 본질은 아니다.

한 존재가 또 다른 존재가 처한 상황과 상처에 대해 알고 이해하는 과정을 거치면서 그 상대의 존재 자체에 대해 갖게 되는 통합적 정서와 사려 깊은 이해의 어울림이 공감인 것이다.

'공감하는 삶'은 인간관계에서 불필요한 에너지 소모를 줄일 수 있어서 삶의 무게를 오히려 홀가분하게 해준다.

차례

감사의 말   *5*

문제 제기와 함께 시작하는 글   *7*

제1부 ▶▶▶

우주와 인간을 어떻게 볼 것인가

1. 존재와 삶의 의미에 대하여   *23*

   1) 존재의 우연과 시 · 공간의 상대성   *23*

   2) '공감하는 삶'을 일깨우는 과학과 철학의 진리   *30*

   3) 삶의 의미는 무엇인가?   *33*

   4) 과학을 통해 본 인생의 의미   *40*

2. 생명체의 탄생과 생명의 원리   *45*

   1) 생명은 신의 창조물인가? 자연의 우연한 산물인가?   *45*

   2) 생명의 원리(특성)   *51*

3. 인간 본성과 자유의지에 관하여   *58*

   1) 재고되어야 할 이성적 존재의 의미   *58*

   2) 과연 인간의 불변적 본성은 있는가?   *66*

   3) 인간은 자유의지를 가진 존재인가?   *72*

4. 어떤 사유에 기반한 삶을 원하는가?   *94*

   1) 종교의 역할과 신으로부터의 해방   *94*

   2) 전일적 우주관의 정립   *104*

   3) 인간 존엄의 근거   *111*

제2부 ▸▸▸

외로움이 없는 세상

1. 외로움이 없는 세상을 위하여　　　　　　　　　　119

　1) 외로움이란 어떤 것인가?　　　　　　　　　　119

　2) 외로움과 신뢰의 연관성　　　　　　　　　　136

2. 우리는 '외로움이 없는 세상', '자살자가 없는 사회'를
　만들기 위해 어떻게 해야 할 것인가?　　　　　　139

제3부 ▸▸▸

신뢰사회로의 진보

1. 정의란 무엇인가?　　　　　　　　　　　　　151

　1) '사회적 이상'으로서의 정의　　　　　　　　151

　2) 정의에 관한 법철학적 접근 이해　　　　　　156

　3) 정의감은 진화한다　　　　　　　　　　　162

　4) 정의의 본질(원리)　　　　　　　　　　　164

　5) 정의는 어떠해야 하는가?　　　　　　　　　168

2. '정의'제일주의에서 '인애'제일주의로　　　　　171

　1) 정의의 보편적(절대적) 기준은 없다　　　　171

　2) '사랑 없는' 정의사회론　　　　　　　　　176

　3) 인애 우선의 '모정주의적 대동국가론'　　　181

　4) 사랑의 의무와 사랑의 자유　　　　　　　　190

3. 공정성 감각의 본유성 199

  1) 정의감은 인위적인 덕인가? 진화적 본성인가? 199

  2) 진화적 본성으로서의 정의감 201

  3) 한국인의 공정성 감각 202

4. 인애 우선의 사회제도 214

  1) 우리는 어떠한 나라를 원하는가? 214

  2) 상속의 제한과 사회보장의 확충 216

  3) 사회복지정책과 보건 의료의 공개념 225

  4) 주거 보장의 의미와 정주권 247

  5) 사회적 시장경제 253

제4부 ▶▶▶

(부록) 일상의 공감세계

1. 동물과 아이들 261

2. 생활 속의 공감 산문 278

미주 323

참고문헌 326

제1부 ▶▶▶

우주와 인간을
어떻게 볼 것인가

1

존재와 삶의
의미에 대하여

1) 존재의 우연과 시·공간의 상대성

영원한 우주에 비하면 인생은 순간이다. 약 138억 년 전 갑자기 우주가 출현했다. 우주의 시작인 대폭발 즉 빅뱅으로 탄생한 우주와 더불어 시간과 공간도 생겼다. 빅뱅 이전에도 시간이 존재했는지에 대한 문제는 아직까지 과학의 영역이 아니다. 빅뱅 이후 양성자, 수소원자, 최초의 별, 태양계, 지구형 행성이 탄생했다.

현재의 우주는 4퍼센트 정도의 물질 입자와 나머지 대부분은 암흑에너지로 구성되어 있다. 별의 구성 물질은 대부분 수소와 헬륨이다.

생명이 존재하는 유일한 행성인 지구는 약 45억 년 전에 생겼고, 인간이 출현한 것은 최소 200만 년 전이다.

별, 지구, 생명 모두는 전자, 광자, 양성자가 상호작용한 결과다. 별의 핵융합 과정을 통해 생성되는 에너지가 빛으로 방출되고, 그 빛 에너지를 이용하여 지구에서 생명이 출현하고 진화해 왔다.

하지만 우리가 사는 이 작은 지구는 결국 소멸되고 사라질 수밖에 없는 우주의 수많은 별 중 하나에 불과하다. 우리가 속한 태양계도 은하계도 마찬가지 운명이다. 인간 종(種)의 역사는 영원의 한순간에 불과하다.

스티븐 호킹(1942~2018)이 시간의 상대성에 대하여 말했듯이 '우리 모두는 기본적으로 시간 여행자들이며, 함께 미래를 향해 여행하는 동반자이다.' 왜냐하면 우리는 흐르는 시간 속에서 하루하루를 살고 있기 때문이다. 여기서의 시간 여행이란, 흔히 생각하는 것과 같이 과거나 미래로 비약해서 가는 것이 아니라 지금 현재를 살아가는 것을 뜻한다. 같은 강물에 두 번 발을 담글 수 없는 것처럼, 존재와 시간은 사건의 흐름이며 과정이므로 늙은이가 어린이로 되돌아간다는 현상은 있을 수 없다.

세기(20세기)를 넘기는 동안 절대 관념 속에 머물러 있던 시간, 공간, 존재 등의 개념들은 이제 현대 물리학에서 밝힌 바와 같이 상대적이고 주관적인 시각에서 새롭게 이해되어야 한다.

현대 물리학은 관찰의 대상과 관찰자의 관계를 세밀히 분석함으로써 상대성이론을 수립하기에 이른 것이다. 시간이란 다른 위치에 있는 각기의 관찰자에 따라서 동시성(同時性)과 흐름을 달리하는 상대적인 것이며, 따라서 모든 관찰자에 공통되는 절대 시간이란 없는 것임을 입증했고, 또한 물체를 담고 있는 각기의 공간은 각각의 다른 곡률(曲率)에 의하여 왜곡되어 있는 것이며, 모든 공간이 유클리드적 동질의 공간이 아니라는 것, 다시 말하여 그 본성상 외부의 어떤 다른 것과 상관없이 언제나 동일하고 정지된 상태로 있는 절대공간은 없다는 것을 밝혔다.

양자물리학은 여기에서 한 발 더 주관주의의 방향으로 나아간다. 원자와 원자를 구성하는 소립자(素粒子)를 관찰하는 데 있어 그 입자들은 공간에 독립적으로 존재하는 객체로서는 파악할 수 없으며 그것은 존재와 비존재 사이에서 변화하는 에너지의 일시적 형태나 에너지장(場)의 변화의 과정에 지나지 않는다는 것이다.[1]

우주가 물체로 구성되어 있다고 하는 것은 고전역학의 환상이었다. 현대 물리학에 의하면 우주에는 물체와 과정이 존재하는 것이 아니라 빠른 과정과 느린 과정이 있을 뿐이고 물체라는 존재는 없다. 우주는 '운동과 변화'라고 하는 과정들의 역사다. 다시 말하여 우주는 많은 사건으로 구성되어 있다. 사건은 일회성으로 끝나지 않고 다른 사건과 인과적으로 연관된다.

비유하자면, 이는 바다에서 출렁이는 물결이 끝나지 않는 것과 같은 이치다. 바다에서 한 물결이 이는 것은 순간적인 사건이지만 이 사건은 일회성으로 끝나지 않는다. 한순간 물결이 인 것은 앞 순간의 물결이 그 원인이었고 이 순간의 물결은 다음 순간 일어날 물결의 원인이 된다.

바다의 물결은 바다가 없어질 때까지 끝나는 법이 없다.

마찬가지로 세상에서 일어나는 사건도 원인 없이 일어나는 법이 없고 일어난 사건이 원인이 되어 다음에 새로운 사건이 일어난다. 사건이 인과관계를 맺고 일정한 시간 동안 진행될 때 이 사건들은 하나의 흐름을 형성한다. 이 사건의 흐름이 어떤 특성을 갖고 일정한 시간 동안 지속되면 사람들은 이 '사건의 흐름'을 무엇인가가 존재하는 것처럼 보게 된다.

이렇게 '세상에는 사건만 있고 존재는 없다'라는 관점을 '사건 중심의 세계관'이라고 할 수 있는바, 그것은 결국 우리의 존재 의미가 무엇이냐는 물음에 대한 근본적인 답이 될 수 있는 것이다.

그리고 이런 사건 중심의 세계관은 불교의 '연기론'과도 논리를 같이하므로 살펴보기로 한다.

불교에서 과정으로서의 자아 즉 무아론을 말하는 것이나 공(空)을 말하는 것은 세상 어느 것에도 실체(독자적인 존재)가 없다는 사실을 가리키는 말일 뿐이지 세상에 아무것도 없다는 뜻이 아니다.

연기법에 따르면, 세상 모든 것은 다른 것과의 관계를 맺으면서 존재한다. 그렇기 때문에 그것이 정신이든 물질이든 이 세상 어느 것에도 실체란 있을 수 없다. 세상 일체의 것에 실체가 없다는 말은, 세상은 사건과 과정으로 이루어져 있을 뿐 거기에 '어떤 것'이란 없다는 뜻이다. 그렇게 볼 때, 세상에서 말하는 자아 또는 '나'라는 존재는 하나의 과정을 가리키는 말이다.

따라서, 사건 중심으로 인간을 기술하면 무아론이 된다.

10년 전의 '나'와 오늘의 '나'를 비교해보자. 우리 몸을 구성하는 원자 중 90퍼센트는 매년 새것으로 교체되고 10년쯤 지나면 우리 몸을 구성하는 물질이 거의 전부 새것으로 바뀐다. 게다가 유전자도 일부에서는 변이가 일어나고 정신도 바뀐다. 사람의 정신적 특징을 결정하는 데 중요한 역할을 하는 뇌신경세포들 사이의 시냅스 연결은 수시로 바뀐다. 10년이면 인지능력이나 사고방식도 변한다. 이렇게 정신도 물질도 다 바뀌었는데 무슨 이유로 사람들은 10년 전이나 지금이나 '나'를 '나'라고 부르며 '나'는 10년 전에 내가 한 일에 대한 책임을 져야 할까? 그것은 10년 전의 '나'가 원인이 되어 오늘의 '나'가 있기 때문이다

즉, '나'라는 존재는 사건들이 일정한 인과관계를 맺고 흘러온 하나의 과정이다. 이 과정이 바로 세상에서 말하는 자아이다. 이 '과정으로서의 자아'에 동일성은 없지만, 분명히 연속성은 있다.

정신과 물질이라는 것도 '과정으로서의 자아'를 이해하고 설명하기 위해 붙인 잠정적인 이름에 불과하다. 정신과 물질이라는 것도 사건의 흐름일 뿐 일도양단식으로 둘로 나눌 수 있는 것은 아니다. 무아는 '나'라는 존재의 동일성을 부정하는 말이지 '과정으로서의 자아'를 뜻하는 '나'의 연속성을 부정하는 말이 아니다. 무아는 영원불멸의 영혼이 있다는 상주론과 죽으면 끝이라는 단멸론을 버리고 '나'라는 존재의 연속성을 긍정하는 중도설이다. 10년 전의 '나'와 오늘의 '나'는

동일성이 없지만 둘은 인과관계로 이어진 연속성을 가진 존재다.

윤회(輪廻) 역시 동일성과 연속성에 관한 문제이다. 연속성이란 죽음 이후에도 마음의 작용이 계속되어 새로운 삶으로 이어진다는 것이고, 동일성이란 사람이 윤회를 한다면 금생의 삶을 사는 사람과 새로운 삶을 사는 사람이 같은 사람이어야 한다는 뜻이다.

그런데 세상에 시간이 지나도 변하지 않는 것은 없다. 연기법이 옳다면 사람도 사물도 모두 진행되고 있는 하나의 과정이기 때문에 '사건의 흐름'에서 동일성을 찾을 수는 없다. 사물이나 사람에게서나 동일성이 있는 것처럼 보인다면 그것은 그것들이 천천히 변하기 때문이다. 윤회가 문제가 되는 것은 바로 이 부분으로 불변의 자아나 영혼이 없는데 무엇이 윤회하는가? 이다.

여기에 답하는 것이 불교의 업설(業說)이다. '업'의 원래 뜻은 일체의 행위를 뜻하는 것으로, 사람이 마음먹은 것, 말로 표현한 것, 몸의 행동으로 나타낸 것 등을 뜻한다. 저지른 행동은 하나의 사건이다. 그 사건은 어딘가에 저장되고, 그 사건의 인과는 끝나지 않고 작용은 계속된다. 사건이 저장된다는 말은 저지른 행동이 그대로 저장된다는 뜻이 아니고 행동이라는 사건에 대한 정보가 저장된다는 뜻이다. 그 저장된 정보가 업이다. 업은 장차 결과를 나타내는 종자(種子)로 심층의식(자신이 의식하지 못하는 가운데 작용하는 무의식과 같은 것)에 저장된다. 식물의 종자가 싹이 트듯이 언젠가는 업의 인과적 결과가 싹이 튼다는 뜻이다. 업의 종자를 비롯해 우주에 관한 모든 정보는 인과적으로 영향을 주고받으면서 하나의 흐름을 형성한다. 이런 '식의 흐름'은 끊임없이 현세에서 내세로 이어지는데, 업은 이 흐름을 조직하여 유기체를 만들었다가 흩어지면 다시 만드는 일을 반복한다. 이것이 불교에서 말하는 윤회이다.

불교에서는 사물의 구성요소를 오온(五蘊)이라고 부르는데 오온이란 색(色, 물질), 수(受, 느낌), 상(想, 표상작용), 행(行, 의지작용), 식(識, 인식작용)의 다섯 가지 요소들의 모임을 가리킨다.

생명체란 오온이 결합하여 만든 사건의 흐름이다.

이는 등불에 비유될 수 있다. 등불이 계속 타고 있으면 거기에 등불이라는 존재가 있는 것처럼 보인다. 이 등불은 타는 동안 연속성을 가지지만 한순간도 같았던 적은 없다. 매 순간 새로운 기름 새로운 공기를 만나 타고 있다. 그렇다고 해서 처음에 타던 '등'의 불꽃과 나중의 불꽃이 아무런 관련이 없지는 않다. 한순간의 등불은 그 이전 순간의 등불을 원인으로 생겨난 것이고 이 순간의 불꽃은 사라지면서 다음 순간의 불꽃이 생겨난다. 전체의 불꽃은 '탄다'는 사건들이 인과관계를 맺고 진행되는 하나의 과정이다. 생명체도 마찬가지다. 생명체란 오온이 유기적인 인과관계를 맺고 진행되는 삶이라는 과정일 뿐 거기에 어떤 동일성은 없다.

현대 물리학이 순수 객관주의에서 주관주의의 방향으로 접근해 옴에 따라 본질적으로 주관주의적인 동양사상에 흥미를 느끼게 되는 것은 당연한 일이다. 하지만 아직 현대 물리학을 뒷받침할 만한 사상적

체계는 마련되어 있지 않다. 고전 물리학이 데카르트나 칸트를 가졌다면, 현대 물리학은 그렇지 못해서 동양사상의 테두리 안에서 찾고자 하고 있다.

물질적 존재란 전일적(全一的)인 것의 한 과정으로서만 성립될 수 있다는 현대 물리학의 자연관은 그 보는 방법과 과정에 있어서 전혀 대조적인 것이지만 일체(一切)를 시공(時空) 4차원적인 변화의 견지에서 보는 동양사상의 견해와 거의 일치하는 결론에 도달했다고 볼 수 있다.

2) '공감하는 삶'을 일깨우는 과학과 철학의 진리

현대과학과 불교의 연기론은 세상이 더불어 살게 되어 있다는 광범위한 증거와 논리를 제시한다. 상호연관과 상호의존의 구조로 이루어진 우주 속에서 살아가는 우리는 스스로의 힘만으로 존재할 수 없기 때문에 세상의 다른 모든 것과 인연을 맺으면서 살아간다. 이런 상보성 원리(相補性 原理)는 우주의 존재법칙이고, 동시에 우리의 삶도 서로가 무한한 관계 속에서 이루어짐을 가리키는 것이다.

지금 이 순간에도 우리는 우주 안에 존재하는 모든 것과 서로 돕고 의지하며, 또 먹고 먹히며, 객체이면서 주체처럼 살아간다.

이 우주는 마구잡이로 흘러가는 곳이 아니다. 오히려 그 반대다. 경험적으로 보더라도 모든 존재는 연결되어 있고 공명(共鳴)한다. "우리가 무언가를 간절히 원할 때, 온 우주는 우리의 소망이 이루어지도록 도와준다."(파울로 코엘료) 우주는 우리가 하는 말과 행동 이면에 있는 의도에 반응하는 것 같다. 동물이나 식물도 사람의 의도에 반응한다. 초음파를 통해 보면, 누군가 톱을 갖고 나무를 베기 위해 다가가면 나무는 벌벌 떠는 듯한 파동을 일으킨다.

반대로, 소년이 뱀 앞에서 '해치지 않을 거야'라는 텔레파시(telepathy: 감각기관에로의 자극이 없이 하나의 생명체로부터 다른 생명체로 어떤 종류의 관념이나 인상(印象)이 전달되는 것)를 보내면 잠시 후 뱀을 손으로 잡더라도 거부반응을 보이지 않는다.

이와 같이, 텔레파시나 초능력(ESP)이 발휘되는 것도 보이지 않는 우주의 기운이 우리의 심령(心靈)의 작용으로 연결되어 나타나는 현상이 아닐까?

아직, 정신과학 측면에서는 미진한 한계를 느끼지만, 물리학적 시각으로 보면, 불가사의 같은 현상 속에서도 진리는 발견된다.

이를테면 우주는 끊임없는 격변의 소용돌이 그 자체다.

지구는 시속 1600km로 자전하고 있고, 시속 107,000km로 공전하고 있다. 그러니 음속의 87배에 해당하는 속도로 움직이는 지구 속에서도 우리는 평안히 살고 있는 것이다.

그것이 어떻게 가능한가?

힘과 소용돌이가 균형을 이룰 때 그것이 가능해진다. 우리가 알 수 없는 모든 힘이 팽팽한 균형을 이루어 지구는 평온하게 법칙대로 움직이고 우리는 안전한 것이다.

그런 이치로 보면, 존재의 절대 법칙은 '균형의 원리'가 아닐까 싶다. 그 균형은 모든 존재가 있어야 할 곳에 있는 상태를 말하며 음양의 이치와 같이 생태계의 평형을 유지하기 위해 서로 돕고 의지하는 상보적인 관계를 의미한다.

그러므로 우리가 더불어 살아가야 할 존재는 나의 가족이나 친구, 이웃, 민족, 인류뿐만 아니라, 지금 이 순간 우리와 함께 존재하며 먹이사슬을 이루는 모든 생명체와 환경까지 포함한다. 흙 한 줌, 물 한 잔, 공기 한 모금이 나를 있게 했고 지금 살아 있는 모든 생명이 서로를 있게 하고 생명을 나눠주는 것이라면, 생명과 환경 전체를 아끼고 우리가 서로를 존중하는 것은 인간 사회의 바람직한 윤리와 정의의 기준이 되는 것이라 할 수 있다.

일찍이 장자(11세기 중국 철학자)는 다음과 같이 말했다.

하늘은 나의 아버지요, 땅은 나의 어머니다. 그리고 나처럼 아주 작은 존재도 그 안에서 편안한 장소를 찾을 수 있다. 만물은 다 나의 형제요 누이이며, 다 나의 반려이다.

3) 삶의 의미는 무엇인가?

우리 인간의 '삶의 의미'에 관해서는 존재의 문제와는 그 질문의 범주를 달리해야 한다. 왜냐하면, 사람은 순수한 정신적 존재도 아니고 단순한 생물학적 존재도 아니지만, 인간은 서로 협력하는 사회적 관계를 형성하며 살아가기 때문이다. 즉, 인간은 '사회적 존재'로서 인간관계나 '사회구조'에 의존하여 삶의 문제를 자주적으로 결정하기도 한다.

인간의 본성은 타고나기도 하지만, 사회적 조건에 의해 만들어지는 것이므로 사회는 인간 본성의 원인인 것만큼이나 인간 본성의 표출이라고 할 수 있다. 특히, 삶의 의미를 숙고하고 '어떻게 살 것인가?'를 선택하는 '자유의지'를 가진다는 점은 사회적 존재로서의 인간만의 특징이라고 할 수 있다.

그러나 사람들은 자신이 자유의지에 따라 무엇을 선택하고 자유롭게 살아가는 것으로 생각하지만 이 문제는 생각하는 것처럼 그렇게 간단하지 않다. 사람은 대체로 나름의 욕망에 이끌려 살기 때문이다. 욕망은 자유의지 이전의 문제이다. 이에 관해서는 뒤에서 깊이 있게 살펴볼 것이다.

먼저 사는 게 무엇인지를 자문하다 보면, "인생이란, 빠른 속도로 밀물이 닥치는 해변가의 모래 위에 글씨를 쓰는 것과도 같다"라는 생각이 든다. 바로 흔적도 없이 지워지기 때문이다.

인간은 태곳적부터 이런 질문과 답을 구구절절 해 왔지만, 지금 우리에게는 새로운 답이 필요하다. 왜냐하면, 우리가 아는 것과 모르는 것이 계속 변하기 때문이다. 과학과 신, 정치와 종교에 관해 우리가 오늘날 제시할 수 있는 합당한 답은 무엇일까?

의미를 갈망하는 수십억 인류가 수천 년 동안 들어온 이야기는 우리 모두가 모든 존재를 포괄하고 연결하는 영원한 순환의 일부라는 것이다.

각 존재에는 그 순환에서 완수할 독특한 기능이 있는바, 인생의 의미를 이해하는 것은 나와 당신의 독특한 기능을 이해하는 것이고 좋은 삶을 사는 것은 그 기능을 완수하는 것이다. 그것은 나에게 고정된 진정한 정체성이 있어서 그것이 내 삶 속에서 의무를 결정한다는 뜻이다.

정체성은 기질이나 타고난 재능으로 표현될 수도 있다. 몇 년 동안이나 나는 그 정체성을 의심하거나 모를 수도 있다. 하지만 언젠가는 어떤 위대한 절정의 순간에 그것이 모습을 드러내면서 나는 우주적 드라마 속 내 역할을 이해할 것이다. 그런 후에는 숱한 시련과 고난에 직면하더라도 결코 의심하거나 자포자기하지 않을 것이다.

어느 현명한 노인에게 인생의 의미에 대해 알게 된 것이 무엇인지 묻자 그는 이렇게 답했다. "내가 다른 사람들을 돕기 위해 지상에 와 있다는 것을 알았소. 하지만 다른 사람들이 왜 이곳에 있는지는 아직도 알아내지 못했소."[2]

역시 인생을 끝까지 살아본 사람만이 할 수 있는 얘기가 아닐까.

현대인들에게 있어 가장 큰 문제는 자기의 정체성이 없는 것이다. 정체성이 없이 남 흉내나 내서는 인생의 의미도 행복도 가지기 어렵다. 정체성에는 고유성이 있을 뿐 우열이 있을 수 없다. 사람은 저마다 정체성이 있기 마련이다. 직업이 무엇이든, 능력과 모습이 어떠하든 그런 것은 상관없다. 그래서 다른 사람의 정체성과 비교해서 열등감을 느끼거나 우월감을 가질 필요가 없다.

왜냐하면 자기 정체성이라는 것도 사실은 인간이 사회적 삶을 영위하면서 스스로에게 존재 의미를 부여하는 망상(妄想)에서 비롯되는 것이기 때문이다.

우리는 누구와도 상관없이 스스로 자신의 실존을 깨달아야 행복할 수 있는 것이다.

역사적으로 살펴보자면, 선각자들도 존재 의미와 훌륭한 삶의 모습을 정의하기 위해 노력해 왔음을 알 수 있는데, 예컨대 소크라테스에게는 자신을 아는 것이 가장 유익한 일이었고, 아리스토텔레스에게는 이성적인 존재로서 잠재력을 실현하는 일이었으며, 에픽테토스나 세네카 같은 스토아 철학자들에게 훌륭한 삶이란 자제심 · 극기 · 인격의 발전이 있는 삶이었다.

하지만 오늘날은 대부분 쉽고 안락한 삶, 부유하고 유복한 삶을 목표로 하고 있고, 그런 목표를 달성하는 것이 성공적인 삶이라고 말해지기도 한다. 물론, 고대 그리스 철학 중에도 인생의 최고선을 쾌락이라고 간주한 쾌락주의가 없었던 것은 아니다. 쾌락주의에 의하면 인간은 원래 쾌락을 추구하는 동물이므로 모든 쾌락의 기회를 놓치지 않고 최대한 즐기는 것이 도덕적 기준이 된다는 것이다. '쾌락을 붙잡자, 살아 있는 동안만이 우리의 것이다. 머지않아 우리는 재가 되고 유령이 되어 이름만 남게 될 것이다.'(페르시우스)

아마도 쾌락을 추구하고 고통을 피하려는 것은 우리 본성의 한 부분인 듯 한동안 행복의 총량을 강조한 공리주의 철학이 도덕과 정치의 기준이었고, 여기에 인간의 존엄성과 개성 존중이라는 질적 이상이 더해지면서 이런 행복 추구의 경향은 오늘날까지도 이어지고 있다.

그렇지만 사람의 일생에는 좋은 일과 나쁜 일이 반복해서 일어나기 마련이다. 사람이 역경에 처했을 때 마음의 중심을 잡지 못하고 외부환경과 조건에 이끌려 자신의 마음을 살펴보지 못하면 환경과 조건이 '나'를 지배하게 된다. 이렇게 되면 삶의 의미를 알지 못하게 되고 자신의 존엄성을 잃기에 십상이다.

행복은 밖에 있는 것이 아니라 내가 '나'의 주인일 때 행복하다는 것이다. 이때 중요한 것은 마음을 다스리는 일이다.

오늘날 대부분의 사람이 자신의 행복을 위해서 먼저 바라는 것은 마음의 주인이 되는 것보다는 물질적 풍요와 사회적 성공이다.

부를 얻고 명성이 높아진다고 해서 사람이 행복해지는 것은 아니지만, 사람들은 자신이 원하는 것을 성취하였을 때 만족감을 느낀다. 사업을 하는 사람이라면 계획하던 사업이 잘될 때, 직장인이라면 맡은 일이 잘되어서 윗사람으로부터 능력을 인정받을 때, 학자라면 연구 결과가 좋을 때, 수험생이라면 시험에 합격하면 틀림없이 행복할 것이다. 그러나 그러한 행복감은 그리 오래가는 것이 아니고 바라던 것이 자주 이루어지는 것도 아니다.

우리의 뇌는 아무리 기쁜 일이 생겨도 시간이 지나면 본능적으로 거기에 적응하게 되어 더 이상 기쁨을 느낄 수 없게 된다. 심리학에서는 이를 쾌락적응(hedonic adaption)이라고 하는데, 쾌락적응이 일어나는 것은 마치 병원균이 침입하면 면역체계가 작동하여 몸을 방어하듯, 사람이 새로운 환경을 만나거나 특별한 심리상태에 처하게 되면 곧 거기에 적응하게끔 되어 있기 때문이다.

시간이 약이라는 말이 뜻하는 것처럼, 슬픈 일이나 기쁜 일이 생겨도 그것을 경험하는 순간 그것들로 인한 고통이나 충격을 완화하는 심리적 면역체계가 우리 마음속에서 작동한다. 이 심리적 면역체계는 기쁨이나 행복감에도 똑같이 작용하기 때문에 사람이 원하는 것이 이루어져도 그로 인한 기쁨이 오래가지 않는다.

그렇다면, 사람은 무엇에서 진정한 행복감을 얻을 수 있는 것일까?

나는 **"행복이란 자연과의 일체감 속에서 느끼고 깨닫게 되는 어떤 감정이다"**라고 말할 수 있는 어린 시절의 경험이 있다. 그것은 일종의 '몰아(沒我)적 평온의 상태' 같은 것이다.

우리가 자신의 한계를 넘어 거대한 무언가의 일부임을 느끼는 일체감은 대자연이 우리에게 주는 확장된 감각의 하나가 아닐까 한다.

그러니까 유소년기 어느 봄날, 아침 일찍 온 가족(할아버지, 할머니, 엄마, 누나)이 함께 월산리 포전(浦田)으로 일하러 갔을 때의 일이다. 나는 나를 의식하지 못할 정도로 고요하고 광활한 대지와 물안개 머금은 강줄기를 따라 홀로 기다란 강변 모래사장을 눈과 발로 독차지하고 있었다.

> 반짝이는 모래 비늘을 간지럽게 밟으며 가물가물 창공의
> 종달새 소리를 쫓아 이리저리 뛰어다니던 그 백사장!
> 물안개를 뚫고 강물에 굴절되어 비치던
> 산마루 소나무 가지 사이로 에메랄드 빛 광선!
> 흩어지는 연기처럼 지열에 증발되는
> 아침나절 안개가 포근함을 더해주던 드넓은 대지!
> 저 멀리 일하시는 그림 같은 가족의 모습!

그때 어린 나는 자연이 자아내는 경이로운 분위기에 둘러싸여 나를 품은 하늘과 땅의 맞닿은 기운을 느꼈고, 온통 생명력을 뿜어내는 아지랑이 들녘과 까마득한 하늘에서 들리는 종달새(노고지리) 소리를 쫓고 쫓으며 마냥 하나가 되어 있었는데 아마도 그런 일체감이야말로 진정한 행복의 순간이 아니었을까…

만약, 우리가 '행복'을 불안 없이 무엇인가에 몰입한 '감정' 상태로 이해해 본다면, 우리가 보통 삶이라고 할 때 그런 삶의 의미 역시 주어

진 일상 속에서 나름대로 살아가면서 그냥 공감되어지는 것이지 그 의미와 목적을 미리 알고 그에 따라 사는 것을 말하는 것은 아닐 것이다.

그렇다면 '어떻게 살 것인가?'를 놓고 너무 오래 고민하며 삶의 의미를 묻는 것은 부질없다.

철학자 니체(F.W. Nietzsche)는 우리의 삶이 방향도 없고, 목적도 없는 끝없이 반복되는 지루함 속에 놓여 있을 뿐이라고 말한다. 그러면서도 그는 이런 삶의 최종적 의미 없음과 목적 없음에 정면으로 맞섰으며, 삶을 부정하기보다는 삶을 긍정하려 했다. 영원회귀(永遠回歸) 사상이 그것이다.

즉, 어떤 형이상학적 기준에 따라 삶을 불완전하다고 보지 않고 같은 사건이 반복해서 일어난다고 생각함으로써 마침내 우리는 우리 자신이 삶의 가치를 부정하는 존재가 아니라 긍정하는 존재임을 보여주게 된다고 그는 생각했다.

니체는 '인생의 의미'에 대한 물음은 그런 물음이 제기될 필요가 없을 정도로 삶을 재미있는 유희처럼, 마치 놀이에 빠진 아이처럼 살아갈 때만 해소될 수 있다고 말한다. 삶의 의미에 대한 물음에 사로잡힐 때 우리는 인생과 세계에 문제가 있다고 생각하기 쉽다. 그러나 니체는 우리 자신의 정신에 문제가 있을 뿐이라며 우리의 정신력을 강화한다면 세계는 아름답게 보일 것이라고 말한다. 이렇게 아름답게 드러나는 세계에서 매 순간 충만한 기쁨을 느끼면서 경쾌하게 사는 것, 매 순간 자체가 이미 충만한 의미를 지니기에 그 순간의 충일함을 즐기면서 사는 것, 그것이 바로 '아이의 정신으로 사는 것'이라고 니체는 강조한다. 그는 동일한 것의 영원회귀를 무한히 긍정하면서 사는 것이 자신의 운명을 사랑하는 태도라고 말한다.

> 인간에게 위대함의 정식은 '운명애'이다. 즉, 앞으로도 뒤로도 영원히 자기의 현재 모습과 다른 무엇이 되기를 원하지 않는 것이다. 그것은 또한 필연적인 것을 인내할 뿐만 아니라 은폐하지 않으며, 그 필연적인 것을 사랑하는 것이다.[3]

세상의 모든 꽃과 잎은 더 예쁘게 피지 못한다고 안달하지 않으니 그것이야말로 '운명애'의 아름다움이리라!

4) 과학을 통해 본 인생의 의미

무엇보다 생명과학은 이 우주에서 인간이 얼마나 보잘것없는 존재인지를 깨닫게 해준다.

오늘날 우리가 아는 한 순수한 과학적 관점에서 볼 때는 인간의 존재나 삶에서 절대로 아무런 의미도 찾을 수 없다는 점이다. 왜냐하면, 인류는 다른 생물과 마찬가지로 목적이나 의도 같은 것 없이 진행되는 눈먼 진화과정의 산물일 뿐이기 때문이다.

우리의 행동은 뭔가 신성한 우주적 계획의 일부가 아니다. 내일 아침 지구라는 행성이 터져버린다 해도 우주는 아마도 보통 때와 다름 없이 운행될 것이다. 그 시점에서 우리가 아는 바로는 인간의 주관성을 그리워하는 존재는 없을 것이다. 그러므로 사람들이 자신의 삶에 부여하는 가치는 그것이 무엇이든 망상에 지나지 않는다.

이를테면, 중세 십자군 전사들은 삶의 의미가 신과 천국에서 온다고 믿었고, 현대의 자유주의자들은 인생의 의미가 개인의 자유로운 선택에서 나온다고 믿는다. 하지만 둘 다 망상에 지나지 않는다. 왜냐하면, 개인이 욕망에 따라 가지는 믿음이나 자유의지라는 것도 실은 생화학적 알고리즘 들의 집합이 지어낸 허구적인 이야기에 불과하기 때문이다.

덧붙이자면, 현생 인류인 호모사피엔스는 언어를 통한 소통으로 개념과 의미를 공유하는 부족사회를 이루었다. 그런데 언어와 상징은 외부에서 입력되는 감각자극이 아니라 뇌 자체에서 생성되는 자극이다. 즉, 언어와 상징은 자연에는 존재하지 않는 뇌가 스스로 만든 가상의 세계이다. 다시 말하여 인간 뇌의 연합피질이 창출하는 상징이다. 언어의 세계는 가치에 근거한 의미의 세계지만 자연 속에는 의미가 존재하지 않는다. 의미와 가치는 인간이라는 종과 더불어 출현하는 인간 현상 그 자체이기 때문이다.

따라서 물리적 우주에 인간은 존재하지만 의미는 존재하지 않는다.

이처럼 오늘날 과학적인 성과를 통해 보면 자연의 현상과 생명의 진화에서 삶의 의미나 신의 목적이 무엇인지 발견할 수 없다.

풍향에 목적이 없는 것처럼, 생물체의 변화와 자연도태의 과정에도 목적이란 존재하지 않는다. 신이 어떤 의도를 가지고 세계를 창조했을 것이라는 생각은 근거가 없으며, 생명체들의 다양성도 자연의 목적에 대한 증거가 되지 못한다. 인간의 역사가 진화적이라면 역사에도 방향이나 목적이 있을 수 없다.

요컨대, 진화론을 통해 발견한 것은 자연의 무한한 다양성에도 불구하고 지금까지 나타났던 생물 종의 99퍼센트가 생존하지 못하고 멸종되었다는 사실이다. 만약 생존 가치만이 생물체의 속성이라면, 생존에 관련이 없는 것처럼 보이는 속성이 왜 그렇게 많은지? 진화론만으로는 자연을 다 설명할 수 없다.

이를테면 실러캔스(coela canth)라는 어류는 길이 1m, 무게 20~60kg의 큰 물고기로 3억 년 전후에 나타나 약 7천만 년 전에 전멸된 것으로 생각했으나, 1938년에 포획되었다. 이것은 어류에서 양서류로 진화될 때 남겨진 어류라고 본다. 또 30억 년 이상 된 암석에서 발견된 이끼류는 오늘날의 그것과 거의 유사하다. 왜 이러한 이끼류와 식물들은 더 복잡하고 조직적인 생명체로 진화하지 않았는지 그 이유는 아무도 모른다.

결국 제한 없는 진화의 과정에서 어떤 가늠해 볼 수 있는 전반적 경향이 있다고 말할 수 있는 이론은 아직 아무것도 확립되지 않았다.[4] 이처럼 우리는 진화를 예측할 수 없다.

만약 신(神)이라는 말이 우주를 지배하는 물리 법칙들을 의미한다면, 그런 의미의 신은 분명히 존재한다. 그러나 이 신은 우리에게 정서적인 만족을 주지 않는다. 예를 들어, 중력법칙이 있음을 알지만 그것을 향해 기도한다는 것이 말이 되는가. 우주를 하나의 거대한 유기체 즉, 영원한 운동상태인 생명현상으로 본다면, 우주는 어떤 목적이 있을는지 모른다. 설령 그렇다 하더라도 이 목적이 조금이라도 우리의 목적과 일치한다는 암시를 주는 것이라고는 우리가 아는 한 하나도 없다.

예를 들어, 생물이 왜 주위 환경에 적응하게 되는지를 놓고 보면, 그것은 환경이 생물에 적합하도록 되었기 때문이 아니라 생물이 환경에 적응하여 갔기 때문이며 이것이 적응의 기본 원리인 것이다. 거기에는 아무런 목적의 증거도 없다.

생태계를 보더라도, 생명체들과 환경은 먹이사슬을 통하여 공간적으로 서로 연결되어 있고, 시간적으로는 진화를 통하여 함께 서로 연결되어 있다.

이렇게 우주에 있는 모든 것은 유기적으로 연결되어 있어 우주는 전체가 단일체이다. '나'라는 존재가 여기 이렇게 있기 위해서는 이 우주에 불필요한 것은 아무것도 없다. 우주가 존재하기 때문에 '나'가 존재하는 것이고 '나'가 존재하기 때문에 우주가 존재하는 것이다. 우주를 생각하는 인간이라는 지성체가 없다면 우주가 존재한다는 것을 누가 알까? 존재하는 모든 것은 관찰자가 그것을 관찰할 때 비로소 그것이 존재하는 것이 된다.

우주에 인간이라는 지성체를 있게 한 것은 우주이고 우주를 생각하는 것은 인간이니 '인간이 생각하는 우주'와 인간은 서로를 통해 그 '존재 의미'가 드러나는 것이다.

우주 삼라만상은 이렇게 인과적으로 얽혀 있어 원인과 결과가 서로 영향을 주고받는다. 서로의 관계가 그물망처럼 얽힌 이런 인과율을 상호인과율(相互因果律)이라고 한다. 우리가 상호인과율을 받아들이면 예를 들어 달걀이 닭이고, 닭이 달걀이라고 여기면 '닭이 먼저냐, 알이 먼저냐' 하는 것과 같은 질문의 소용돌이는 일어나지 않는다.

결국 과학주의의 황금률은 인과율이며 인과율은 원인과 결과의 두 존재가 근원에 있어 동일하다는 '동일성의 원리'를 근거로 한다. 그러므로 인과율은 '지속'만을 인정할 뿐 '창조'를 부인한다.[5]

2

생명체의 탄생과
생명의 원리

1) 생명은 신의 창조물인가? 자연의 우연한 산물인가?

이 세계에 존재하는 것은 너무나 다양하고 다원적이다. 그러므로 철학자들과 과학자들은 언제나 그러한 무질서한 다양성을 축소하여 세계가 포함하고 있는 모든 것을 가장 최소한의 범주들로 분류하려고 한다. 또한, 형이상학자들은 '실재하는 것'과 '단순한 현상'을 구분한다. 그러나 그들의 구분 기준은 모두가 다르다.

탈레스(Thales, BC 624/640~546)는 모든 것의 근원을 '물'이라고 단언했다. 반면 플라톤은 개별적 사물들이 그러한 사물이 되는 것은 그것들이 그것들의 원형(Form)인 '이데아'를 모방하거나 분점하거나 또는 이데아에 참여하고 있기 때문이라고 주장한다.

그러나 칸트는 우리가 세계에 대해서 주장하고 있는 사실들은 실제로는 사물들 자신의 속성이 아니라, 우리가 지식을 체계화하는 방식일 뿐이라고 말한다. 사물들은 이러한 '범주'에 따르지 않는 한, 우리의 경험이나 감성 안으로 들어올 수 없기 때문이다. 또 어떤 철학자들은 실제는 '환상의 장막'에 의해 영원히 감추어져 있다고 주장한다.

철학자들과는 달리 과학자들이 이 세계에 존재하는 것들을 분류하는 전통적인 접근방식은 '사물'과 '사건'으로 구분하는 것이다. 입자(粒子)는 사물이고 파동(波動)은 사건이다. 뉴턴 물리학에서는 입자면 파동이 아니고 파동이면 입자가 아니었다. 그러나 아인슈타인은 광자(光子)의 경우 입자며 동시에 파동임을 증명했다. 사물은 연속성을 특징으로 하는 실체며, 사건은 변화를 특징으로 하는 과정이라고 말한다. 사물은 공간 속에서 존재하며, 사건은 시간 속에서 존재한다.

그렇다면 과연 생명은 단백질이라는 사물인가? 단백질을 매개로 하는 그 어떤 사건인가? 아니면 생명은 사물이며 동시에 사건인가?

고대로부터 19세기까지 물질에 대한 전통적이고 과학적인 견해는, 물질을 쪼개고 쪼개면 더 이상 쪼갤 수 없는 궁극적인 입자가 나오는데 그것은 일정한 무게, 부피, 형태를 가지고 있으며 시간에 따라 변화하지 않으며 다른 것들과 직접적인 접촉에 의해서만 상호작용 하는 '원자'라는 것이다. 지구상의 모든 물질은 이러한 최소 입자인 원자(原子)들로 구성되어 있고, 생명체도 이와 똑같은 원자로 구성되어 있으며, 이러한 원자들이 지구의 특별한 격변기에 우연히 참으로 우연히 유기물 분자인 단백질을 생성하여 비로소 생명 활동이 시작되었다는 것이 오늘날의 과학이 설명하는 생명론이다. 오늘날까지 그것 이외에 따로 생명 물질이 발견되지 않고 있으므로 그들의 주장은 아직도 반증되지 않고 있다.

물론, BC 4~5세기에 쓰인《구약성서》의 창조설과 같이 생명의 근원은 물질이 아니라 영혼 또는 정신으로 나타나는 기(氣)라고 주장하는 견해가 없는 것은 아니다 즉, 육체의 목적은 정신이며, 육체는 정신의 도구라는 것이다.

다윈조차도《종의 기원》제2판 서문에서 "생명은 창조자에 의해서 극히 적은 소수의 형태, 혹은 하나의 형태로 숨이 불어 넣어져 탄생된 것이다"라는 말을 했는데, 이것은 당시 지배 이데올로기였던 가톨릭의 강압에 의한 것이긴 하지만, 하나님의 형상대로 창조했다는 생기론을 지지한다는 의사를 나타내는 언명으로, 진화론으로는 설명되지 않는 생명 탄생의 비밀을 인정한 부분으로 이해될 수 있다.

왜냐하면 무(nothing)에서 유(something)를 창조했다는 사실로써의 어떤 존재가 먼저 있어야만 그것의 적응. 변화 과정을 설명하는 진화론(자연선택)이 가능한 것이기 때문이다. 즉, '자연선택론'을 통해 우리는 1000만 년이 지나면 현재의 종들이 자기의 생활방식에 적응한 것처럼 각자의 생활방식에 적응한 새로운 종들이 등장할 것이라고 예측할 수 있다. 그렇지만 '생명의 기원'은 진화이론이 닿지 않는 곳에 놓여 있다. 자연선택은 생명의 기원이 없이는 진행될 수 없기 때문이다.

그런 한편으로, 현대 생화학에서는 모든 생명현상은 DNA와 RNA 등 단백질이라는 동일한 고분자 물질의 작용이라는 것이 정설로 되어 있다. 즉, 인간의 유전자가 동물의 그것과 다른 것은 오직 그것이 배열되는 방식의 차이에 지나지 않는다는 것이다. 이것은 모든 생명체의 이런 동일성은 생명의 발생이 오직 한 번뿐이었다는 것을 암시하고 있다.

아무튼, 오늘날 생물학자들은 이제 하나의 생명체를 다음과 같이 정의한다.

> 생명체는 스스로를 재생산하기 위해 환경으로부터 화학물질과 에너지를 활용할 줄 알고, 다음 세대들에게 전이시킬 수 있는 영구적 변화 – 돌연변이 – 를 통해 아주 새로운 종으로 진화할 수 있는 능력을 가진 존재다.

그러면 생명의 모태, 생명의 씨앗이 자라나는 토양은 무엇인가?

과학적 성과를 통해 보면, 그것은 '초신성'이라고 하는 태양계 밖의 무거운 별이 죽은 잔해로서, 우주의 탄생 초기에 초신성이 폭발하면서 우주 공간에 뿌려진 무거운 원소들이라는 것이다.

약설하면, 지구상의 모든 생명체는 태양이 방출하는 에너지를 이용하여 생명 활동을 벌이고 있다. 그러나 태양만으로는 생명체가 탄생할 수 없고 살아갈 수도 없다. 생명체가 탄생하고 생명 활동을 유지하기 위해서는 에너지와 함께 탄소(c), 산소(o), 질소(N), 철(Fe)과 같은 여러 가지 물질이 필요하기 때문이다. 이런 원소뿐만 아니라 지구상에서 발견되는 92가지 원소 모두가 다 필요하다. 철보다 무거운 방사성 원소도 지열의 원천으로서 생명체가 살아가기 위해서는 꼭 필요한 물질이다. 우리가 알고 있는 모든 생명체의 몸은 탄수화물, 지방, 단백질 등의 유기물과 미량의 무기물로 이루어져 있다. 유기물은 모두 탄소를 중심으로 수소, 산소, 질소가 모여 만들어진 것으로, 이들 중 수소만 태양계 내에 있던 것이고 다른 원소는 태양계 밖에서 만들어진 것이다.[6]

그런데 우주의 탄생 초기에 이 우주에는 수소(H)와 헬륨(He)과 약간의 리튬(Li)밖에 없었다. 이 셋보다 무거운 원소는 태양보다 질량이 큰 별의 내부에서 만들어진다. 수소와 같은 가벼운 원소를 뭉쳐서 탄소, 질소, 철과 같은 무거운 원소를 만드는 것을 핵융합 반응이라고 하는데 핵융합 반응이 일어나면서 수소보다 큰 원자핵이 만들어지는 것이다. 태양 정도의 별이 가지는 중력은 단지 수소를 융합하여 헬륨을 만들 수 있을 뿐이다. 탄소를 만들기 위해서는 별의 질량이 태양보다 3배, 철을 만들기 위해서는 10배 정도는 되어야 한다.

지구상에 생명체가 태어난 것이 대략 40억 년 전이라고 한다면 무거운 별들은 우리의 태양보다 훨씬 이전에 만들어졌어야 했을 것이다. 그리고 그런 초신성이 폭발하며 무거운 원소 잔해를 우주 공간으로 날려버리지 않았다면 지구상에 생명체가 나타날 수 있는 토양은 만들어지지 않았을 것이다.

그러므로 지구상의 생명체는 태양계 밖의 무거운 별이 죽은 잔해

위에서 생겨난 것이다. 초신성의 잔해가 생명의 씨앗이자 생명이 자라나는 토양이기도 한 것이다.

'나'라는 존재가 여기 이렇게 태어나 숨을 쉬고 희로애락 속에 살아가기 위해서는 우주가 시간적으로 138억 년은 되어야 하고, 공간적으로도 지금처럼 광대해야 하는 것이다. 그렇게 볼 때 이 우주에 '나'보다 더 소중한 것이 어디 있을까?

'나'의 존재를 위해 온 우주가 필요하다는 것은 '나'라는 존재가 그만큼 희귀하고 소중한 존재라는 뜻이다. 물론, 여기서의 '나'는 진화 과정에 있는 자아를 뜻하게 된다. 우주 전체가 '나'를 만들고 '나'로 인해 우주의 존재가 드러나는 것이니 '나'와 우주 전체의 가치는 동등한 것이다.

결국, 만물은 땅에서 나오는 고요하고 차디찬 음기와 하늘에서 생기는 밝고 더운 양기가 만나 화합하면 생겨나고, 그 종말도 다 흩어져 없는 상태로 돌아간다.

여자의 난자와 남자의 정자가 합쳐져서 사람이 된다고 여기는 것이 현대인의 과학적 지식이다.

그러나 여자의 몸에서 난자가 만들어진다면 그 여자의 몸은 밥을 먹어야 하고, 물을 마셔야 하고, 공기로 숨을 쉬어야 한다. 남자의 정자도 마찬가지다.

이러한 생각에 이르면 난자와 정자의 시초는 남·녀의 몸이 아니라 천지라는 생각으로 이어진다. 그렇다면 만물의 시초는 어디일까?

천지가 아닌가, 음·양이란 천지의 기운을 말함이다.

2) 생명의 원리(특성)

생명체를 이루고 있는 물질과 정신은 한쪽 없이는 다른 한쪽도 존재할 수 없을 정도로 상호의존적이다. 생명체는 자신의 생명을 보존하려는 '자기목적'을 가지고 있다. 생명체가 살려고 하는 자기목적은 선택의 문제가 아니다. 그것은 모든 생명체에게 이미 언제나 내재하는 본성으로서의 경향성이다.

태아의 경우를 보면, 게놈(Genom)에 저장되어 있는 물리 화학적 정보에 따라 배(胚, kein) 속에 있는 순수하게 물질적인 질서가 서서히 발전하면서 뇌가 형성되고 이 뇌는 어느 순간부터 정신활동을 하게 된다.

하지만, 오늘날 신경세포학에서도 과연 왜 그리고 어떻게 신경세포들 사이의 복잡한 상호작용에서 어느 순간에 조화로운 정신이 탄생하는지를 밝혀내지 못하고 있다. 물질적 차원에서 정신적인 차원으로의 비약은 일어나고 있다고 보지만 그 분기점이 언제인지는 모른다.

다만, 생명은 내면성의 차원을 가지고 있으면서 어떻게든 살아가려고 애쓰는 존재이며, 정신은 일종의 내면성이라는 사실을 보여준다.

프란치스코 교황은 연설 중 생명에서 발견되는 이런 내적 원리들이 하나님께서 부여하신 것이라고 말한 바 있다. 신학적 논리의 특징 중 하나는 인간의 무지한 부분을 파고들어 자기들의 교리적 한계를 그럴듯하게 포장한다는 데 있다.

아무튼, 이 내면성을 좀 더 자세히 살펴보면, 여러 가지 생명의 특성을 포착해낼 수 있다. 그 어떤 특성들보다도 생명현상을 결정적으로 설명해주는 것이 자유(Freiheit)의 특성이다. 넓은 의미로 '자유'는 정신과 의지의 영역에 국한되는 것이 아니라 가장 원시적이고 낮은 수준의 아메바 종류에서부터 시작하여 모든 생명체에서 활성화하고 있다. 자유는 물질과는 달리 생명체만이 가지고 있는 존재 양태이며 '생명의 원리'이다.[7] 가장 원시적인 생명체도, 비록 아주 몽롱하고 어두침침하여 희미한 전자각적(前自覺的)인 수준이기는 하지만, 환경이 가하는 자극에 대해 반응한다. 이것은 그 생명체가 자기의 가능성 영역을 확장하기 위하여 기존의 한계를 박차고 나오는 것이기 때문에 이미 가장 기초적인 형태의 자유라고 볼 수 있다.

모든 생명체의 가장 기본 층에서 일어나고 있는 물질대사도 우리가 이것을 단순한 화학반응 차원에서만 볼 것이 아니라 더 나아가 생명체가 자신의 가능성 영역을 확장하기 위하여 기존의 한계를 박차고 나오는 것이라고 본다면, 이것은 가장 기초적인 자유의 모습이라고 할 수 있다.

물질대사 이외에도 장소의 이동, 감각의 수준 등 다양한 형태의 자유가 나타나며, 그 자유의 수준도 가장 높은 수준인 인간이 실현하는 의지적이고 자각적인 자유에 이르기까지 폭넓고 다양한 스펙트럼을 형성하고 있다. 이러한 자유의 원리를 원자들이나 행성들, 태양과 같은 비생명 물질에서는 엿볼 수 없다.

여타 동물의 수준을 넘어서서 인간이 가지고 있는 자유의 수준은 인간 정신에서 비롯되는 초월적인 자유의 수준이다. 초월이란 생명체가 자신과 세계와의 관계에서 끊임없이 기존의 자신을 뛰어넘음을 뜻한다.

초월하는 자유 때문에 인간이라는 생명체는 자신이 구체적으로 살아가는 실존의 차원에서 본질의 지평을, 감각적인 것에서 초감각적인 것의 지평을, 유한한 시간에서 영원의 지평을, 조건적인 것에서 무조건적인 것의 지평을 열 수 있다.

이를테면 인간 생명의 유한성에서 오는 불안을 극복하기 위해 영혼의 영생을 주장하는 종교를 만들어 자유를 확장코자 하였다.

그러나 초월하는 자유는 야누스의 두 얼굴을 가지고 있다. 선을 향해 아니면 악을 향해 초월할 수 있다. 악을 향해 초월하면서도 선에 헌신하고 있다고 착각할 수 있다.

이렇게 생명체의 자유가 처한 상황이 변증법적인 까닭은 자유가 항상 역설적인 상황에 처해 있기 때문이다. 거대한 생명의 운명공동체 안에서 생명체가 처해 있는 상황은 모든 생명이 웅장하게 끊임없이 진화하여 마침내는 최고의 완성에 이르는 진화론적 낙관주의의 상황은 아니다. 또 끝없이 스스로를 충족시키면서 언제나 창조적인 새로움의 원리가 적용되는 성공적인 상황도 아니다. 오히려 생명은 끊임없는 죽음과 실패를 물리치면서 순간순간 새로이 삶을 모험하고 실험해야 하는 역동적이고 긴박한 상황에 처해 있다.

결국, 생명이기 때문에 사는 대가로 죽어야 하는 것은 생명의 야누스적 상황이다.[8]

이처럼 심리적, 내면적 차원을 포착해 보면, 생명체는 욕구를 가진 존재이자 자신의 욕구에 따라 행동하는 존재로서 자신을 현상시킨다. 욕구는 한편으로는 물질대사를 통해 자신을 끝없이 쇄신시켜야 하는 필연성 속에 뿌리를 내리고 있으며, 다른 한편으로는 자신의 현존재를 보존하려는 기본적인 성벽(性癖 Drang)에 뿌리를 내리고 있다. 이러한 욕구는 모든 생명체가 가지고 있는 '살려는 자기목적'이 현상되는 모습이다. 생명체가 잠시 지각을 멈추거나 운동을 하지 않아도 살 수는 있지만, 물질대사를 하지 않고는 살 수 없는 것이며, 산다는 것은 비록 그것이 아무리 전자각적이라고 하더라도, 살려는 기본적인 본능과 감정을 가지고 있다.

그러나 유물론적 일원론은 우리의 정신이 우리에게 보여주는 증거를 간과한 채 물질을 설명하는 범주를 가지고 정신을 설명한다.

유물론적인 생물학이나 20세기 후반에 발달한 인공지능학적 체계이론에 이르기까지 이들은 정작 생명현상을 결정적으로 설명해줄 수있는 '의식'이나 '살려는 자기목적'의 특성을 생명현상에 대한 이론에서 말살시켰다. 알바 노에(alva noë)는《뇌과학의 함정》에서 인간의 의

식이란 결코 뇌세포들의 단독 공연이 아니라 뇌, 몸, 환경이 함께 연출하는 춤이라고 말한다.[9]

그렇다면 생명의 물질 초월성은 과연 무엇인가?

세포 안의 고분자에는 단백질, 핵산, 기질(substrate), 탄수화물 등 네 종류가 있다.

특히 핵산과 단백질은 중요하며 다른 두 가지 고분자와 구별하여 '정보 고분자'라고 부른다. 특히 디옥시리보핵산(DNA)은 생명의 불변성을 담당하고 있는 생체 고분자로서, 고등동물의 경우 약 30억 개의 염기쌍이 중합(重合)하여 유전자의 기능을 수행하고 있다. 단백질은 생명이 환경의 자극에 반응하여 대응해 나가는 순간순간의 활동을 담당한다. 그것은 단백질이 입체적 구조의 특이성을 바탕으로 물질을 식별해 낼 수 있는 능력이 있기 때문이다. 즉, 골라내어 식별해 내는 현상은 모든 생명의 커다란 특징이며 생명의 징표인 의식도 물질기계의 작용이라는 것이다.

다만 생명이 물질기계라는 말은 생명이 단순한 구성 물질들의 기능의 합이라는 뜻은 아니다.

그러면 어떻게 물질로부터 물질의 합을 초월하는 복잡한 기능이 나오는가?

그것은 단백질의 조절기능 때문인 것으로 설명된다. 단백질은 다른 물질과 결합할 수 있는 자리를 적어도 두 군데 이상 가지고 있어, 한 곳은 본래의 기능을 위한 활성 부위이고, 다른 곳은 조절 물질과의 결합을 위한 부위다. 이 부위를 이용하여 다른 기질(substrate)이나 그것들의 화합물을 식별하고 결합함으로써 단백질의 전체 구조를 바꾸면서 이를 통해 기능을 조절하는 것이다.

오늘날 이러한 기능을 가진 조절단백질로서 널리 알려진 것은 '다른 자리 입체성 효소'다. 단백질의 물질 식별력이 생명의 성립 근거를 보여준 것이라면 '다른 자리 입체성 조절은' 대사 사이의 효율적 제어를 가능하게 함으로써 생명의 다양화와 진화의 가속화를 촉진시키는 작용을 하는 것이다.

결국, 분자생물학의 결론을 보면, 생명물질의 물질 초월성은 조절 물질의 매개에 의한 물질 간의 새로운 구조관계를 획득함으로써 얻어지는 것으로서 이러한 일을 가능케 하는 것은 단백질의 기능에 있다는 것이다.

이러한 생물학적 견해에 의하면 조만간 인간은 스스로를 창조할 수도 있게 될 것이다. 불원간 인간을 대량생산하는 '인간 공장'이 등장할지도 모른다.

우리는 이제 자신의 우연성과 물질생명관 앞에서 자신의 모습을 다시 물어야 한다. 우리의 운명이나 생명의 가치는 무엇이냐고.

그러나 광대무변한 우주 속 어디에도 그 답은 쓰여있지 않다.

이와 같이 생명의 문제는 철학자에게는 죽음과 삶의 본질에 관한 문제이고, 종교인에게는 죽지 않고 영원히 사는 영생의 문제이며, 사회학자에게는 질병과 억압과 착취가 없고 생명이 존중·발현될 수 있는 행복한 이상향(理想鄕)의 문제로 된다. 형이상학적 논의를 제외하면 결국 구원과 해방의 문제로 귀착되는 것이 생명이다.

3

인간 본성과
자유의지에 관하여

1) 재고되어야 할 이성적 존재의 의미

인간의 삶은 우리가 전혀 의식하지 못하는 어떤 힘에 의해서만 이루어지는가? 아니면, 과연 인간의 이성은 시공의 제약을 받지 않고서 어느 때라도 스스로 발현하는 능력을 갖는 것인가?

한때, 우리는 이성적 능력을 발현하며 주체적으로 살아간다고 생각되기도 했다. 그러나 그러한 생각은 지난 세기로 이미 끝났거나 아니면 나는 나의 참된 본성을 충분히 알지 못하는 존재로 생각되기에 이르렀다.

최근에 와서 우리의 운명을 좌우할 우리의 이성적 능력은 회의(懷疑)의 대상이 되었으며, 사회적이면서도 심리적인 온갖 종류의 무의식적인 힘이 진짜 주인이라고 주장되기도 한다. 놀랍게도 자유롭고 자율적인 개인은 보이지 않는 끈에 매달려 춤을 추는 꼭두각시에 불과한 것처럼 보인다.

말하자면, '나'라는 존재는 나의 유전자들, 내가 속한 사회, 나의 유아기 경험 등의 산물이거나 아니면 그러한 요소들의 결합에 불과한 것처럼 여겨진다.

분명한 것은 '나'는 나를 구성하고 형성해가고 있는 외부의 영향력들과 따로 존재하지 않는다는 사실이다.

그러므로 고정불변하는 것처럼 보이는 인간 본성의 상당 부분이 가변적인 사회조건의 산물일 수밖에 없으며, 인간의 이성이 파악하려는 '진리'는 한낱 환상에 지나지 않을지 모른다고 여겨지기도 한다.

그렇다면, 먼저 인간의 이성이 어떻게 그 영광스러운 권위를 획득하였다가 점차 몰락의 길을 걷게 된 것인지? 또 장구한 역사의 흐름 속에서 인간 본성에 관해 어떠한 철학적 성찰이 이루어져 왔는가를 일별해 보는 것이 필요하다. 왜냐하면, 인간의 본성이 있다고 할지라도 그것의 역할은 미미한 것이고 인간은 문화와 역사에 의하여 사회화되어온 부분이 크다고 보아야 할 것이기 때문이다.

일찍이 플라톤과 아리스토텔레스에 의해 보편적 이성은 그 절대적 권위를 확보했었다. 플라톤 이래로 철학자들은 적어도 인간에게만은 불멸의 부분이 있다는 것에 대하여 적극적으로 논의해 왔다. 기독교는 이것을 가장 핵심적인 문제로 제기했다. 피안의 삶에 대한 가능성이 없다면, 예수는 죽음으로부터 부활할 수 없게 된다. 그렇지만 많은 사상가는 피안의 삶을 부정하면서 현실의 삶에 관심을 집중시키려고 했다. "인간은 이성적 동물이다"라고 말한 아리스토텔레스는 어느 사회에서나 인간은 공통적인 본성을 가지고 있기 때문에 인간의 행위와 인격의 옳고 그름, 좋고 나쁨을 평가하는 궁극적인 원리는 보편적 이성이라는 하나의 근원에 뿌리를 두고 있다고 본 것이다.

그리고 아리스토텔레스가 주목한 것은 '만물에는 목적(telos)이 있다'는 것이다. 이성이 발견한 자연의 목적은 사물의 본성이 된다. 다시 말해, 사물의 본성(nature)은 그것의 목적이 된다.

이를테면, 도토리는 참나무가 아직 못됐지만, 참나무의 가능태이다. 어떤 사물이 잠재적으로 무엇인가가 될 수 있다는 것이 그 사물의 본성이다. 그러나 도토리는 저절로 크고 울창한 나무로 성장하는 것은 아니다. 그렇게 되기까지는 적절한 조건이 필요하다.

마찬가지로 인간이 본성상 사회적이기 때문에 언제나 인간이 사회적인 존재가 되는 것은 아니다. 사람들이 본성을 발휘하는 데에는 적절한 조건이 필요한 것이다. 바로 이러한 이유로 아리스토텔레스는 "국가를 가장 먼저 세웠던 사람이야말로 가장 위대한 공로자다"라고 말한다.[10] 국가는 사람들이 본성을 발휘하는 데에 적절한 여건을 제공한다는 측면을 강조한 말이다.

인간과 인간이 사는 공동체는 적절한 목적을 갖지만, 우리의 이성을 통해 이러한 목적을 추구하는 것은 우리의 문제이다. 그는 인간이 그들의 적절한 목적을 실현하는 경우에는 최상의 동물이 되지만, 규범과 정의로부터 벗어날 때는 최악의 상태에 놓이게 된다고 주장하였다. 역사는 이것이 사실임을 자주 입증하고 있다.

그러나 세계를 하나의 복잡하고 커다란 기계장치와 같은 것으로 보는 극단적 자연주의 기계론(mechanism)자들에 의하면, 우주는 원인과 결과에 의한 하나의 폐쇄적이고 독립적인 물질적 체계다. 그들은 세계가 목적 또는 의도에 의하여 이끌린다는 목적론을 반대한다. 아리스토텔레스의 목적인(目的因, finalcauses)은 다윈의 진화론에 의하여 자연으로부터 추방된다.

다윈의 진화론도 인간의 이성 기능을 설명할 때보다는 우리의 자연스러운 동정심과 혐오감 등 감정의 기원을 다루는 데 있어 훨씬 더 효과적이라고 하였다.

우리는 이미 본성상 뿌리 깊게 스며든 감정을 사회적 차원에서 강화하려고 시도한다. 이러한 시도가 의미 있는 것은 근친상간이 우리의 생물학적 생존을 가장 크게 위협하는 것으로 받아들여지기 때문이다. 근친상간적 관계는 무엇보다 기형아를 낳기 쉽다. 근친상간을 조장하는 유전자는 곧바로 소멸되는 반면, 그것을 저해하는 유전자는 확실한 이익을 취할 것이다. 여타의 자연적 욕구와 혐오도 유사한 방식으로 설명된다. 말은 근친 교미가 본능적으로 거부되며, 뱀에 대한 공포는 생물학적으로 이득이 되기 때문에 유전된다고 본다.

그런가 하면, 데이빗 흄(D.Hume)에 의해 이성은 감정의 노예로 전락한다. 이성은 사물의 관계를 인식할 뿐 행동의 원동력은 욕구라고 생각했다. 이성은 우리에게 목적을 정해줄 수 없고, 다만 우리가 이미 욕구하는 것을 달성하는 방법을 가르쳐 줄 수 있기 때문에 "이성은 감정의 노예"라고 주장했다.[11]

프로이트도 이성이 감정을 통제하기는 하지만, 결국 그것을 지배할 수는 없다며 생명의 힘은 우리의 본능적 생활에서 나온다고 보았다.

그리고 니체는 인간의 행위를 지배하고 있는 잠재적 요인이나 본능의 중요성을 강조한다. 이 점은 마르크스나 프로이트와 일치하며 이들은 인간 이성의 허구를 밝히는 문제에 자신들의 삶마저도 아낌없이 바쳤다는 점 역시 동일하다. 아무튼, 니체는 "우리의 제도적 생활 전체를 하나의 근본적인 의지의 형식 – 힘에의 의지"로 설명할 수 있다고 믿었다. 무엇보다도 개인은 타인의 이익에 종속되어서는 안 된다는 것이다. 니체의 이상형은 사회의 규범이나 전통적 도덕에 의해 제한받기를 거부하는 영웅적인 개인이다.

우리의 목적은 외부세계에서 주어지지 않고 우리 자신의 의지가 명령하는 것이다. 우리 스스로 우리의 기준을 창조해야 하는 것은 도덕 기준의 객관적 원천이 없기 때문이다. 니체에게는 의지가 자유로운가의 여부가 아니라 의지가 강한가 아니면 약한가 문제이다.

삶 자체는 본질적으로 강자의 횡포, 공격, 지배이며 약자에게 있어 그것은 억압, 고통이다… 가장 힘없는 온순한 자에게 있어 그것은 착취일 뿐이다.

그런데 그는 약육강식 형태의 착취가 타락한 사회, 불완전하거나 원시적인 사회의 표시라는 것을 부정하면서, "그것은 생명체의 근본 기능으로서 삶의 본질에 속하며, 엄밀히 말해 삶의 의지라고 할 수 있는 힘에의 본능적 의지의 결과다"라고 말한다. 그는 삶에 있어 그것의 방향을 지시하는 힘에의 의지가 필요하다고 믿었다. 그 힘의 본질이 '더 강해지려는 성향'이라는 것이다. 말하자면, 우리는 삶의 의미를 결코 발견할 수 없으므로 그것을 창조해야 한다는 것이다.

니체의 이러한 사상은 나치의 추종자들이 세기의 광기를 부리는 데 잘못된 영향을 주고 인류에게 이성의 위험성을 일깨워 주었다. 말하자면 니체의 철학이 히틀러의 제3제국(1933~1945) 아래에서 열렬히 받아들여졌음은 확실하다. 히틀러는 바이마르의 니체 박물관을 방문하여 니체의 흉상 옆에서 사진을 찍기 위한 포즈를 취함으로써 그에 대한 자신의 존경심을 알리려 애썼다. 히틀러의 《나의 투쟁》(Mein Kampf)은 니체 사상 일부를 그대도 반영하고 있을 만큼 그가 스스로를 니체가 말한 '초인(超人)'으로 여겼다는 것은 의심의 여지가 없다.

하지만, 초인이란 이 세상의 의미라고 니체는 말한다. "너의 의지로 하여금 초인이 이 세상의 의미가 될 것이라고 말하도록 하라." 인간은 "동물과 초인 사이에 놓인 밧줄, 끝없는 심연에 걸쳐져 있는 밧

줄이다." 이렇게 말하는 짜라투스트라는 진화론의 영향을 받은 것이 분명하다. 결국, 니체는 마르크스, 프로이트와 같이 사람들의 이성과 목적이 현실적 가치를 지닐 수 없다고 설파한 것이다.

같은 맥락에서, 비트겐슈타인에 이르러서는, 인간 본성은 언어로 표현되고 언어에 의해 창조되는 것으로 보았다. 인간의 삶은 언어가 그 한 부분으로 차지하는 사회적 활동에 그 뿌리를 둔다. 진정한 의미에서 사회가 인간의 본질을 규정한다. 왜냐하면, 언어가 학습되는 곳은 다름 아닌 사회이기 때문이다. 우리를 인간답게 만드는 것은 우리가 언어를 소유하고 있다는 사실이며 우리가 사는 세계를 파악할 수 있게 하는 범주를 제공하는 것도 언어이다.

비트겐슈타인은 니체와 프로이트처럼 이성에 대한 본능의 우월성을 인정했다. 그는 본능이 우선하며 이성적 추론은 그다음이다. 언어게임이 생길 때까지 이성은 존재하지 않는다고 말하는데, 이를테면 개가 주인이 현관에 있다는 것은 알 수 있지만 "주인이 내일모레나 돌아올 거라는 것도 알 수 있느냐"라고 물으며, 이러한 언어게임이 이루어지는 것은 동물 세계와 구별되는 인간의 언어 세계에서만 가능할 뿐이라고 한다. 그런 의미에서도 사회가 인간의 본질을 규정한다고 말한다.

인간의 언어는 뇌가 만든 새로운 우주다. 우주가 시공 속의 존재라면 언어는 관계 속의 존재이다. 언어는 인간과 인간의 관계 속에서만 존재한다.

그렇다면, 도대체 누구의 말이 옳은가?

한 가지 분명한 사실은 그들 모두가 옳을 수는 없다는 것이다. 삶은 초자연적인 의미를 가질 수도 있고 그렇지 못할 수도 있다. 우리는 시공간의 제약을 허물고 자유롭게 활동하는 이성 능력을 소유할 수도 있지만 그렇지 않을 수도 있다. 어쩌면 우리는 마르크스가 생각했던 대로 사회의 산물일 수도 있고, 아니면 프로이트가 제시했던 것처럼 우리 내면의 산물일 수도 있으며, 우리의 지식과 통제를 벗어난 어떤 힘의 노리개일 수도 있다.

그렇지만 그들도 우리가 외부의 힘으로부터 자유로울 수 있다고 생각했다. 분명히 우리는 여러 가지 입장을 놓고 선택을 해야 하는 상황을 피할 수 없으며, 이러한 사실은 명백히도 우리가 자유를 소유하고 있음을 알려준다.

우리가 자유롭다는 것은 지적 관심의 대상에 그치지 않는다. 어떻게 우리의 삶을 영위해야 하는가는 우리가 제시하는 답변에 좌우되며, 그러한 문제들을 피하려고 해도 여전히 우리는 특정의 방식으로 삶을 영위함으로써 그러한 문제에 답하게 된다.

분명한 것은 이천 년 이상이 되었지만, 인간 본성에 관한 일반적 합의의 징후나 확실하게 밝혀진 것은 없다는 점이다.

2) 과연 인간의 불변적 본성은 있는가?

철학적 관점에서 언제 이론이 제시되었는가는 중요하지 않다. 가장 최근 사상이라고 반드시 최선은 아니다. 과학과 달리 철학은 우리의 지식을 반드시 증대시키는 방식으로 과거 세대의 사상들을 토대로 삼을 것을 요구하지 않는다.

그럼 진리란 존재하지 않는 걸까?

누가 옳은가에 관해 조금도 일치되지 않는다면 옳고 그름의 구별도 무의미해질지 모른다. 철학적 논쟁이 성립할 수 있는 까닭은 인간성과 관련된 중요한 문제에 대해 옳고 그름이 성립할 수 있다는 전제가 있기 때문이다. 이성을 발휘할 수 있다는 것은 곧 진리에의 접근 가능성을 전제하고 있다. 진리와 허위와의 구별이 없다면, 어떠한 믿음을 받아들이거나 거부할 참된 이유도 존재할 수 없다.

그렇다면 우리는 이성을 발휘하는 것을 인간의 가장 두드러진 특징이라고 결론 내릴 수 있을까?

설령 그렇다 하더라도, 우리는 우리 이성 능력의 명백한 오류 가능성을 잊어서는 안 된다. 우리 모두는 결함이 있으며, 인간 이성의 이러한 근본적 결함 때문에 우리 자신의 본성에 대해 어떤 합의에 도달하기 어려우리라는 것은 놀랄 만한 일이 아니다.

이와 같은 한계 상황을 염두에 두면서 옛 성현이 가르친 진리를 다시 살펴보자!

일찍이 중국의 묵자는 인간의 불변적 본성을 부인하고 인간의 의식은 물들여지는 것이라는 소염론(所染論)을 주장하였다.

반면에 공자는 인간의 본성을 성(性)이라고 하고 그것의 운동을 도(道)라고 말하였다. 그러나 그의 제자들은 공자가 말한 성을 서로 반대로 해석했다. 맹자는 선한 것으로 순자(荀子)는 악한 것으로 보았던 것이다.

그러나 이들은 모두 도(道)에 이르기 위해서 어진 사람, 즉 인자(仁者)가 되어야 하고 인자가 되기 위해서는 선왕의 예(禮) 즉, 주례(周禮)로 돌아가야 한다고 말했다. 그러므로 그들은 자유를 말하지 않고 질서를 말한 것이다. 하지만, 여기서 중요한 것은 만약 인간의 본성이 악하다면 인간은 교육과 규제의 대상이 될지언정 자유의 주체는 되지 못한다. 결국 순자의 예치주의 혹은 법치주의는 절대국가의 교리가 되었다.

서양의 경우, 철학은 '나' 자신을 아는 것을 목적으로 출발하였다. "너 자신을 알라!" 이것은 그리스의 소크라테스가 말한 최초의 철학적 계명이다. 소크라테스와 그의 제자들은 정신과 물질을 구분하는 이원론을 주장하고 인간은 영원불멸의 영혼(soul)과 유한한 육신(body)의 결합체로 보았다. 이런 영혼불멸의 믿음은 소크라테스와 예수의 순교를 낳을 정도로 확고하였던 것이며, 오늘날까지 일부 종교의 믿음이 되어 있다. 다만, 소크라테스는 지성과 정의를 위한 순교자였다면, 예수는 사랑과 해방을 위한 순교자였다라는 점이 본질적으로 다른 면이다.

한편,《구약성서》에 나오는 '원죄설'은 인간의 본성은 원래 선한 것이었으나 죄를 지어 악한 것으로 변했다고 말하고 있다. 이것은 결국 순자의 '성악설'과 똑같이 전체주의의 함정이 된다.

최근 리처드 도킨스는 "인간은 이기적 유전자의 복제 욕구를 수행하는 생존 기계다"라고 간파하고, DNA(자기 복제자)의 진정한 목적은 생존하는 것, 그 이상도 이하도 아니라고 주장한다. 그것이 사실이라면, 우리의 본성은 DNA의 목적에서 벗어날 수 없으므로 그에 대한 평가, 예컨대 선이다 악이다 등을 논하는 것은 무의미한 사변(思辨)이 되며, 자연만물의 본능과 인간의 본성은 구분이 되지 않는다. 다만, 생존 기계의 행동에서 가장 뚜렷한 특징의 하나는 목적이 있는 것처럼 보인다는 것이다. 사람의 경우 이 목적성은 '의식'이라고 불리는 특성을 진화시켰다.

그렇다면, 인간은 유전자(DNA)의 전달을 목적으로 하는 생식 욕구가 곧 본성인 것인가? 아니면 원래는 백지였던 욕구가 사회 문화적인 환경에 의해 형성되고 생존 · 번식에 적합하게 진화되어온 자유 의식이 본성이 된 것인가?

흄(D.Hume)은 자연적인 동기가 인간 본성에 존재하고, 그다음 인위적인 덕으로 도덕이나 정의가 사회적인 동기로 보충하게 된다고 봄으로써, '인간은 이기적이면서도 공감 능력에 의해 그 개인성을 뛰어넘어 사회적인 가치를 추구하는 존재가 된다'고 말한다. 그럴 경우는 본성을 조절할 수 있는 것이 인간의 특성이 된다.

지금도 인류는 문화를 수용만 하는 동물이 아니라 스스로 창조하는 능력을 가진 '초월적 존재'임을 강조한다. 그러므로 고정불변하는 것처럼 보이는 인간 본성의 상당 부분이 가변적인 사회조건의 산물일 수밖에 없는 것임을 확인할 수 있다.

아무튼, 인간 본성의 주제는 종교나 정치에 모두 관련된다. 그것은 감정에 좌우되는 주제일 수 있지만, 동시에 우리 모두에게 근본적인 중요한 문제이기도 하다.

우리가 어떤 종류의 존재이냐가 중요한 만큼이나 우리가 어떻게 사유를 하느냐도 중요하다. 우리 자신에 대해 우리가 갖고 있는 생각은 우리가 영위하는 삶의 방식을 지배한다. 잘못된 사상이나 참된 사상이나 영향을 미치기는 마찬가지다. 우리는 이미 두 차례의 세계대전과 이데올로기의 충돌을 겪으면서 잘못된 사상과 광적인 의지가 초래한 재앙을 경험했다. 우리가 마땅히 따르면서 살아야 하는 삶의 방식은 이 세계의 자연적 질서에 토대를 둔 것이 아니라 특정의 정치 체제에로 소급될 수 있을 뿐이다. 그런 역사적 관점에서 보더라도 삶의 어떤 궁극적 목적은 없으며, 우리가 이미 받아들여 왔던 많은 부분이 허상에 지나지 않게 된다.

◯ 경험과 지식 지혜의 맹점

우리는 환경에 매인 개체의 종으로서의 동일성 외에 개체의 정신적 자아를 인정할 수 없다. DNA 유전자는 어떤 특성을 결정하는 본성 같은 것은 아니며, 그것은 환경의 자극에 대한 개체의 반응을 일정하게 통제할 뿐이라고 여겨진다.

인간의 본성은 인간이 과거의 진화와 개체적 삶을 통해서 축적한 적응과 반응의 역사적 표현이다. 유전적 요소와 경험적 요소는 모든 생물의 행동 양태에 대해서 상호 연관되는 방식으로 작용한다.

사람은 누구나 자기가 깨친 요령과 지혜를 다음 대에 물려주고 싶을 것이다. 그러나 경험과 지식·지혜의 맹점은 DNA에 담을 수 없다는 데 있다.

한 사람이 평생에 걸쳐 가까스로 얻은 그것들은 죽음과 함께 사라지며 후대는 같은 것을 다시 겪고 새로 습득해야 한다.

DNA는 하나의 가능태일 뿐이다. 이것은 인류 역사가 쳇바퀴 돌듯 하는 원인이 아닐 수 없다. 다만 과학과 문화사적 성과가 이를 보완하여 발전한다.

예컨대 오늘날 우리가 사용하는 언어와 문자는 인류가 버티며 축적해온 공감과 소통, 사회적 교류의 수단인 동시에 그 발전의 결과물이다.

그렇게 보면, 인간의 본성은 과거나 현재나 본질적으로 똑같다고 생각된다. 이는 동물과 식물이 500년 전이나 지금이나 아무것도 진보하고 있지 않은 것과 마찬가지일 것이다. 우리 인간의 본성은 그런 자연본성 속으로부터 이탈하여 이성적 기교를 부린다 해도 기껏해야 파괴적인 결과를 낳을 뿐이다.

다시 말하여, 삶의 의미와 가치가 현실 세계를 초월하여 보증될 수 없다면 이성적 기교는 결국 절망 속으로 빠지기 쉽다.

분명한 것은 존재와 삶의 의미와 관련된 문제는 궁극적으로 인간의 본성 그리고 세계 내에서 인간의 위치에 관한 문제들과 분리될 수 없다는 사실이다.

그렇다면 결국, 인간의 본성은 감정의 현상으로부터 실마리를 찾아야 한다. 우리의 공감 능력 즉, '보편적 감정'이야말로 인간의 본성을 나타내는 것일 수 있다는 얘기다.

인간의 본성은 생물학적 근거 위에서도 인간성의 공통된 유사 경향을 꼽을 수 있는데 그것은 모두 보편적 감정과 통한다, 즉, 생존하고, 번식하고, 자유롭게 활동하고자 한다.

말하자면, 자연은 인과응보의 법칙성과 먹이사슬의 본능적 순환 원리에서 자유롭지 못하지만, 인간에게는 인간화의 가능성이 늘 잠재해 있어, 인간이란 인간으로 태어나는 것이라기보다는 인간으로 만들어지는 존재이고 그러한 인간다운 인간으로서의 이상(理想)이 또 하나의 인간 본성으로 작용한다고 얘기할 수 있다.

3) 인간은 자유의지를 가진 존재인가?

◯ 본성과 자유의지

사회에 선행하는 자연 상태 또는 가상적 상태에서 인간의 불변적 본성을 인정할 수 없듯이 자유의지의 유무도 인간의 사회적 존재로서의 속성을 인정하지 않고는 파악되지 않는다. 사람은 생명유기체로서의 '육체적 생명'과 사회적 존재로서의 '사회적·정치적 생명'을 가진 특별한 존재로서 '자살'이 가능한 것은 인간이 본질적으로 사회적 속성을 지닌 존재임을 나타낸다.

인간의 본성이란, 다른 존재에게는 없는 사람에게만 고유한 속성, 즉 그것이 있음으로써 비로소 인간이 되게 해주는 속성이다.

요컨대, 사람은 자주성, 창조성, 의식성을 가진 사회적 존재이다.

'자주성'은 환경에 대한 동물의 종속성, 예속성에 대립되는 사회적 인간의 속성이고, 이것은 사회적 존재인 사람에게 있어서 제2의 생명이다. 생물학적 생명이 아니라 사회·정치적 생명이다.

'창조성'은 외부환경에 대한 동물의 맹목성에 대립하는 인간의 속성으로 자기의 요구에 맞게 목적의식적으로 세계를 개조하고 자기 운명을 개척해 나가는 사회적 인간의 속성이다.

'의식성'은 본능에 의하여 행위가 규정되는 동물의 특성에 대립하는 인간의 속성이다. 의식은 뇌수의 작용에 의한 물질세계의 반영이지만, 생물학적 발전의 결과가 아니라 사회적 산물인 것이다.

이러한 인간의 특성은 선험적인 것이 아니라 역사 과정을 통하여 발전하며 사회제도가 달라짐에 따라 변화한다. 그래서 인간의 사회적 존재가 사회적 의식을 규정한다고 본 마르크스는 '사회는 개인들로 구성되는 것이 아니라 그들 서로의 관계의 총체이다'라고 했다.

사르트르(J.P. sartre)는 '실존은 본질에 앞선다'라고 말하면서 각 개인은 자신의 본질을 스스로 형성해 나갈 수 있다고 보는 무신론의 입장이다. 신이 있다면 신은 자신의 뜻에 따라서 각각의 인간을 만들었을 것이고 각 개인의 본질적인 성격을 비롯해서 그 개인이 살아갈 삶의 행로를 이미 지정해 주었겠지만, 신은 존재하지 않기 때문에 우리 인간은 철저하게 자유롭고 자신을 자유로이 형성해 나갈 수 있다는 것이 그의 생각이었다.

한편, 쇼펜하우어는 신이 이 세상을 창조했다고 주장하지는 않지만, 우리가 경험하는 이 세계의 개체들이 하나의 우주적인 의지로부터 비롯되었다고 본다. 그의 주장은 말하자면, 인간을 비롯한 각 개체는 모두 거대한 바다의 보잘것없는 물거품이거나 물방울에 불과하다고 한다.

우리는 이러한 물거품이나 물방울을 실재로 여기고 세계는 이러한 물방울들로 이루어져 있다고 생각하지만 진정한 실재는 이러한 물방울 아래에 존재하는 하나의 거대한 바다라고 할 수 있다는 것이다.

쇼펜하우어는 각각의 인간은 이렇게 거대한 바다와 같은 우주적

의지에서 비롯된 물방울이고, 그러므로 이러한 물방울이 어떠한 형태를 띠고 어떻게 생겨났다가 어떻게 사라질지를 스스로 결정할 수 있는 것은 아니라고 생각했다. 그것은 우주적인 의지에 의해서 이미 정해져 있다고 여겼다. 따라서 쇼펜하우어는 인간의 자유의지를 부정한다. 인간은 타고난 성격대로 행동할 수밖에 없다는 것이다. 우리 자신은 우리가 자유롭게 생각하고 행동한다고 자부하지만 사실 우리가 의식하지 못해서 그렇지 우리의 생각과 행동을 결정하는 것은 우리의 성격이라는 것이다.

이런 논리로 보면 프로이트 역시 자유의지를 인정하지 않고 있다. 우리의 행위가 숙고된 합리적 결단의 결과가 아니라 무의식적인 강력한 본능적 충동의 결과라면 우리가 자유롭다고 느낀다는 사실만으로는 우리가 우리의 의지대로 움직일 정도로 자유롭다고 말할 수는 없는 것이다. 다시 말하여 무의식이 의식을 지배한다면, 우리 자신을 통제함에 있어 우리가 도덕적으로 책임을 져야 하는가가 문제로 된다고 하겠다.

그리고, 과학적 성과를 통해 살펴본다면, 우주의 본체에는 털끝만큼의 증감도 없다는 '질량 불변의 법칙' 즉 '에너지 보존의 법칙($E=mc^2$)' * E=에너지, m=질량, c=광속 하에서 우주의 모든 사물은 상대의존(相對依存) 관계에 있다는 것은 하나의 진리다. 오늘날 물리학자들이 말하는 '상보성원리(相補性原理)'란 바로 이런 서로 돕고 서로 도움을 받는다는 자연의 섭리를 말한다. 특히 인간이 언제까지나 서로 돕고 의지하며 살아가지 않으면 안 된다는 깨달음을 불교에서는 인연(因緣)의 관계라고 한다. 이러한 시스템적인 견해는 세계를 통합의 관점에서 파악하는 것이다. 시스템이라는 것은 통합된 전체를 말하므로 그 성질들은 작은 단위의 성질로 환원될 수 없다. 예컨대, 박테리아로부터 광범위한 식물과 동물을 거쳐 인간에 이르기까지의 모든 유기체는 그 하나하나가 통합된 전체이다. 즉, 모든 자연의 시스템은 부분들 사이의 상호작용과 상호의존으로부터 독특한 구조가 생기는 전체이다. 살아있는 유기체는 스스로 조직하는 시스템이며, 구조와 작용의 질서가 환경에 의해 주어지는 것이 아니라 그 시스템 자체에 의해 만들어진다는 것을 뜻한다. 스스로 조직하는 시스템은 어느 정도의 자치성(自治性)을 보여준다.

자기 조직의 두 가지 역동적 현상은 자기갱신(self-renewal) 즉, 살아있는 조직이 그들의 구성 요소들을 계속하여 갱신시키고, 재순환 시키면서도 전체적 구조를 유지할 수 있는 능력과 자기초월 즉, 배우고 발전시키고 진화하는 과정에서 육체적·정신적 한계를 창조적으로 초월하는 능력이다. 자기조직 시스템의 상대적인 자치 능력은 자유의지(free will)라는 오랜 철학적 문제에 대해 새로운 조명을 한다. 시스템의 관점에서 보면 결정론과 자유는 둘 다 상대적인 개념이다. 시스템이 환경으로부터 자치성을 지니는 한도 내에서는 그것은 자유인 것이고, 계속적인 상호작용을 통해 환경에 의존하는 한도 내에서의 활동은 환경의 영향에 의해 결정될 것이다. 유기체의 상대적 자치성은 통상적으로 그들이 복잡해짐에 따라 증가하며, 인간에 와서 그 절정에 이른다.

인류는 문화를 수용만 하는 동물이 아니라 언제나 그래 왔듯이 지금도 스스로를 창조한다. 이러한 명증적인 사실 하나만으로도 우리는 문화를 초월하는 자유의지를 부정할 수는 없을 것이다.

요컨대, 인간존재의 '자유의지(free will)'를 주장하는 철학적 입장은 인간이란 기본적으로 자신의 자유로운 선호와 희망에 따라 합리적인 선택을 함으로써 자신의 운명과 미래를 스스로 만들어 갈 수 있는 존재로 간주한다.

반면에 인간존재의 '결정론'을 주장한 입장은 인간존재와 그의 행위는 자신의 의지에 의해 자유롭게 선택해 나갈 수 있는 성질의 것이 아니라 자신의 행위 이전에 존재했던 많은 선행 혹은 외부 요인, 예를 들어 심리적, 환경적, 문화적, 육체적 요인에 의해 전적으로 혹은 상당 부분 결정된다고 간주한다.

이와 같은 인간에 대한 존재론적 논쟁은 사회정의나 도덕철학에서 커다란 의미를 가지는데, 그 이유는 인간의 행위나 태도의 옳고 그름을 판단하거나 인간에게 공정한 몫을 정할 때 자신의 능력이나 의지와는 무관한 요인에 근거해서 그 사람을 비난하거나 책임을 묻는다든지 혹은 분배와 관련된 도덕적 자격을 판단하는 것은 윤리적으로 정당하지 못하기 때문이다.

이를테면 한 개인이 자신의 피부색을 스스로 선택할 수 있는 자유로운 의지와 능력이 없는 이상 피부색을 한 개인이나 집단이 부담할

선과 악의 판단이나 도덕적 자격의 기준으로 취급하는 것은 바람직하지 못한 것이다.

결국, 인간은 행위의 주체가 될 수 있느냐는 물음은 "나에게 자유의지가 있는가?"라는 물음이기도 하다.

그렇다면 과학적 관점으로는 어떻게 설명될 수 있는가?

과학이론은 인과율을 당연한 전제로 하는 것이므로 물론 물질세계는 결정론을 부정할 수 없다. 하지만 그렇다 하더라도 인간의 운명과 역사도 결정론적인가 또는 인과적 법칙과 자유의지가 양립할 수 있는 것인가 하는 점이 문제로 대두된다.

결정론자들은 결정론과 자유의지가 양립 가능한 것이라고 말하고, 인간의 자유의지는 인과 법칙에 얽매인 일차적인 욕구를 효과적으로 도덕적인 행위에 연결시키는 2차적인 욕구를 형성하는 능력이라고 말한다.

그러나 현대과학은 자유의지를 인정하지 않는다.

◯ 21세기 과학이 말하는 '자유의지' 문제

오늘날 인권, 민주주의, 자유시장 등 개인의 자유에 높은 가치를 두는 것은 자유의지를 가졌다고 믿기 때문이다. 이른바, 인간에게 자유의지가 있다는 사실적 기술은 존 로크, 장 자크 루소, 토머스 제퍼슨 시대에는 타당한 말처럼 들렸지만, 생명과학의 최신 연구결과와는 잘 맞지 않는다. 자유의지와 현대과학 사이의 모순은 분명 존재하지만 많은 사람이 불편하다는 이유로 거론하기를 꺼리는 문제이다.

예를 들어, 먼저, 진화론은 내 진정한 자아가 분리되지 않고 변하지 않고 영원히 지속되는 것이라는 본질 개념을 거부한다. 우리가 말하는 '영혼'이 분리되지 않고 변하지 않고 영원히 지속되는 어떤 것을 의미한다면, 영혼의 존재는 진화론과 아귀가 맞지 않는다.

진화론적 관점에서 보면, 우리가 지닌 것 가운데 인간의 본질에 가장 가까운 것은 유전자이고 유전자 분자는 '영원한 것'이 존재하는 곳이 아니라 돌연변이의 운반체이다. 이런 사실은 영혼을 포기하느니 차라리 진화론을 거부할 수많은 사람에게 끔찍한 일이다. 또 18세기에 인간의 두뇌는 신비한 블랙박스였고, 그 내면의 작동기제를 이해하는 것은 우리 능력 밖의 일이었다.

그러나 지난 세기 과학자들은 인간의 블랙박스를 열어 그 안에 영혼, 자유의지, 자아 같은 것은 없다는 사실을 알아냈다. 그 안에 있는 것은 다른 모든 실재와 똑같은 물리적, 화학적 법칙의 지배를 받는 유전자, 호르몬, 뉴런뿐이었다.

오늘날의 학자들이 볼 때, '왜 한 남자가 낭떠러지에서 뛰어내려 죽었는가.'라는 질문에 '그의 선택이었다.'라는 대답은 기대에 미치지 못한다. 유전학자들과 뇌 과학자들은 훨씬 더 자세한 대답을 제시한다. '그가 그렇게 한 것은 뇌에서 일어나는 이런저런 전기화학적 과정들 때문이고, 그런 과정을 만드는 것은 특정한 유전자 구성이다. 그리고 그런 유전자 구성은 우연한 돌연변이와 오래된 진화적 압력의 합작이다.' 자살을 초래하는 뇌의 전기화학적 과정들은 결정론적이거나 무작위적이거나 둘 다이다. 하지만 자유의지를 따르지는 않는다.

예컨대, 뉴런 하나가 발화해 전하를 내보낼 때, 그것은 외부자극에 대한 결정론적 반응이거나 아니면 방사성 원자의 자발적 붕괴 같은 무작위적 사건의 결과일 것이다. 어느 쪽도 자유의지가 들어설 여지는 없다.

지금까지 밝혀진 과학적 사실에 따르면, '자유'라는 신성한 단어는 알고 보니 '영혼'과 마찬가지로 의미를 밝히고 말고 할 것도 없는 알맹이 없는 용어였다. 자유의지는 앞으로 우리 인간이 지어낸 상상의 이야기 속에만 존재할 것이다. 자유를 관 속에 넣고 못을 박은 것은 진화론이다. 진화는 불멸의 영혼과 아귀가 맞지 않는 것처럼, 자유의지라는 개념도 받아들이지 않는다. 인간이 자유의지를 가지고 있다면 어떻게 자연선택이 인간의 모습을 바꿀 수 있었겠는가?

진화론에 따르면 동물들이 하는 모든 선택은 그들의 유전 암호를 반영한다. 만일 어떤 동물이 적응도 높은 유전자 덕분에 영양분이 풍부한 버섯을 고르고 건강하고 생식력 있는 짝과 교미한다면, 그 유전자들은 다음 세대로 전달될 것이다. 만일 적응도가 낮은 유전자 때문에 어떤 동물이 독버섯과 빈혈에 걸린 짝을 선택한다면, 그 유전자들은 멸종할 것이다. 하지만 어떤 동물이 무엇을 먹고 누구와 짝짓기를 할지를 '자유의지'로 선택한다면 자연선택이 할 일은 없을 것이다.

인간은 자신의 욕망에 따라 행동한다. 우리가 '자유의지'를 욕망에 따라 행동하는 능력이라는 뜻으로 정의한다면 맞는 말이다. 인간에게는 '자유의지'가 있고 침팬지와 개나 말도 마찬가지다. 말은 풀을 먹고 싶으면 먹는다. 하지만 정작 중요한 질문은 말과 사람이 내면의 욕망에 따라 행동 할 수 있느냐가 아니라 과연 그들이 애초에 자신의 욕망을 선택할 수 있느냐이다. 왜 말은 고기나 익힌 풀이 아니라 생 건초와 당근을 먹고 싶어 할까? 왜 나는 짜증나는 이웃에게 화해 대신 그를 죽이기로 결정할까? 왜 나는 검은색 자동차가 아니라 빨간색 자동차를 사고 싶어 할까? 이런 소망 가운데 그 어떤 것도 내 선택이 아니다. 내가 특정한 소망을 느끼는 것은 내 뇌에서 일어나는 생화학적 과정들이 그런 느낌을 만들어내기 때문인 것이고, 따라서 욕망이 생기는 그런 과정들은 결정론적이거나 무작위적일 뿐 자유의지에 의한 것은 아니다.

그렇다면, 욕망을 억제하는 의지도 자유의지가 아니란 말인가?

결국, 유기체가 자유의지를 갖고 있지 않다면, 그것은 우리가 약물, 유전공학, 직접적인 뇌 자극을 통해 그 유기체의 욕망을 조작하는 것은 물론 통제까지 할 수 있다는 뜻이다. 진화론에 따르면 동물들이 하는 모든 선택은 (습관이든, 음식이든, 배우자든) 그들의 유전 암호를 반영한다. 만약 어떤 동물이 무엇을 먹고 누구와 짝짓기 할지를 '자유의지'로 선택한다면 변이들의 개체보존 원리인 자연선택이 할 일은 없을 것이다.

이처럼 욕망은 선택하는 것이 아님(고통을 피하고 배고픔을 채우는 등의 욕망은 선택적인 것이 아님)에도 불구하고 수백 년 동안 신학적 개념에 매몰되어 영혼과 의지의 관계에 대하여 논쟁했다. 즉, 그리스도교, 이슬람교, 유대교 학자들은 모든 사람이 영혼이라 불리는 내적 본질을 지니고 있으며 그것이 진정한 '나'라고 추정했다. 그들은 내 자아가 옷, 자동차, 집을 소유하는 것과 마찬가지로 다양한 욕망을 소유한다고 주장했다. 나는 옷을 선택하는 것과 똑같은 방식으로 욕망을 선택하고 내 운명은 그런 선택들에 따라 결정된다는 것이다.

하지만, 욕망은 자연적인 것이다. 인간에게 '자아'라고 불리는 내적 본질이 없는데 '자아'가 어떻게 욕망을 선택하겠는가. 영혼이 존재하지 않듯이, 현실에는 의식의 흐름만 존재하고 욕망은 그 흐름 안에서 생겨났다가 사라질 뿐이다. 욕망을 소유하는 불멸의 자아는 존재하지 않는다. 따라서 내가 내 욕망을 결정론적으로 선택하는지 무작위로 선택하는지 자유의지로 선택하는지 묻는 것은 무의미하다.

지난 200년에 걸쳐 생명과학은 인간이라는 유기체의 내적 작동 방식을 연구하고 거기서 아무런 영혼도 발견하지 못했다. 인간의 행동은 '자유의지'가 아니라 호르몬, 유전자, 시냅스에 의해 결정된다는 주장을 하고 있다. 음식부터 배우자에게 이르기까지 모든 것에 대한 우리의 선택이 어떤 신비로운 자유의지가 아니라 아주 짧은 순간에 확률을 계산하는 수십억 개의 뉴런에서 비롯하는 것임을 알게 됐다. 인간의 '직관'이라고 과시해 온 것이 사실은 '패턴인식'으로 드러났다. 침팬지, 말, 개미의 행동을 결정하는 바로 그 힘이 그것이다.

이처럼 현대과학은 자유주의의 자유의지에 대한 믿음뿐 아니라 개인주의에 대한 믿음도 약화시킨다. 자유주의자들은 우리가 분리할 수 없는 단일한 자아를 가지고 있다고 믿는다. 개인은 분리할 수 없는 존재라는 뜻이다. 물론, 우리 몸이 약 37조 개의 세포로 이루어져 있고, 내 몸과 마음이 날마다 변형과 변화를 겪는 것은 사실이다. 하지만 내가 진정으로 주의를 기울여 나 자신과 닿으려 하면 내면 깊은 곳에서 단 하나의 분명하고 진정한 목소리를 발견하게 된다. 그것이 내 진정한 자아이고, 거기서 우주의 모든 의미와 권한이 나온다. 자유주의가 성립하려면 나는 오직 하나의 진정한 자아를 가져야만 한다. 내가 하나 이상의 진정한 목소리를 가진다면 투표소에서, 슈퍼마켓에서 그리고 자살과 같은 결단을 앞에 놓고 어떤 목소리에 주의를 기울여야 할지 어떻게 안단 말인가?

하지만 지난 몇십 년 동안 생명과학은 이런 자유주의 이야기가 완전히 신화라는 결론에 도달했다. 단 하나의 진정한 자아란 불멸의 영혼과 마찬가지로 없는 것이다. 실제로 내 안 깊은 곳을 들여다보면 내가 당연하게 여기는 이른바 단일한 실체는 상충하는 목소리들의 불협화음으로 흩어지는데, 그 목소리들 가운데 어떤 것도 '내 진정한 자아'가 아니다. 인간은 나눌 수 없는 존재가 아니라, 인간은 '나눌 수 있는 존재'이다.

물리적으로 보더라도 인간의 뇌는 두꺼운 신경 다발로 연결된 두 개의 반구로 이루어져 있다. 각각의 반구는 몸의 반대쪽을 통제한다. 우반구는 몸의 왼쪽을 통제하고, 왼쪽 시야에서 오는 데이터를 수신하고, 왼팔과 왼 다리를 움직인다. 좌반구도 마찬가지다. 또 뇌의 두 반구 사이에는 정서적 · 인지적 차이도 있다. 대부분의 인지 활동에는 양쪽 반구가 모두 사용되지만, 똑같이 사용되는 것은 아니다. 대개 좌반구는 말하기와 논리적 추론에 더 중요한 역할을 하는 반면, 우반구는 공간정보를 처리하는 데 중요한 역할을 한다.

뇌전증 환자가 발작이 일어나는 동안 자기 몸에 대한 통제력을 잃게 된다. 이 경우 의사들은 두 대뇌반구를 연결하는 두꺼운 신경다발을 끊어 한 대뇌반구에서 시작된 전기폭풍이 다른 대뇌반구로 흐르지 못하게 함으로써 증상을 완화 시키기도 한다.

또 사람들이 어떻게 경제적 결정을 내리는지 알고 싶어 한 행동경제학자들도 여러 실험을 통해 우리에게 단일한 자아는 존재하지 않는다는 것을 보여준다. 오히려 그 결정들은 서로 충돌하는 내적 실체들 사이의 줄다리기 끝에 나온다는 점을 알아냈다. 실험결과는 우리 안에 두 개의 서로 다른 자아가 존재한다는 것을 폭로한다. 바로 경험하는 자아와 이야기하는 자아이다. '경험하는 자아'는 순간순간의 의식이다. 경험하는 자아는 아무것도 기억하지 못한다. 경험하는 자아는 어떤 이야기도 하지 않고 중요한 결정을 내리는 것은 모두 우리 안에 있는 매우 다른 실체인 '이야기하는 자아'의 독단이다.

예컨대, 많은 여성이 출산하는 동안 참을 수 없는 고통을 겪는다는 사실을 고려하면 어떤 여성도 두 번 다시 출산하려 하지 않을 것이다. 하지만 분만 마지막 순간과 이후 며칠 동안 산모의 몸에서는 코르티솔과 베타-엔돌핀이 분비되는데, 이 호르몬들은 통증을 줄여주고 안도감, 때로는 고양감까지 불러일으킨다. 나아가 아기에 대한 사랑이 점점 커지고 가족·친지·국민적 축복까지 더해서 출산의 경험이 고통에서 긍정적인 기억으로 바뀐다. 한 연구에 의하면, 여성들의 출산에 대한 기억이 정점과 마지막 순간을 주로 반영하는 반면 총 지속시간은 거의 영향을 미치지 않았음을 입증했다. 또 다른 연구에서는 출산한 지 두 달 된 2,428명의 스웨덴 여성들에게 출산에 대한 기억을 이야기해달라고 요청했다. 90퍼센트의 여성들이 출산의 기억을 긍정적 또는 매우 긍정적으로 보고했다. 물론 그들이 통증을 잊은 건 아니었다. 28.5퍼센트가 출산의 고통을 상상할 수 있는 가장 큰 고통으로 묘사했다. 하지만 그것이 경험 전체를 긍정적으로 평가하는 데 영향을 미치지 않았다.[12]

아무튼, 인생에서 중요한 선택 대부분이 이야기하는 자아에 의해서 이루어진다는 사실이다. 배우자, 직업, 거주지, 휴가계획 등 우리의 결정 대부분은 이야기하는 자아에 따른다.

그러나 사실은 경험하는 자아와 이야기하는 자아는 별개의 실체가 아니라 둘은 긴밀하게 얽혀 있다. 오히려 때때로 경험하는 자아는 이야기하는 자아가 세운 최고의 계획마저 방해할 정도로 강력하다.

이를테면, 나는 새해를 맞아 다이어트를 시작하고 매일 운동하기로 결심한다. 이런 중대한 결정은 이야기하는 자아의 독단이다. 하지만 막상 운동할 시간이 되면 경험하는 자아가 우세해진다. 나는 운동하러 가고 싶지 않아서 어떤 이유를 동원하고 먹을 것을 준비한 뒤 소파에 앉아 TV를 켠다. 그럼에도 우리 대부분은 자신을 이야기하는 자아와 동일시한다. 우리가 '나'라고 말할 때 의미하는 것은 우리가 하는 경험의 세찬 흐름이 아니라 우리 머릿속의 이야기이다.

우리는 경험하는 자아가 겪은 무질서한 인생을 가지고 논리적이고 일관된 이야기를 자아내는 내부 시스템과 우리를 동일시한다. 가령 이야기의 줄거리에 거짓과 누락이 허다하고 여러 번 고쳐 쓴 바람에 오늘의 이야기가 어제의 이야기와 앞뒤가 맞지 않는다는 사실은 중요하지 않다.

중요한 것은 우리가 태어날 때부터 죽을 때까지 즉, 타고난 하나의 불변하는 정체성을 가지고 있다는 느낌을 항상 받는 것이다. 이 느낌은 내가 나눌 수 없는 개인이며, 우주 전체에 의미를 제공하는 분명하고 일관된 내면의 목소리를 가지고 있다고 믿게 만든다.

그렇지만, 이런 것 역시 스스로에게 의미를 부여하는 망상에서 비롯된다고 할 수 있다. 왜냐하면, 이야기하는 자아라는 것도 국가, 신, 돈과 마찬가지로 상상 속 이야기임을 벗어날 수 없기 때문이다.

우리 모두는 자기만의 장르를 갖고 있다. 어떤 사람들은 비극 속에서 살고, 어떤 사람들은 끝없이 계속되는 종교극 속에서 산다. 어떤 사람들은 마치 액션 영화처럼 살고, 적지 않은 사람들이 희극처럼 살아간다. 하지만 이 모든 것은 결국 이야기일 뿐이다. 하나의 성향으로 말할 수는 있어도 불변하는 정체성으로 단정할 수는 없다.

그렇다면, 인생의 의미는 무엇인가?

자유주의는 어떤 외적 실체가 이미 만들어 놓은 의미를 우리에게 제공할 거라는 기대를 하지 말라고 한다. 오히려 유권자, 소비자, 관객은 저마다 자신의 자유의지를 이용해 자기 인생뿐 아니라 우주 전체의 의미를 만들어 내야 한다고 말한다.

하지만 생명과학은 개인이 자유의지를 갖고 있다는 생각은 생화학적 알고리즘의 집합이 지어낸 허구적 이야기에 불과하다는 주장으로 자유주의를 뿌리째 뒤흔든다. 이야기하는 자아는 끝이 없는 이야기를 지어내며 경험들의 혼돈에 질서를 부여하려 하지만, 아무리 설득력 있고 매력적일지라도 이 이야기 역시 결국은 사실에 없는 것을 사실처럼 꾸며 만든 허구일 뿐이라는 것이다.

그렇지만, 다윈의 진화론이 인간의 인지능력을 고양시켜 주었음에도 그리스도교가 사라지지 않고 있듯이, 생명과학자들이 '자유의지를 지닌 개인은 없다'라는 결론에 이르렀다고 해서 자유주의가 사라지지는 않을 것이다. 그러나, 과학적 통찰이 언젠가는 평범한 기술, 일상경제구조 안으로 들어오면 종교와 과학의 이중 플레이를 계속하기는 어려워질지도 모른다.

○ 인간의 사회적 존재가 '자유의지'를 낳는다

끝으로 나는 '인간은 자유의지를 지닌 존재인가?'라는 물음을 '인간은 사회적 존재이다'라는 '인간의 실존' 속에서 파악하고 답해 보려한다. 여기서 '인간의 실존'이란 본질적으로 인간이 동물계 즉, 본능적 적응의 세계로부터 벗어났고, 자연을 초월해 있다는 사실을 말한다.

그리고 '자유'는 생명의 원리이면서, 인간의 본질이다. 동물은 자연법칙의 지배에서 벗어날 수 없으므로 항상 자연에 적응하고 순응하는 반면, 사람은 자연법칙에서 자유로워지려고 한다. 뿐만 아니라 사람은 인간에 의한 인간의 지배에서도 자유로워지려고 한다. 세상 만물 중에서 오로지 사람만이 이러한 독특한 방식으로 세계와 관계를 맺는다. 자유를 전제로 하지 않은 채 선택을 말할 수 없기 때문에 인간의 본성으로 '자유'를 손꼽게 된다.

나는 결정론과 비결정론 모두를 배척한다. 비결정론의 주장대로 인간은 끊임없이 진화하고 변화한다고 보면 인간의 본성이라는 것을 말할 수 없게 된다. 따라서 이러한 단점을 넘어서기 위해서 인간의 본질을 선천적인 소질 또는 실체로 보지 않고 인간의 존재에 내재하는 모순으로 봄으로써 해결 가능하다고 생각한다. 즉, 인간은 사회적 존재다라는 명제로부터만 인간의 자유의지는 논의의 대상이 될 수 있는 것이다.

철학이 사람과 세계와의 관계를 고찰함으로써 인간의 본성을 규명한다면, 심리학은 그런 인간 본성에서 흘러나오는 동기를 밝혀 내려 한다. '동기'는 욕구 · 요구 · 소망 등을 모두 포함하는 매우 포괄적인 개념이다. 인간의 동기란, '인간 활동의 원인이 되는 심리적 요인들'을 의미하는데, 욕구가 바로 그런 요인 중 하나다. 즉, 욕구는 그것이 생물학적 욕구든 사회적 욕구든 간에 사람에게 인식됨으로써 동기로 작용하게 된다.

프롬(Erich Fromn)도 인간의 본성을 생물학적인 동기가 아닌 사회적인 동기에서 찾은바, 인간 본성이란 바로 '사회적 존재'로서의 인간 본성을 말한다. 인간의 본능은 인간이 어떻게 결정을 내려야 하는지에 관해서는 아무것도 말해 주지 않는다는 것이다.

다시 말하여, 프롬은 사람에게 생물학적 동기(동물적 동기)는 부차적인 동기임을 밝혔고, 나아가 인간 본성은 오직 역사적으로만 이해할 수 있는 것이라고 강조했다. 그런데, 인간 본성을 규명하는 데 있어 주의해야 할 것은 인간 본성을 특정한 사회 · 역사적 조건에만 나타나는 특수한 속성(개인적 이익만을 추구하려는 속성과 같은 것)과 혼동하면 안된다는 것이다. 예를 들어, 자본주의 제도는 인간 본성과는 무관한 탐욕이나 소유욕과 같은 동기들을 인위적으로 유발하고 조장하기 때문이다.

프롬은 자유를 ~로부터의 자유(소극적 자유)와 ~로 향하는 자유(적극적 자유)로 구분했다. 이 두 가지 자유를 모두 추구하는 사람의 속성이란 본질적으로 '주인이 되려는' 속성이라고 볼 수 있다. 사람은 이 주인이 되려는 속성을 획득함으로써 세계에 단지 적응만 하는 동물적 존재로부터 세계를 지배하고 개조하는 사회적 존재로 전환될 수 있었다고 말한다.

한편, 마르크스는 '자유' 외에도 '의식적인 활동'을 인간의 본성으로 언급했다. 사람은 본능에 의해 지배당하는 생물학적 존재가 아니라 '의식'을 통해 스스로를 지휘하고 통제하는 사회적 존재이다. 즉, 본능에 의해서가 아니라 자신이 원하는 바대로 살아가려는 사회적 존재는 세계와 자기 자신을 인식할 수 있어야 할 뿐만 아니라 스스로를 지휘하고 통제할 수도 있어야 한다. 이를 위해 사람은 의식을 창조했고, 의식의 힘을 이용해 세계를 인식하고 스스로를 지휘·통제할 수 있게 되었다. 여기서 우리는 사람이 하는 의식과 의식적 활동의 내재적 힘을 '자유의지'로 파악해 볼 수 있을 것이다. 왜냐하면, 사람에게 의식을 통해서 스스로를 지휘하고 통제하는 속성 즉, '자유의지'가 없다면, 사람의 성장·발전이나 사회의 모순을 변혁하는 힘을 발휘하기 어려울 것이기 때문이다.

또한 정신분석학적 치료의 밑바탕에 깔려 있는 '의식의 힘을 키워 무의식을 지배한다'라는 발상 역시 사회적 존재로서의 사람에게는 '자유의지'가 있다는 전제에서만 가능할 것이다.

이와 같은 논의를 종합해 보면, 사회적 존재로서의 인간 본성은 몇 가지로 집약해 볼 수 있을 텐데, 먼저 자연의 노예가 아닌 주인이 되어 자유롭게 활동하려는 속성과 세계를 목적의식적으로 개조하고 변혁하려는 속성 그리고 의식을 이용해 세계와 자기 자신을 인식하고 스스로를 지휘·통제하는 등의 속성이야말로 사람의 근본속성이자 인간의 본성이라고 할 것이다.

따라서 '인간에게 자유의지가 존재하는가?'라는 물음은 '인간은 사회적 존재이다'라는 인간 삶의 범주 내에서만 명확하게 인식되는 특성이라고 할 수 있다.

부연하자면, 사람이 동물과 결정적으로 다른 것은 사람에게는 생존 본능과 같은 생물학적 동기조차 사회적 동기의 하위 동기가 될 수 있다는 데 있다. 사람은 대의나 명예 또는 공동체를 위해 육체적 생명까지도 포기할 수 있는 유일무이한 존재이다. 꿀벌이 공격자에게 맞서 침을 쏘고 자기생명을 다하는 것은 본능일 뿐, 이타적 자유의지의 결과는 아니다. 자살론을 쓴 뒤르켐은 사회에 대하여 '우리를 초월해 있는 어떤 것이며 동시에 우리 속에 내재해 있는 어떤 것'이라고 표현했다. 말하자면 개인이 아무리 별개 의식을 가지고 사회 속에서 살아간다고 하더라도 혼자 무인도에 떨어져 살지 않는 이상 사회속에서 만들어진 공통의 의식구조의 영향을 거부할 수는 없다는 것이다.

대개의 자살은 아노미적인 사회환경과 관련되어 있기도 한데, 우리나라에서 1997년 외환위기에 따른 실업사태, 소득감소 등으로 많은 사람이 목숨을 버린 경우가 대표적인 예일 것이다. 물론 자살은 그 원인에 따라 유형을 나누어 볼 수 있겠지만, 자살 순간만은 사람의 양가감정이 나타나게 된다고 한다. 이를테면 자살의지를 갖고 뛰어내릴 장소를 찾아 걸어가면서 그는 생각한다. 누군가 자기를 불러주고 손을 잡아 준다면 결심을 철회할 텐데… 라고, 이처럼 이 세상에 죽고 싶은 사람은 없다. 대개의 자살은 사고(충동적, 불합리한 판단 등)라는 성격을 띤다.

더욱이 자살이라고 할 때의 생명 주체는 타고난 생물학적 생명이 아니라 후천적 · 사회적으로 형성되고 주체화된 '사회적 생명'인 것이다. 이를테면, 고통과 불명예가 예상될 뿐이니 죽음으로 모든 것을 끝장내겠다든가, 집단이익을 위해 자폭하겠다는 등 자살의 심리적 상태도 결국은 자기부정과 세계부정이라는 **'인간만의 파괴적 환상'**에서 기인한다고 할 것이다. 그래서 자살의 원인도 대부분 사회적인 요인에 기인하는 것이다.

표현을 달리해 본다면, "인간의 가장 위대한 열정 등에 대한 욕구, 파괴성과 창조성 등 인간의 행동을 유발하는 가장 강력한 욕구는 아주 인간적인 원천에 뿌리박고 있으며, 결코 프로이트가 가정했듯이 리비도(성적 욕망, 본능)의 여러 발전 단계에 뿌리 박고 있는 것은 아니다."[13]

프로이트는 '생물학적 구조는 사람의 운명'이라고 말했는데, 그보다는 사람의 사회적 관계에서 형성되는 모든 욕구를 통해 보면 '사회구조야말로 사람의 운명'이라고 말할 수 있는 것이다. 왜냐하면 사람의 정신건강이나 행·불행을 좌우하는 것은 바로 '사회적 동기'라고 말할 수 있기 때문이다. 그러므로 자살이란 곧 '사회적 동기(욕구)의 좌절'을 의미하는 것이며, 육체적 생명보다 더 강력한 사회적 생명의 불건강성을 표출하는 것이다. 결국 "세상의 모든 악을 낳는 기본 원인은 사회적 동기(욕구)의 좌절에 있다"라는 프롬의 지적은 매우 합당하다. 사회적 생명은 인위적인 '자유의지'에 따라 결정된다고 보면, '자유의지'의 존재 여부 문제는 인간의 사회적 실존 속에서나 파악되고 인정될 수 있는 개념인 것이다.

요컨대, 현대의 뇌과학과 신경생물학에서는 자유의지라는 정신현상 자체를 부인하지만, 자유의지는 비물리 현상을 가리키는 심리용어이기 때문에, 물리현상을 분석하는 방법으로 접근할 수 있는 영역이 아니다. 따라서 자유의지는 인간의 경험적 인식으로는 불가능한 대상이기에 인문(人文)의 기초개념으로서 즉 인류의 문화와 질서를 가능하게 한 인간의 조건으로서 내재한 능력이다.

결국, '자유의지'는 인간문화라는 좋은 삶을 위해 선택해 온 인간의 능력과 가능성으로 증명되는 인간의 존재론적(사회적·역사적 존재로서의) **특성이다.**

그런데, 오늘날 사회적 현실은 삶의 모든 영역이 체계의 통제와 지배에 놓이게 된 상황, 그리하여 자유의 이념을 향해 전개된 역사가

'자유 없는' 현실이 된 역설적인 상황이다. 이러한 현실을 문제 삼고 다시 인간적인 삶의 지평을 열어갈 가능성을 우리가 희망한다면, 그 희망의 단초는 역시 자유의지일 수밖에 없다. 자유의지란 오직 자신만이 제한할 수 있는 것이기 때문에, 체계의 통제와 지배가 전적으로 자유의지를 고사시키지 못한다. 자유의지가 있다는 것은 어떤 선택을 하는 능력이 있다는 말이다. 이런 선택은 선택 이후의 사태에 영향을 미친다.

말하자면 인간이 자유의지를 행사한다는 것은 자신의 미래에 영향을 미칠 행위를 선택한다는 것이다.

그와 같이, 이제 인간의 조건으로 요청된 자유의지 개념을 우리가 받아들인다면, 다시 말해서 인간이 아직도 자유의지와 자율성을 자기 이해의 기반으로 삼는다면, 사회체계의 지배가 박탈한 자유를 되찾기 위한 선택과 결단도 할 수 있어야 한다. 선택과 결단의 가능성은 오로지 자유의지에 달려 있을 뿐이다.

4

어떤 사유에 기반한
삶을 원하는가?

1) 종교의 역할과 신으로부터의 해방

어떻게 살 것인가를 고민하고 자기완성의 이상을 추구하며 사는
것 그리고 영원의 세계에 대한 동경이야말로 종교적 속성의 진면목이
아닐까?

종교는 공포와 양심의 차원을 넘어 우주의 근본원리에 부합하고자
하는 자아의 성찰과 발견이라는 점에서 종교적 가르침은 새로운 도덕
의 기본이 될 수 있다.

종교는 과학의 전제가 되는 물질세계의 기원과 목적 같은 물질 이
전의 세계를 다루는 철학이나 신학을 뜻한다. 그러므로 오늘날 "신은
인간에 의해 만들어진 것이다"라는[14] 사실에 토대해 보면, 인간다운
삶에 기여하는 종교가 되기 위해서는 초인적인 신에 의해 세상의 모

든 일이 이루어진다고 보는 계시(啓示)종교보다 세상의 이치와 우주의 섭리를 깨달아 진리와 사랑의 실천적 삶을 추구하는 이지(理智)종교여야 할 것이다.

왜냐하면, 나름대로의 가치관과 인생관을 갖고 탐욕과 불안의식을 극복하고자 하는 것은 모든 종교가 지향하는 정신적 조건, 즉 정신문화 양식의 하나이기 때문이다. 우리가 행복감을 누릴 수 있기 위해서는 무엇보다 성숙한 인간이 되어야 하는데 그것은 먼저 세계와 인간에 대한 깊은 성찰과 과학적 이해를 필요로 한다.

근원적으로 인간은 우주공간 속에서 우연히 탄생하여 자연 만물과 함께 지구에 터 잡고 살아온 생물 종의 하나에 불과하다. 하지만 인간은 온갖 불확실한 환경과 우주 속에 자신의 운명을 내맡긴 채로 살아갈 수밖에 없는 연약한 존재임에도 불구하고 오히려 광막한 우주를 인식의 대상으로 삼을 수 있는 정신능력을 가지고 있다. 그에 따라 인간은 자신의 유한성(有限性)을 인식할 뿐만 아니라 그 사실을 직시하고 자기의 삶의 의미를 되물으며 스스로의 결단으로 자신의 한계를 넘어 이상(理想)을 추구하려고 애쓰는 존재이다.

종교란, 바로 이와 같은 인간의 자기완성적 상태를 의미하며, 보다 나은 인간을 현실세계에 체현하고자 하는 지향성을 암시한다. 톨스토이도 말년에 "자기의 인격을 스스로의 힘으로 완성하는 것만이 자기구제의 길이다"라는 나름의 종교관을 수립했다.

그런가 하면, 인간에게는 공감적 정서가 있어 그것이 삶의 많은 부분을 차지하게 된다.

우리가 경험할 수 있는 가장 아름다운 정서는 신비스러움에 대한 반응이다. 그것은 진정한 예술과 과학의 요람에 있는 정서이며, 이러한 정서가 또한 종교를 낳는 신비적 경험인 것이다. 이것을 모르고 자연이 자아내는 경이와 감동을 느끼지 못하는 사람은 불 꺼진 초와 같이 눈물을 흘릴 줄 모르는 죽은 사람이다.

종교 현상의 원천은 불가항력에 대한 의존과 동경 같은 사회적 감정이다.

오늘날 우리는 육체가 죽은 후에도 영생하는 인간을 생각할 수 없지만, 14세기 단테는 《신곡》을 통하여, 영생을 상정하고 내세를 차별화하여, 기독교적 윤리를 확산시키는 데 공헌하였다.

그럼, 동서고금을 통해 인류가 보여준 종교적 발자취를 더듬어 보면서 역사적 명암을 살피고 삶의 지혜를 배워보자!

먼저 종교는 통속적으로 보면 시대를 거치면서 자연종교, 민족종교, 해방종교로 발전해 왔다고 할 수 있다. 즉, 인간의 능력이 자연의 위력 앞에 보잘것없었던 원시 시대의 자연에 대한 경외감을 기본으로 하는 범신론적 종교를 자연종교라 한다면, 부족 간의 경쟁으로 종족의 정체성이 요구되는 고대사회에서 부족신을 경배하는 종교를 민족종교라 할 수 있을 것이며, 그리고 인간의 인간에 대한 살육과 착취가 극심했던 중세사회에서 인류의 평등과 박애를 표방한 석가 · 묵자 · 예수의 종교를 해방종교라고 말할 수 있을 것이다.

이와 같이 종교는 그 발생의 동기와 목적 및 교리의 핵심에서 볼 때, 인간의 사회적 요구와 이해관계를 반영한다.

요컨대, 인간의 공통적인 이상은 착취와 압박, 침략과 전쟁, 예속과 불평등에서 벗어나 모든 사람이 서로 사랑하고 평화롭게 살며, 정의와 평등이 구현되는 사회를 건설하는 것, 그리고 죽지 않고 영원한 삶을 누리는 것이라고 말할 수 있다. 그래서 세계적으로 영향력이 큰 종교들은 다 이와 같은 사람의 염원을 기본 교리로 내세우고 있다.

그렇게 보면, 인간은 신화를 창조하면서 사는 존재이다. 우리 스스로 우리의 기준을 창조해야 하는 것은 니체의 지적대로 도덕적 기준의 객관적 원천이 없기 때문이다.

뿐만 아니라. 인간 본성은 인간 사회보다 더 뿌리 깊다. 기독교에서 원죄를 강조했다는 것은 어떤 제도라도 인간의 이기성을 완전히 정화시키기 어렵다는 사실을 시사해 준다. 또 자본주의 사회구조에 의해 조장되는 인간의 소유욕을 놓고 보면, 사회는 인간 본성의 원인인 만큼이나 그것의 표출이라고 할 수 있다.

그러나 또 다른 각도에서 보면, 인간은 사회관계를 통해서만 존재하는 것은 아니다. 어느 날 사회라는 그물 속을 벗어나 한밤중 밤하늘의 별을 보고 자연의 무한함에 감탄하며, 인생의 덧없음을 풀잎의 이슬에 비유하여 노래하는 시인의 마음이라든가 혹은 고통에 신음하며 죽음을 눈앞에 둔 환자의 마음은 반드시 사회관계인 것만은 아니다.

태초부터 인간은 끊임없는 그들의 세계를 그려보고 그 속에서 삶의 형태를 설명하기 위하여 신화를 창조해 왔다. 그렇지만 그 속에 그려진 신은 인간의 또 다른 모습일 수밖에 없다. 참 신이 존재한다고 해도 인간은 그 참 모습을 그릴 수 없다. 오직 자기의 모습을 그릴 수밖에 없는 것이 인간의 한계요 운명이다.

신을 창조하는 인간은 보다 나은 인간을 현실세계에 체현하고자한다. 그래서 인간이 그리는 신은 다양할 수밖에 없다. 인간은 전쟁의 영웅을 닮은 신을 그리기도 하고, 무한히 인자하고 자비로운 신을 그리기도 한다. 이러한 신들이 전쟁 신이든 평화 신이든 인간에게 해방을 약속하기는 마찬가지다. 신은 결국 인간의 이상을 완전무결하게 체현한 성스러운 존재며, 사람의 가장 완성된 형태의 절대적인 존재 이외의 다른 것이 아니다.

그래서 성급한 인간들은 그 신이 오늘 이 세상에 존재하기를 바란다. 적어도 그 신이 불원간 우리 앞에 나타나기를 바란다. 그러나 신들은 저마다 다른 신들보다 위대한 신으로 인정받기를 바라면서 다른 신의 복종을 요구하는 이른바 성전을 강요하기도 한다.

이와 같이 인간이 신으로부터 구속을 당하는 지경에 이르게 되면 이제는 신이 인간을 지배하는 무서운 압제라로 변하고 인간은 신으로부터 소외되어 자유를 잃게 된다.[15]

이에 신은 신화 속에서 걸어 나와 절대적 존재로 되고 신화는 제도화되고 권력화된다. 그 신은 우리를 전쟁용 인간 혹은 노예용 인간으로 창조해 버릴지도 모르며, 그 신은 비인격적 내면적 주체의 지위를 뛰어넘어 인격화되어 신적 생명을 얻고 객체화되고 더욱 절대화되기도 한다. 그럴수록 결국 인간은 신에게 무력한 존재로 전락하고 신으로부터 소외되는 것이다. 이처럼 신이라는 개념은 모두 동양의 전제주의에서 나온 것이다. 그것은 '자유인'에게는 전혀 어울리지 않는 개념이다.

하지만 인간은 신화 만들기를 중단할 수가 없다. 인간은 보다 나은 인간에 대한 지향을 멈출 수가 없기 때문이다. 그러므로 인간은 자기가 만든 신화의 우리 속에 갇혀 살며 또한 계속 신화를 만들고 신화를 숭배하며 살아가고 있는 존재인 것이다.

그러나 불교의 경우 신화와는 다른 측면이 있다. 그것은 인간이 주체가 되어 깨침을 이상으로 하는 종교이다. 불교는 인간의 문제를 인간의 힘으로 해결하는 가장 직접적인 길을 들어 보인 자기형성의 종교인 것이다.

요컨대, 불교는 '인연'이라는 진리에 근거하는 철학 체계라 할 수 있다. 즉, 서로 돕고 도움을 받는 상대의존의 관계와, 만물은 변해 옮겨가고 있다고 하는 만물유전의 원리도, 모두 다 이 '인연'이라는 어머니의 태내에서 생겨난 진리라는 것이다. 이 인연의 법을 자각한 석가세존이 이 인연의 도리를 자기의 체험을 통해 '가르침'으로서 말씀하신 것이 곧 불교이다.

결국 불교는 신(神)의 종교가 아닌 인간의 종교인 것이다. 적어도 진정한 종교가 되려면 하늘 위의 신화적 종교가 아닌 진리에 근거한 인간의 종교라야만 한다.

참다운 종교의 처음이나 끝은 결국 인간이기 때문이다. '헤매는 인간'에서 '깨달은 인간'에로, '잠자는 인간'에서 '잠 깬 인간'에로 거기에 종교의 참 면목이 있는 것이다. 우리가 '어떻게 살 것인가'를 진지하게 생각할 때 종교는 바로 마음속 가까이에 있는 것이다.

그리고 '인생은 괴롭다'라는 진리에 눈뜨는 것이야말로 종교에의 첫걸음이 아니겠는가. 괴로움의 원인은 욕(欲)이다. 그러나 욕은 즐거움 즉 열락(悅樂)의 근원이 되기도 한다. 그러므로 문제는 욕 그 자체가 아니고 애착하는 마음, 집착하는 마음, 사로잡히는 마음이 결국 고(苦)의 원인인 것이다. 다시 말하자면, 인간이 가지는 보편적인 욕망인 오욕(五欲) 그 자체가 고뇌의 원인이 아니고 식욕이라든가, 색욕이라든가, 수면욕이라든가, 재산욕이라든가, 명예욕이라든가 하는 것만을 열락의 근본인 줄 망신(妄信)하여 즉, 믿지 않을 것을 무턱대고 믿음으로써 그것에 집착하는 마음이 고의 원인이라고 세존은 가르치신 것이다. 그리고 이 오욕에 애착하고 집착하는 것은 결국 '일체는 공(空)이다'라는 인연의 도리를 모르기 때문이다.

불교는 모든 실상이 무상하다는 깨달음에서 출발한다. 삼라만상이 생겼다가 사라지고 유전(流轉)하고 변화하는 것이 우주와 생명의 근원적인 모습이다. 그러므로 인간의 번뇌는 움직이고 변하는 세계를 그대로 받아들이지 않고 고정된 현상과 관념에 집착하는 데서 생기는 것으로 본다.

그리고 카를 마르크스(1818~1883)가 "종교는 억압받는 피조물들의 한숨이며, 심장 없는 세상의 심장이며, 영혼 없는 상황의 영혼"이라고 말하면서 "종교는 인민의 아편"이라고 했을 때, 여기에도 '신'은 없다. '인간의 욕망'만 있을 뿐이다. 그 욕망이 '종교'라는 권력과 형식을 붙잡고 있는 것이다. 신이 있다 해도 '내가 만든 신', '내가 그린 예수', '내가 빚은 부처'만 있을 뿐이다. 그게 바로 아편의 실체인 것이다. 그러므로 인간을 '중독자'로 만드는 건 신이 아닌 '욕망'인 것이다.

이 욕망(오욕)에 대해 생각나는 얘기가 있는데,《비유경(譬喩經)》속에 있는 "흑백이서(黑白二鼠)"의 비유이다. 그것은 대단히 재미있고 또 심각한 비유로 톨스토이도 감격한 바 있는 아주 뜻깊은 이야기다.[16]

옛날 어느 곳에 한 나그네가 있었다. 넓은 벌판을 지나고 있을 때 돌연 미친 코끼리와 마주치게 되었다. 놀라 달아나려 했으나 워낙 넓은 벌판이라서 달아나 숨을 곳이라고는 없었다. 그러나 다행히도 들 한복판에 오래된 우물이 하나 있었다. 그리고 그 우물에는 한 줄기 등덩굴이 아래로 드리워져 있었다. 하늘이 주신 것이라고 기뻐하며 나그네는 급히 그 등덩굴을 타고 우물 속으로 들어갔다. 코끼리는 무서운 긴 엄니를 내밀고 들여다보고 있다. 이제 살았다 하고 나그네가 한숨을 돌리고 있는데 이번에는 우물 밑바닥에 무서운 큰 뱀이 입을 벌리고 사람이 떨어져 내려오기만을 기다리고 있지 않겠는가. 놀라 주위를 살펴보니 사방에는 또 네 마리의 독사가 금방이라도 그를 삼킬 듯이 노려보고 있었다. 목숨을 의지할 것은 오직 한 가닥 등덩굴뿐이다. 그런데 그 등덩굴마저 검고 흰 두 마리의 쥐가 번갈아가며 뿌리 짬을 날카로운 이빨로 갉아먹고 있지 않는가. 이제는 꼼짝없이 죽었구나 하고 떨고 있는데 그때 마침 등덩굴 뿌리 짬에 붙은 꿀벌집에서 달콤한 꿀물이 한 방울 한 방울 다섯 방울이 그의 입으로 와 떨어졌다. 정말 기막히게 맛이 좋았다. 그때부터 이 나그네는 벌써 눈앞에 닥쳐와 있는 무서운 위험도 까맣게 잊고 그저 꿀물을 받아 먹는 데만 마음이 쏠려 있었다.

여기서 이 벌판을 헤매고 있는 나그네야말로 바로 우리들인 것이다. 한 마리의 미친 코끼리는 무상(無常)의 바람이다. 흐르고 있는 시간인 것이다. 우물이란 것은 생사(生死)의 깊은 못이다. 우물 바닥의 큰 뱀은 죽음의 그림자다. 네 마리의 독사는 우리들의 육체를 구성하고 있는 네 개의 원소(地, 水, 火, 風)다. 등덩굴은 우리들의 생명이다. 검고 흰 두 마리의 쥐는 밤과 낮이다. 다섯 방울의 벌꿀은 오욕(五欲)을 가리킨 것이다. 즉 관능적인 욕망이다. 참으로 한번 이 교묘한 인생의 비유를 듣게 되면 톨스토이가 아니더라도 인생의 무상을 뼈저리게 느끼지 않을 수 없을 것이다. 무상의 공포에 오싹 소름이 끼치지 않을 수 없을 것이다.

그렇다고 종교인이 되라는 얘기는 아니다. 평생 도를 구한다 해도 옳은 삶이 무엇이라고 대답해 주는 것은 어디에도 없다. 결국 욕망에 뿌리를 두지 않는 사회적 이상이나 공감은 있을 수 없기 때문이다.

덧붙이자면, 오늘날 과학으로 삶을 설명할 수 있다고 믿는 것은 미신이라고 말해지듯이, '사람들에게 환상 속의 행복을 가져다주는 종교'를 혁신하는 것 또한 진정한 행복을 실현하기 위해 꼭 필요한 일이다. 적어도 오늘날 자연선택론과 같은 다윈주의는 자신보다 더 고등한 권능자가 자신의 운명을 지배한다는 망상으로부터 인류를 해방시킨다.

이는 종교가 개성신장(個性伸張)이라는 자유의 영역에 있음을 감안할 때 종교의 기능에 대한 부정이 아니라 일부 종교에서 내세우는 '신(神)'을 부정하는 것이다. '신'에 대한 부정은 도덕적 타락이 아니라 신의 이름 뒤에 가려진 인간의 참모습과 인간 본연의 가치인 사랑을 되찾는 일이다.

우리에게 있어 행복이란, 그 종말이 있다고 해서 행복의 진실성이 줄어드는 것도 아니며, 사상이나 애정이 영속적이지 못하다고 하여 그 가치가 떨어지는 것도 아니지 않는가.

아무튼, 세상살이를 판에 박은 듯한 일이나 사회적인 욕망에 매어 놓는 것은 오히려 단세포적이다. '지구 축이 23.5° 기울어져 있어' 아름다운 계절과 기온의 변화를 있게 하듯이, 우리의 충동이란 남에게 적극적으로 파멸을 가져오거나 해를 끼치지 않는 이상 가능하면 방임해 두어야 할 것이다. 모험의 여지가 있어야 한다. 그것이 한편으로는 인간성을 존중하는 것이기도 하다. 왜냐하면 지루함이나 외로움을 극복하고자 하는 우리의 충동이나 욕망은 우리의 행복을 이끌어 낼 수 있는 원천이 되기도 하기 때문이다.

끝으로 다시 묻고 답하자면, 종교란 무엇인가?

모든 종교 창시자들은 사람들에게 온갖 죄악과 고통과 불행에서 구원하고 평등하고 화목한 생활을 보장해 주려는 염원과 사회적 감정에서 출발하였기 때문에 후세에 이르기까지 많은 사람들로부터 커다란 존경을 받는 것이다. 하느님, 부처, 알라 이름은 서로 다르지만 종교가 숭상하는 신은 결국 인간의 이상을 완전무결하게 체현한 성스러운 존재며, 사람의 가장 완성된 형태의 절대적인 존재 이외의 다른 것이 아니다. 천당이나 극락세계도 인간의 염원과 지향이 실현된 이상사회와 다르지 않다고 할 수 있다.

기독교의 중심 교의(敎義)인 하나님과 영혼불멸은 과학이나 비종교인들로부터 아무런 지지도 받지 못한다. 언제까지 그런 환상적인 교리로써 신앙을 유도할 수는 없을 것이다.

오히려, 예수가 실천한 자기형성과 아가페(agape)적인 인간사랑의 가르침이야말로 무엇보다 가치 있는 공동체적 공감신앙의 하나로 자리 잡을 수 있지 않을까.

2) 전일적 우주관의 정립

문화역사가인 리처드 타나스(Richard Tammas)는 세상을 보는 2가지 방법을 이야기 했는데,[17]

첫 번째는 '현대적 시각'으로 세상을 바라보는 것이다. 이것은 인간

만이 지성과 영혼을 가졌음을 전제하고, 인간은 모든 만물과 다른 독립된 개체로서 존재한다고 믿는 것이고,

두 번째는 '원시적 시각'으로 세상을 바라보는 것이다. 이것은 인간을 포함한 모든 생명체가 의식과 지성 그리고 영혼의 동질성을 가졌으므로 서로 이해할 수 있다고 믿는 것이다. 이때 자연은 우리 안에 존재하고 우리 모두와 하나가 된다.

그러므로 '원시적 시각'으로 세상을 볼 때, 우리 안에 숨겨진 '현대적 시각'의 벽을 허물고, 인간 본성의 한계를 깨침으로써 우리 의식을 개인적 의식에서 보편적 의식으로 변화시켜 자연의 만물을 품을 수 있게 되며, 그로부터 생태적 삶도 가능하게 될 것이다. 그럴 때 우리는 자연에서 강렬한 행복감을 경험하게 된다. 마음을 온전히 자연 의식에 집중함으로써 자연과 하나임을 느낄 수 있다.

전일적 우주관은 행복한 삶을 위한 주관적 판단에서 나온 것이기는 하지만 자연과학으로나 사회과학으로 확인될 수 있는 세계관이기도 하다.

말하자면, 물질의 영역과 정신의 영역이 분리될 수 없는 것은 물론, 자연과 인간 또한 상생할 수밖에 없으며, 사회의 다양한 부문 역시 각자의 특성을 유지하면서도 서로 어우러져 살 수밖에 없도록 되어 있기 때문이다. 그러므로 생태적 삶이 강조되는 것은 그것이 당면한 여러 사회문제를 해결하는 데 필요하기도 하지만, 생태적 삶이 근본적으로 인간 최고의 행복, 해방된 삶을 누릴 수 있도록 하는 데 필요하다고 보기 때문이다.

그렇다면, '전일적 우주관'을 어떻게 정립할 것인가?

과학에서 사물을 이해하고 기술하는 방법에는 크게 두 가지 관점이 있다. 하나는 사물을 자세히 분석하여 구성요소를 알아내고 구성요소의 작용과 성질을 조사함으로써 사물 전체의 성질을 이해할 수 있다는 '환원주의'이고, 다른 하나는 사물과 현상을 구성요소의 합계가 아니라 하나의 통합된 전체로 이해해야 한다는 '전일주의'의 관점이다.

사물의 실상을 과학적으로 이해하는 데 있어서 이 둘은 상호보완적이다. 신경과학자들이 두뇌의 상태를 조사함으로써 마음 상태를 알수 있다고 하는 생각은 환원주의적 관점인 것이고, 그리고 제3의 과학이라고 부르는 복잡계이론(複雜系理論)에서, '계' 전체를 '분리할 수 없는 하나'로서 보아야 한다는 것은 전일주의적 관점의 예가 될 것이다.

먼저, 고전 물리학의 기본태도는 순수한 객관주의였다. 자연을 인간의 조작 또는 가공의 대상으로 보는 관점은 서양의 오랜 지성사적 뿌리에 바탕을 두고 있다. 자연을 인간에게 가치 있는 것으로 만드는 방법이 과학이며 이를 진보와 동일시한 것이다.

이러한 인간중심적 사유 틀은 기계론적 자연관에 기인하는 것이다. 기계론적 자연관은 코페르니쿠스, 갈릴레오 및 뉴턴의 업적으로 결실된 물리학과 천문학의 혁명적 변화로 이룩되었다. 기계론적 자연관은 정신과 물질은 근본적으로 다른 것이라는 물심이원론과 실체와 현상을 원자화하는 분석적 사고에 기반을 둔다. 즉, 대상을 분해하여 원자적 속성에 접근하려 했고, 그 속성을 통해 전체의 본질을 이해하려 했다. 그로부터 법칙성이 발견되면 그것이 과학이고 진보인 것이다. 이런 기계론적 자연관은 생활의 모든 질(質)을 양(量)의 개념으로 환원함으로써 생명이 없는 우주론을 형성했던 것이다.

그러나 아인슈타인의 상대성이론을 기점으로 출발한 양자물리학은 주관주의 방향으로 나가고 있다. 말하자면, 관찰자(인간)는 관찰대상(자연)의 현상에 참여하게 되므로 인간은 자연이라는 연극에 관객이며 동시에 배우가 되는 것이다. 즉, 주관과 객관이 분리될 수 없는 하나로 등장하면서 전일적 세계관은 탄생하게 된다.

이와 같이 현대물리학이 순수객관주의에서 주관주의의 방향으로 접근해 옴에 따라 본질적으로 주관주의적인 동양의 사상에 흥미를 가지게 되는데, 물질적 존재란 전일적(全一的)인 것의 한 과정으로서만 성립될 수 있다는 현대물리학의 자연관은 그 보는 방법과 과정에 있어서 전혀 대조적인 것이지만, 일체(一切)를 시공(時空) 4차원적인 변화의 견지에서 보는 동양사상의 견해와 거의 일치하는 결론에 도달했다고 볼 수 있다.

'벨의 정리'(1964, John Bell)를 통해 우주는 부분으로 분리될 수 없는 전체로서 존재한다는 보어의 주장이 입증되었다. 요컨대, 우주가 공간적으로 분리된 독립요소들로 구성된 물리적 실재라는 아인슈타인의 관점은 '장님 코끼리 만지기' 우화와 같은 것으로 부분적으로만 옳고 전체 코끼리의 모습은 보지 못하는 것이 된다. 말하자면 입자와 파동은 논리적으로 양립할 수 없는 개념이지만, 이 둘은 서로 배척하는 것이 아니라 둘은 상호보완적으로 사용하여야 물리계의 본질을 바르게 설명할 수 있다. 즉, 아인슈타인의 입장은 양자론과 양립될 수 없다는 사실이 증명됨으로써 그 견해는 고전으로 밀려나고, 우주란 근원적으로 상호 연결되고 상호 의존적이며 음양의 조화에 의해 움직인다는 보어의 '상보성 원리'가 진실이 된 것이다.

따라서 우주가 분할 할 수 없는 하나의 시스템이라는 것은, 우주를 하나의 거대한 유기체로 보는 것을 의미한다. 우주를 하나의 거대한 유기체로 본다면, 그 안에는 무수한 수준의 유기체적 기관이 들어 있다. 각 수준의 유기체들은 같은 수준의 다른 유기체들과 또는 더 높은 수준의 유기체들과 상호작용하면서 신진대사하고 부단한 창조 활동으로 공동 진화하는 것이라고 할 수 있다.

예컨대, 인간세계에서 본다면, 인체는 각 기관으로 구성되어 있다. 그리고 각 기관은 조직(tissue)으로, 조직은 세포로 되어 있고, 세포에는 세포핵이 들어 있으며, 세포핵에는 DNA가 들어 있고, DNA 속에는 뉴클레오티드가 있으며 이러한 관계는 궁극적으로는 원자 내부의 핵자에까지 연장된다. 이러한 다수준 구조에서 높은 수준의 구성체는 낮은 수준의 구성체의 환경이 되는 것이다. 각 수준의 유기체는 같은 수준 상호 간과 또 그 환경이 되는 높은 수준의 유기체와 부단히 상호작용한다.

나아가, 개인의 환경은 사회이며, 사회는 생태계를, 생태계는 생물권(生物圈)을 생물권은 전 우주를 그 환경으로 삼고 있다.

이렇게 역동적이고 전일적인 세계관은 불교에서도 근본 사상의 하나로서 나타난다.

불교는 모든 실상이 무상(無常)하다는 깨달음에서 출발한다. 삼라만상은 생겼다가 사라지며 유전(流轉)하고 변화하는 것이 우주와 생명의 근원적인 모습이다. 그러므로 인간의 번뇌는 움직이고 변하는 세계를 그대로 받아들이지 않고 고정된 현상과 관념에 집착하는 데서 생기는 것으로 본다. 불교가 주객(主客)을 분리하여 생각하는 것을 분별지(分別知)라 하여 이것을 배척하고 비유비무(非有非無)의 중도(中道)의 논리를 내세워 주객(主客)의 통일의 경지를 나타내는 무분별지(無分別知)를 주장하는 것도 이런 연유에서다. 우주를 인식하는 자와 인식대상이 하나가 되는 것, 그것이 열반이요, 괴로움의 끝이다.

또 중국의 역사상(易思想)과 노장사상(老莊思想)도 모든 실재(實在)를 유동하고 변화하는 과정으로 보았고 그 궁극의 원리를 도(道)로 표현한다. 도의 참모습은 대립하면서도 상보관계에 있는 음과 양의 우주의 궁극적인 생명인 태극(太極)의 양극이다. 이렇게 모든 변화는 음과 양의 순환적 파동으로서 끊임없이 점진적으로 진행된다. 이러한 변화는 어떤 외적인 힘에 의해 일어나는 것이 아니라 모든 사물에 두루 내재해 있는 자연적 경향이고, 음과 양의 균형이 바로 사물의 질서라는 것이다.

동양사상에 나타난 전일적 세계관은 고대 그리스 밀레토스 학파 등의 물활론적(物活論的) 세계관에서도 그 발자취를 찾아볼 수 있다. 예를 들면 아낙시만드로스는 우주를 프로이마(preuma)라는 우주적 호흡에 유지되고 있는 유기체와 같은 것이라 보고 있다. 아낙시만드로스는 우주의 조화와 질서는 '균형잡힌 정의(正義)'에서 이루어진다고 본다. 계절적인 주기에 있어서는 여름에는 더위가 우세한 것처럼, 겨울에는 더위의 반대 경쟁자가 우세하게 된다. 이것이 반대물(反對物)의 균형(均衡)인데 그것은 자연의 질서일 뿐 아니라 육체의 의학적 관리에도 필요하고 인간의 정치생활에서의 원리이기도 하다.

이와 같은 우주론적 세계관에 나타난 조화와 균형에 관한 기본적 사고방식은 물리적 원리와 윤리적 원리에 구별 없이 적용되었고, 그것은 구분할 필요 없이 자연의 성질과 인간본성의 합리적 성질로서 생각되었다. 즉, 인간이 자연의 부분이니 자연의 질서가 곧 인간 윤리의 규범이라고 생각한 것이다.

그렇게 볼 때, 이러한 전일적 세계관, 우주론적 자연관이 인간중심 윤리학의 패러다임을 거부하는 것은 자연스러운 것이다. 근래에 서구에서도 이러한 자각이 일어나고 있다.

레오폴드(Aldo. Leopold)는 윤리의 범위가 확대되는 '대지윤리(大地倫理)'를 주장한다. 그는 이것을 '도덕 공동체의 확장'으로 해석하면서 대지 윤리의 공동체의 범위를 땅, 물, 돌, 식물, 동물 등으로 확대시킨다. 이러한 레오폴드의 의견은 여러 윤리학적 사변을 불러일으키고 있다.

어쨌든 강조하고자 하는 것은, 기계론적 자연관 및 인간 중심적 사고 틀로써 현대 문명의 위기를 극복하고자 하는 것은 비트겐슈타인의 표현대로 "찢어진 거미줄을 사람의 손가락으로 수리하려는 것"과 같다는 점이다. [18]

우리의 도덕적 이상과 정의의 개념은 시대적인 상황에 따라 변하기 마련이다. 오늘날 인류가 새로운 가치관을 정립하고 모든 존재들이 함께 어깨동무를 하고 나아가기 위해서는 전일적 세계관에 입각하지 않으면 안 될 것이다.

3) 인간 존엄의 근거

인간의 존엄이라는 가치는 '인간은 누구라도 인간이다'라는 인식에서 출발한다. 인간은 신분이나 직업, 경제 상태나 신체적 조건, 경도된 사상, 출신 지역이나 민족, 피부색, 성별, 연령 등을 이유로 차별하거나 차별받거나 인간성이 부정되어서는 안 된다는 가치이다. 그러나 이러한 가치가 사회에서 온전히 실현된 적은 없었다고 해도 과언이 아니고 또한 현재에도 그것은 마찬가지다. 그럼에도 불구하고, 만물 중에서 인간이 우월하다고 보는 이유는 인간은 보다 고도한 이성을 갖고 있는 까닭에 자기자신을 객관적으로 인식할 수 있고 스스로 옳다고 믿는 바를 따라 자주적으로 행동할 수 있는 도덕적 주체이기 때문이다.

여기서 인간이 자기자신을 객관적으로 인식한다 함은 자신을 대상화할 수 있다는 뜻이며, 이는 곧 그것을 초월할 수 있음을 의미하는 것이다. 자기를 객관적으로 파악할 수 있다는 것은 자기 중심성을 탈피하여 자기반성과 자기비판이 가능함을 말하는 것이다. 이는 더 나아가 자신의 입장과 타인의 입장을 동등하게 고려함으로써 타인을 참된 공정성(公正性)을 가지고 대할 수 있는 도덕적 능력을 가졌음을 암시하는 것이기도 하다.

하지만, 우리가 자연계와 인간계를 합일시키는 전일적 세계관에 입각하여 인간을 바라본다면 인간만이 특별히 존엄성을 가졌다고 볼 이유는 없는 것이다.

종족을 확장하며 살려고 애쓰는 만물은 다 귀하고 경외심을 갖게 하기 때문이다.

말하자면, 인간이 자의(自意)에 의해 존재하지 아니한 것과 같이 인간의 존엄성도 자신의 인간 됨과 관계없이 주어지는 것임을 우리는 깨달아야 한다. 그리고 인간이 자기존재의 주체가 되기 위해서는 '인격(人格)'이라는 이성적인 본성을 구유(具有)하고 있어야 한다. 갓 태어난 아이도 성인과 같이 하나의 인격임에는 틀림없다. 다만 그 인격성이 아직 계발(啓發)되어 있지 않을 뿐이다.

이와 같이 인격으로서의 인간은 존재론적으로도 존엄을 인정하지 않으면 안 된다. 따라서 인간의 존엄이란, 인간 행위의 평가에 따라 주어지는 가치판단이 아니며, 선인이나 악인, 기형인이나 정상인을 묻지 아니하고 인간인 이상에는 예외 없이 모두에게 인정되는 인간으로서의 가치를 말한다.

그러나 인간이 자기를 발견한 다음 그리고 자기가 가장 신성한 존재라는 선언을 하고 난 다음부터는 오만해지고 세상에 무서울 것이 없다고 기고만장하게 되었다. 망상으로 오염된 이성의 자가당착은 때때로 사회구성원 모두가 느끼는 공감적 가치를 훼손하기도 한다.

그렇다면, 절대적 가치로서의 인간 존엄성은 어떠한 근거에서 인정될 수 있는 것인가?

그것은 견제와 균형이라는 사회공동체의 내적 질서를 확보하고 각자의 생명을 보호받기 위한 '인간과 인간 사이의 약속'에 근거한다.

요약 정리해 보자면,

첫째로, 인간 존엄성의 문제는 인간과 비인간적 존재 사이의 관계에서 제기되는 것이 아니라 인간 상호 간의 관계에서 비로소 제기되는 문제라는 점을 유의하여야 한다. 즉, 비인간적 존재와는 달리 인간만이 존엄성을 가진다고 해서 인간이 비인간적 존재에 대하여 존엄성을 지니는 것으로 오해해서는 안 되는 것이다. 인간과 비인간적 존재 사이에는 규범적 요구의 전제로서의 상호주관성이 성립될 수 없고 단지 자연적 존재질서만이 있을 뿐이기 때문이다.

말하자면, 인간 존엄성은 인간이 인간을 어떻게 취급할 것인가에서 비롯된 인간 상호 간의 문제로서 바람직한 사회적 규범질서 속에서 인간 상호 간의 관계에서의 인간에 대한 인간의 지위와 관련하여 인간 존재에 대하여 승인된 절대 가치인 것이다. 그 결과로서 비인간적 존재와는 달리 인간만이 존엄성을 가지게 되며, 비인간적 존재는 그러한 인간 존엄성의 침해를 가늠하기 위한 하나의 척도에 불과한 것이다.

이러한 사실은 다시 인간 존엄성이 비인간적 존재와는 구별되는 인간의 본질에 직접 근거하는 것은 아니라는 의미를 내포하고 있다. 그것은 곧 인간 존엄성이 만물의 영장으로서의 인간의 위대성의 대명사 정도로 생각해서는 안 된다는 것을 뜻한다.

둘째로, 인간 존엄성의 문제는 자연적 존재질서가 아닌 사회적 규범질서에서나 비로소 생각될 수 있는 문제라는 것이다. 즉, 인간 존엄성은 인간 상호 간의 관계에서의 인간(개인)의 운명을 천부적 자질과 능력이나 자연적 사회적 환경 기타 행운과 같은 우연적 요소에 의한 결말에 맡기는 것(자연적 존재질서)이 아니라 하나의 사회 속에서 공존 공영을 위하여 합목적적으로 조성 편성하는 사회적 규범질서 속에서 '나'의 존엄성과 '너'의 존엄성의 동시승인(同時承認)에 의하여 비로소 존재할 수 있는 것이다.

이러한 사회적 규범질서의 형성 가능성은 바로 인간의 고유한 특성으로서의 인간 본질에 속한다고 할 수 있다.

셋째로, 인간 존엄성이 인간 상호 간의 연대성과 평등성을 전제하고 있다는 점이다. 즉, 인간 존엄성은 실력적 지배 피지배의 관계에 입각한 자연적 존재질서를 청산하고 인간 상호 간의 관계를 공존공영이라는 목표에 입각하여 합목적적으로 조정한 새로운 사회적 규범질서를 형성하는 과정에서 비로소 나타나는 것이다.

이렇게 볼 때, 인간 존엄성은 사회적 규범질서 속에서 인간 상호 간의 연대성과 평등성을 전제로 하여 인간에 대한 인간의 관계에서 모든 인간 개개인을 그 자체로서 하나의 주체, 목적, 중심으로 취급하는 것이라고 할 수 있다.[19]

그러므로, '인간존엄성'의 인정 근거는 자연법적 · 천부적인 것이라기보다는 사회구성원 모두의 공감대적 가치 세계를 징표하는 우리들의 '약속'에 기초하는 것이다. 따라서 그것은 여유 있는 사람들의 품위를 유지하기 위해 필요한 것만은 아니고 극한 상황에서 생존하기 위해서도 필요한 덕목이다. 나아가, 세계인이 함께 행복하고 보람있는 삶을 살아가기 위해서도 꼭 필요한 가치인 것이다.

제2부 ▶▶▶

외로움이 없는
세상

1

외로움이 없는
세상을 위하여

1) 외로움이란 어떤 것인가?

세상은 하루가 다르게 편리하게 변화해 간다는데 왜 우리는 점점 더 심한 통증을 감당해야 하는가? 아마도 인간이 스스로의 코에다 건 문화의 코뚜레가 무겁고 굵어지는 까닭일 게다.

나는 홀로면서도 한 무리의 우리일 수밖에 없다. 홀로 있는 나는 분명 자연(자유)이다. 그러나 우리라는 무리 속에서 보면 나는 분명 문화 즉 사회체제적 존재이다.

일찍이 루소(J.J. Rousseau)도 "인간은 자유로운 존재로 태어났다. 그러나 인간은 모든 곳에서 쇠사슬에 얽매여 있다."라고 하여 개인과 사회상태를 자연과 인위적인 것으로 서로 다르게 이해했다.[1] 자연은 나를 자유롭게 하고 문화는 나를 얽어매려고 한다. 삶은 자연이면서 문화이므로 우리는 자유와 속박이라는 굴레를 벗어날 수 없다. 인간이 아픈 존재인 것은 이러한 양면의 부딪침 때문일 것이다.

특히나, 현대사회로 오면서 인간관계에 대한 공감적 욕구가 충족되지 않는 현상이 더욱 광범위해졌음을 보게 되는데, '외로움'이란 바로 그런 사회적인 위축, 고통이라고 이해할 수 있겠다.

'외로움'을 진화적으로 설명하는 이들은 인간이 타인들과 더불어 사는 집단생활을 개발했다는 사실을 강조한다.

하지만 인생이란 우리의 연결 욕구가 충족되리라는 보장도 없이 흘러간다. 인간은 아주 어릴 때부터 타인과의 연결을 필요로 하건만 이 욕구가 인생의 매 순간 꼬박꼬박 채워질 수는 없기 때문이다.

그래서 외로움은 스스로를 불편하게 느끼는 '후회'를 불러오게 되며, 그것은 인간이니까 겪게 되는 또 하나의 사회적 아픔이 된다.

우리는 대부분 제한된 수의 사람들과 '관계'를 맺는데 이 관계들이야말로 삶의 의미에서 대다수를 차지한다. 이들 다른 사람과의 친밀한 애착은 인생의 중추가 된다. 영유아기나 학교 다니는 시기뿐만 아니라 청소년기와 성년기까지 그리고 나이가 더 들어서도 인생은 이 애착을 중심으로 돌아간다. 사람은 이 친밀한 애착들에서 힘과 삶의 즐거움을 끌어낸다.

인생의 궁극적인 목적이 무엇인지는 모르지만, 현실적인 삶의 모습에서 보면, 우리는 우리의 가족과 이웃 사람들을 위해 살아야 한다는 목적의식을 벗어나지 못하고 살아간다.

그런 측면에서 외로움은 공동체의 결여가 아니라 오히려 충족되지 못한 공동체의 이상(理想)을 의미하게 된다.

말하자면, 혼자 있을 수 있는 능력도 성숙한 인격의 힘이고 고독 속에서 살아갈 수 있는 관조적인 삶도 인생의 긍정적인 모습이기는 하지만, 그렇다고 그런 것이 외로움을 초월하는 능력이나 극복 방법이 될 수는 없는 듯하다. 왜냐하면 오늘날 우리를 진정한 성공과 행복으로 이끄는 힘은 역시 가족, 이웃, 집단 등과 맺는 공동체적 인간관계의 힘이기 때문이다.

뿐만 아니라, 인간은 자신의 동족들과 어울려 살 수 있도록 되어 있다는 점에서 외로움은 그런 인간의 자연본성에서도 어긋난 상태인 것이다.

그렇게 볼 때, 외로움이란 무엇보다 인간관계의 단절이나 후회, 고립을 의미하는 것이며, 그것은 현대사회로 오면서 가장 큰 어려움을 일으키는 문제의 하나가 되고 있다. 여기서, 고립은 사회의 일원으로서 자아를 지키는 독립과는 다르다. 고립은 사회를 나로부터 밀어내는 것이기도 하다. 개인의 내적 세계에 집중하여 주변 환경에 휩쓸리지 않는 것은 바람직하지만 스스로를 고립에 가둬두는 정도가 되어서는 안 될 것이다.

고질적인 외로움은 한 인간의 삶 전체를 서서히 약화시킬 위험성도 따른다.

한 조사연구에 의하면, **자살자들에게 있어 공통된 심리는 '외로움'** **이라고 한다.** 적어도 외로움과 자살생각 및 행동에는 강력한 상관관계가 있다는 것이다.[2]

내가 이 글에서 외로움을 자살상황과 동일선상에 놓고 이해하고자 하는 이유도 거기에 있다.

나무는 혼자 서 있어도 나무(木)고, 돌은 혼자 있어도 돌(石)이지만, 사람(人)은 혼자서는 인간(人間)이 될 수 없다. 의지해야 할 타인이 없이는 '나'라는 존재 자체가 성립되지 않으니 관계가 인생이고 존재 이유인 것이다.

역설적으로 말하면, 외로움에서 벗어나기 위해서는 우리가 자신을 바라보던 눈을 주변으로 돌려야 한다. 외로움에 지친 당신이 누군가의 생각 속에서는 그들을 버리는 존재가 될 수도 있기 때문이다. 정작 당신은 너무 외로워 아무것도 할 수 없는 것처럼 느껴도 당신 주변에는 당신의 따뜻한 말이나 손길을 기다리는 사람들이 있다. 그들은 가족일 수도 그동안 연락이 뜸했던 친구나 직장동료일 수도 있다.

물론, 자기 자신으로부터도 자유롭지 못한 현대인들에게 있어 현실은 말처럼 그렇게 쉽지 않은 것이 사실이다.

오늘날 스마트폰에 얼굴을 묻고 있는 광경은 버스나 지하철이나 또 한국이나 중국이나 늘상적으로 보이는 모습이다. 대화가 사라진 공간들! 스마트폰이 양산되는 2010년도 시기부터 대면 만남의 횟수가 현저히 줄어들고 외로움을 느끼는 빈도가 는 것으로 나타났다. 즉,

인터넷 및 소셜미디어의 지나친 사용은 고독감만 불러오는 것이 아니다. 크고 작은 화면 앞에서 지나치게 많은 시간을 보낸 아동 및 청소년, 20대 전후 청년들의 경우 전반적으로 컨디션이 더욱 나빠지고, 삶에 대한 만족감이 떨어지며 불안 및 우울 증상이 심해지면서 향정신성 의약품 소비가 더 늘어난 것으로 조사되었다. 그런 문제의 주요 원인 중 하나는 소셜 네트워크에서 서로의 삶을 부단히 비교하는 탓으로 생긴다는 점이다. 비교의식은 사람을 불행으로 이끄는 것이련만….

각자의 삶이 오픈되는 곳에서 이용자 하나하나는 의식적으로든 무의식적으로든 끊임없는 경쟁상태에 처하게 되므로 누가 자기표현 및 자기연출을 가장 잘하는지 누가 인생을 제일 잘 즐기는 것처럼 보이는지 계속해서 질문하고 비교하게 된다는 것이다.

◑ 1인 가구증가, 결혼·출산의 기피 현상과 외로움

그런가 하면, 혼자 사는 사람이 기하급수적으로 늘어나서 현재 우리나라의 1인 가구 수는 전체의 41퍼센트에 육박하는 정도라고 한다. 1인 가구는 65세 이상의 고령층이 많지만 근래에는 35세 미만의 연령대에서 급증하는 현상을 보이고 있다고 한다. 1인 가구 급증 현상은 미국, 독일, 스웨덴, 일본 등 선진국에서도 사람들의 라이프스타일뿐만 아니라 사회구조까지 송두리째 변화시키고 있다.

게다가 결혼을 등한히 여기는 사람들이 늘어나고 있고, 결혼은 하더라도 아이는 낳지 않겠다고 말하는 젊은이들도 한둘이 아니라고 하니, 소위 욜로(YOLO)족의 기승이라고나 할까! "인생은 오직 한 번뿐(You only Live once)"이라며 현재 자신의 행복을 위하여 맘껏 소비하며 살겠다는 것이다.

이를테면, 결혼, 내집 마련, 노후 준비 등 미래 또는 타인을 위해 악착같이 돈을 모으거나 희생하지 않고, 지금의 내 삶의 질을 높여줄 수 있는 취미생활이나 자기계발에 더 많이 투자하면서 물욕을 넘어 자신의 이상을 실현하겠다는 것이다.

통계자료에 의하면, 오늘날 핵가족 형태의 가족 변화 확산은 모든 문화권에서 보편적으로 나타나는 현상이기도 하다. 미국은 성인 50퍼센트가 미혼이고, 북유럽 국가들에서는 1인 가구 비율이 전체 가구의 45~50퍼센트가 될 정도로 높다. 또 1인 가구가 세계에서 가장 빨리 증가한 나라들로는 중국, 인도, 브라질이 꼽힌다.[3]

일찍이 조지프 슘페터는 1942년 저서에서 현대 자본주의 사회에서는 가정생활과 부모의 역할이 사람들에게 덜 중요할 것이라고, 상당한 희생을 치르면서까지 가정을 꾸리고 싶지는 않은 개인들이 늘어날 것이라고 예측했었는데[4] 그런 슘페터의 예언은 이제 현실이 되었다.

그런데, 오늘날의 1인 가구는 오히려 동거인이 있는 사람들보다도 타자에 대한 애착욕구가 덜한 듯 보인다. 다시 말해 1인 가구라고 해서 삶의 만족도가 더 떨어지지도 않고 외로움을 더 많이 느끼지도 않는다는 것이다. 그게 사실이라면, 아마도 스스로 선택한 생활양식이기 때문에 그런 것이 아닐까?

일반적으로 선택에 있어 자유로운 개인은 삶의 과정에서 노정되는 무수한 자기 모순에도 불구하고 분명한 자기애적인 경향을 보이는 것으로 밝혀졌기 때문이다.

물론, 우리는 누구나 자기 나름의 인생관을 갖고 어떻게 살 것인가를 선택하고 결정하며 살 수 있다.

하지만 쇼펜하우어가 말한 것처럼 "인간은 그가 의지하는 대로 행할 수는 있으나 의지하는 대로 되는 것은 아니다." 인생에 있어 어떤 선택은 후회를 동반하기도 하고, 사회적 조건과 심리적 이유 등으로 보이지 않는 어떤 힘이 작용한다고 느끼기도 하는데, 특히 배우자 선택의 경우 '성 선택'이라는 진화의 원리가 적용되므로 남녀의 사랑은 출산 즉, 생명의 탄생과 분리되지 않는 것이 자연적인 이치다.

말하자면 개인에게 있어 사랑은 매우 주체적인 것처럼 보이지만 자연의 섭리에서 보면, 그것은 사람의 감정과 욕구를 수단으로 한 종속 번영의 명(알고리즘)을 속아서 어쩔 수 없이 따르고 있는 것이기도 하다. 여기서 그럴 만한 설명을 하나 더 짚고 넘어가자!

앞서 언급했듯이 리처드 도킨스(Richard Dawkins)에 의하면, 모든 생물 개체는 이기적인 유전자(DNA)를 운반하는 '생존기계'라는 것이다. 유전자 즉 DNA 분자는 그 자체로는 생명체가 아니므로 스스로 생존할 수 없으며 불가피하게 어떤 생물을 매개로 존재할 수밖에 없다. 그러나 개체로서의 생물은 그 존재에 한계가 있다. 개체로서의 한 생물의 한계는 곧 그 속에 있는 DNA 존재의 한계이기도 하다. 이러한 존재의 한계에 직면해 DNA는 그것을 담지하는 생물이 생식활동을 하게 함으로써 그 한계를 극복한다. 즉, 개체로서의 생물의 생식활동은 궁극적으로 그 생물 속에 있는 DNA가 자신의 복제물을 다른 새로운 개체로 옮겨서 자신의 존재를 지속하게 하는 메커니즘이라고 할 수 있다.

이러한 의미에서 도킨스는 개체로서의 생물을 유전자가 존재하기 위해 일시적으로 이용하는 도구, 즉 "유전자의 생존기계"라고 본 것이다. 이 주장이 옳다면, 생물의 존재 목적은 생식이라고 할 수 있다.[5]

그렇지만 영리한 인간은 생식활동에서 임신을 피하는 방법으로 사랑과 출산의 고리를 잘라버리기도 한다. 성의 역할을 출산에 한정하지 않겠다는 의미다.

그런가 하면, 요아임 바우어는 우리 인간이 '유전자의 관점에서' 이기적인 삶이 아니라, 오히려 의미 지향적이고 사회 친화적인 삶을 살도록 정해져 있다고 반론을 편다.

유전자는 어떤 정해진 본성이 아니라 '소통'의 매개체일 뿐이라는 것이다.[6]

요컨대, 인간의 건강과 질병에 결정적인 것은(몇몇 예외를 제외하고) 누군가가 '좋은' 또는 '나쁜' 유전자를 물려받았는가 하는 문제가 아니라 개별 인간의 삶 속에서 유전자의 활동이 어떻게 조절되느냐의 문제라고 할 수 있으며, 이에 각 인간은 스스로 영향을 가할 수 있다는 주장이다.

말하자면, 우리의 유전체는 극도로 활발하며 끊임없이 움직이고 있는 시스템이므로 이 부분은 어린 시절의 부모 내지는 애착 인물에게 책임이 있으며, 아이가 어떻게 영양소를 섭취하는지, 충분히 활동은 하는지, 어떤 교육을 제공받는지 등에 관한 요소는 모두 유전자 활동과 신체 및 두뇌 발달에 영향을 미치기 때문이라는 것이다.

아무튼 사회환경적 요인으로 출산이 제한받는다면 그런 사회에서 '외로움'을 느끼는 사람들이 많아질 수밖에 없을 것이라는 점은 '생물의 존재목적이 종속번영'이라는 도킨스의 발견으로부터 확실해진다.

그러므로 경제성장에 따라 고도의 문화와 개인화를 겪고 있는 현대사회에서 결혼과 출산의 기피 현상은 사회보장이나 연금제도 같은 것이 지속될 수 있는 기반이 취약해지는 등 '사회적 연대의 위기'로 이어질 수 있고, 외로움을 낳는 변수로 작용하게 될 수 있다.

그러나 이런 우려는 공동체가 사회제도를 바꾸어 개인의 삶을 보충하도록 하면 큰 문제는 없다. 예컨대, 연금의 경우 공무원연금, 군인연금 등을 국민연금으로 통합하고 연금 재원마련을 조세방식(부과방식)으로 바꾸어 세대 간 부양체계를 갖춘다면 문제가 없을 뿐만 아니라 더 효과적이고, 시대의 요청에도 부합하는 것이 된다.

우리의 삶은 공동체와 나, 타인과 나의 관계로 이루어진다. 철학자 키르케고르가 "행복의 90퍼센트는 인간관계에 달려있다"라고 말했듯이, 나 혼자서는 따로 행복해질 수 없다. 원하든 원하지 않든 우리는 서로 연결되어 있기 때문이다, 그뿐만 아니라 "사회구조야말로 사람의 운명이다."라는 프롬(Erich Fromm)의 말에 귀 기울여 보면, 인간과 환경은 분리된 실체라기보다는 하나의 통합된 총체로 이해되어야 하므로 사회환경에 둘러싸여 살아가는 우리는 그 시대의 사회가치와 제도·문화의 영향을 받지 않을 수 없고, 진화와 함께 형성된 인간의 본성으로부터도 자유로울 수 없는 것이다.

○ 외로움의 문제는 더 근본적으로는 '인간사회의 모순' 속에도 있다

그것은 동물이면서 동물이 아니라는 모순 즉, 생물학적 존재인 동시에 사회적인 존재라는 모순이다. 사람들이 동물이었을 때는 자연과 조화로운 관계에서 사람은 자연과의 일체감을 느낄 수 있었다. 그러나 사람이 사회적 존재가 되어 자연에서 분리되는 바람에 사람과 자연은 서로 갈등하고 투쟁하는 관계에 놓이게 되었고, 사람은 더 이상 자연과의 일체감을 느끼지 못하게 되었다. 이처럼 사람의 모순은 동물이었던 사람이 사회적 존재가 되어 자연으로부터 분리됨으로써 발생했다.

인간은 그 유아기에는 역시 자연과의 일체감을 느낀다. 그러나 이러한 원초적 결합으로부터 벗어날수록 인류는 자연의 세계로부터 더욱 분리된다. 중요한 것은 인류가 자연으로부터 분리될 때 개인 단위가 아니라 사회를 단위로 해서 분리되었다는 사실이다. 사람이 비록 자연에서 분리되었다 해도 사회 속에서 살게 되므로 고립감이 심해질 까닭이 없다. 문제는 자본주의 사회가 추진되면서 인간의 외로움이 심해지기 시작하였다고 볼 수 있다.

자본주의는 인생을 하나의 장삿속으로 파악하고 물신을 주체로 삼는 것이라는 점에서 반(反)인간적이다.

그리고 자본 중심의 자유시장 체제는 인간의 정의 감각에도 부합되기 어렵다.

왜냐하면, 자유경쟁 시장에서 사람들이 상호 거래함으로써 발생하는 자원배분의 결과는 어떤 개인적 행위자가 인위적으로 의도한 것이 아니기 때문에 정의롭다거나 정의롭지 않다고 평가할 수 없다. 이처럼 자본주의 사회는 서로 돕고 의지하는 사람의 본성적 동기를 억압하고 인위적으로 이윤동기를 부추겨야만 생존할 수 있는 부조리한 구조를 갖고 있다. 때문에 자본주의는 인간을 전반적으로 소외시키고 외롭게 만들기 마련이다. 즉, 인간이 만들어 낸 것(시장, 상품)이 인간으로부터 벗어나 거꾸로 인간을 지배하게 되는 것이다.

우리나라의 경우 농촌 공동체를 중심으로 생활하던 시절에는 고립감이 별로 문제되지 않았다. 그러나 1990년대부터 밀려든 신자유주의의 사조는 기층 공동체 내에서도 유연화 · 세계화 전략에 따라 경쟁이 강요됨으로써 공동체는 급격히 붕괴되기 시작하였는바, 노동의 가치가 자본의 논리에 따라 분별되고, 성과주의를 내세워 노동자들 사이를 분열시켰는가 하면, 입시경쟁, 상대평가제 등을 통해 학생들도 분열되었다. 그리고 유전이나 환경적 약점 등도 개인적인 불이익으로 감수되어야 했다.

그런 결과 21세기 한국 사회는 기층 공동체가 전면적으로 해체되어 모든 한국인은 완전한 고립자가 되었다고 볼 수 있다. 고립된 개인에게 있어 모든 것의 성패는 오직 자기 자신에게 달려 있다. 고립자는 인생의 무게만이 아니라 세상의 무게까지 홀로 짊어지게 되었다. 이렇게 현대의 한국인들은 자기 중심적이고 개인주의적으로 세상을 바라보게 되었고, 사회에 대해서는 침묵하는 대신 매사에 자기 탓을 하게 되었다. 그래서 오늘날 한국인은 지극히 사회화되어 있지만 몹시 외롭다.

공동체적 인간관계가 파괴되고 개인주의가 성행하는 이런 이기주의적 삶은 인간관계 자체가 주는 불편이나 고통이 사라진 '편리한 삶'이지만 고통과 즐거움은 서로를 낳는 것이라는 '고락상생(苦樂相生)'의 관점에서 보면 행복하지 않은 삶이다. 이와 같이 많은 현대인은 행복하지 못하다고 할 수 있다. 인간본성을 실현할 수가 없는데 어찌 행복할 수 있겠는가.

한국인의 행복지수는 거의 항상 OECD 국가 중 최하위권으로 나타난다. 특히, 자살률은 2003년 이후 지금까지 계속 1위를 차지하고 있다. 그뿐만 아니라 현재 우리나라는 저출산율, 이혼율, 고독사도 세계 1위라는 지표가 나와 있다. 그중에서도 눈여겨 볼 점은, 젊은 층으로 내려갈수록 행복지수가 낮고 10대에서 30대까지의 사망원인 1위가 자살이라는 것이다.

나이가 어릴수록 세상을, 삶을 더 사랑하지 않는다는 것은 그들이 어릴 때부터 행복하지 않은 부모, 병든 사회적 가치에 억눌려 양육되고 경쟁적으로 교육받은 필연적인 결과라고 볼 수 있다.

결국, 인애(仁愛)의 가치가 결손된 공동체 즉, 서로를 '신뢰'할 수 없는 사회 환경에서는 개인의 행복을 확충하는 공감 능력이나 정의감이 발현되기 어렵다는 얘기다.

또 앞에서 지적했듯이, 자살자들이 품고 가는 공통된 감정은 '외로움'이라는 것이다. 뒤르켐도 자살의 원인이 문명화가 아니라 기존의 사회적 유대의 해체와 새로운 유기적 연대의 미완성이라는 점을 강조한다.

그렇다면, 외로움과 자살 문제의 해결책은 같은 방향에서 찾아져야 할 것이다. 무엇보다 그 방향성의 하나는, 도덕적 행복과 인애의 '공감적 일체감'을 만인의 사회적 존재 기반으로 확충해 나가는 행복국가의 건설이요, 인(仁)과 의(義)의 대도(大道)를 제도화하는 대동사회의 건설일 것이다.

한편, 시야를 넓혀서 보면, 오늘날 외로움의 문제는 우리에게만 나타나는 현상은 아닌 것 같다. 오죽하면 최근 영국에서는 외로움을 사회적인 문제로 보고 '외로움 담당 장관(Minister for loneliness)'이라는 직책을 신설하였겠는가. 외로움을 질병으로 인식하고 적극적으로 치료해 보겠다며 국가가 나선 것이다. 영국 국민의 13.6퍼센트가 외로움으로 인한 이런저런 문제를 일으키고 있기 때문이란다. 또 미국 공중보건서비스단 보고서를 보면, 외로움에 시달리는 이들은 심장병에 걸릴 확률이 29%, 뇌졸증은 32%, 치매는 50% 더 크며 외로움이나 고독은 만성 염증과 같아서 죽음에 이르는 병이라고 했다. 그리고 과거 일본에서는 '울음 모임'을 만들어 외로울 때 실컷 울도록 하여 외로움을 치료해 보려고 시도한 예도 있었다. 지금도 일본은 2주 동안 한마디의 대화도 나누지 않았다는 노인이 15%가 될 정도라고 한다. 말동무가 돼 줄 AI 로봇이 개발됐다지만 기계음에는 온기가 없다.

○ 사랑의 감정이 부족할 때 찾아드는 외로움

외로움의 본질은 어디에 있는가?

말하자면, 먹고 살기 힘들면 외로움을 탈 여유가 없다고 할 수도 있다. 배가 부르니까 이제 사랑이 고픈 것이다. 외로움은 사랑의 감정이 부족할 때 찾아들기 때문이다.

사랑은 어쩌면 내가 너를 생각하는 관심의 양이다.

그러면 잘 산다는 것은 무엇이겠는가?

너와 내가 서로 의지하고 공감하며 사는 것이 아니겠는가.

나 혼자 잘 산다는 것은 큰 의미가 없어 보인다.

같이 잘 살아야 사랑 즉 관심이 충만한 삶이 가능해지는 것이다.

따라서 공감하는 삶 속에서만 우리는 혼자 있어도 모두와 함께 있는 것이다.

거슬러 올라가면, 사람이 태초에 자연에서 분리되면서부터 사람은 그 분리를 극복하려고 하는데 그것이 바로 '관계의 욕구'라는 것이다.

우리의 등 뒤로 보이지 않게 이어져 있는 끈 그런 관계의 끈이 끊어지면 모든 걸 잃는 것이다.

육체적 굶주림이 죽음으로 이어지듯 사회적 관계욕구의 좌절은 정신적 파멸을 초래한다. 즉, 생물학적 동기의 좌절은 몸의 병을 유발하고 극단의 경우 생물학적 죽음으로 귀결된다. 마찬가지로 사회적 동기의 좌절은 마음의 병을 유발하고 극단적인 경우에는 사회적 죽음을 초래한다. 이것이 바로 '정신분열증(조현병)의 본질'이며 자살의 원인이 되기도 한다.

사회적 연대의식과 소속감을 상실한 채 이방인이 되어 적막한 광야에 나 홀로 존재하는 것 같은 기분을 느껴 본 사람이라면 외로움이 얼마나 무서운 것인지 알 것이다.

그리고, 덧없이 나이를 먹고, 텅 빈 상실감과 무력감에 빠지기도 하는 노인들에게는 인간이라는 존재적 실존성 속에서 고독을, 즉 형이상학적 허무의 외로움도 경험하게 되는데, 버트런드 러셀은 자서전에서 이러한 형태의 외로움을 다음과 같이 표현했다.

> 인생이 과연 무엇인지 실감한 자라면 누구나 각기 외따로
> 떨어져 있는 영혼의 묘한 외로움을 때때로 느낄 것이다.
> 그리고 나서 타인들에게서 똑같은 외로움을 발견하면
> 다시 묘한 유대감이 생기고 잃어버린 것을
> 거의 다 보상받을 만한 따뜻한 연민이 솟아오른다.

◯ 철학의 빈곤은 노년을 더 외롭게 할 수 있다.

노후가 편안하지 않고서는 행복한 인생이 될 수 없다. 그래서 노인의 문제는 노인만의 문제가 아니라 모든 사람의 불가피한 문제이다. 우리나라 노인의 빈곤율과 자살률은 세계 1위로 OECD 국가 평균보다 4~5배 높다. 그렇다고 일응 빈곤 때문에 자살한다고 보기는 어렵다. 왜냐하면, 갈망과 체념이 교차하는 노년의 삶에 있어 외로움의 문제는 보다 더 철학적이고 근원적인 데까지 생각을 넓혀 보아야 할 것이기 때문이다.

먼저, 인간은 본질적으로 미완성의 존재다. 혼자서는 미흡하고 타인에게 의지하지 않으면 충족되지 못하는 욕구와 타인과의 상호교류가 없이는 신장될 수 없는 능력을 지닌 존재이다.

또 가상의 조물주(창조주) 입장에서 보는 인간이란 개인으로서의 인간이 아닌 인류 전체(남녀의 결합과 같이)이므로 인간은 그 시작부터 사회성을 지니고 있으며 사회 내에서 자기 실현이 가능하도록 되어 있다. 그러므로 이때의 외로움이란 의지할 대상이 있어야 한다는 사랑과 보완의 욕구에 그 뿌리를 두고 있는 것이라고 볼 수 있다,

그리고 진화론적 입장에서 살펴보면, 인간을 포함한 모든 생명체의 진화과정에서 저마다의 본성이 만들어졌다지만 자연선택이라는 진화 그 자체의 궁극적인 목적성과 의도를 발견할 수 없다는 점이다. 다시 말하여 오늘날 과학으로는 인간을 포함한 자연의 진화에서 존재의 궁

극적인 목적이 무엇인지를 알 수가 없다. 그런데 이것은 영원하기를 바라는 인간에게 있어 매우 근원적인 외로움의 문제를 야기한다. 그렇기 때문에 주체적인 삶의 과정에서 밀려오는 회한은 오직 인간만이 가질 수 있는 감정인 것이다.

이렇게 인간은 객관적 존재이면서 주관적으로 생각하고 생사의 문제마저 자유의지가 지배하는 것처럼 경험하는 고도의 정신(精神) 능력 때문에 그 대가로 또한 인간에게는 채워질 수 없는 욕망과 외로움도 뒤따른다고 볼 수 있지 않을까?

그렇다!

인간만큼 자아가 강한 존재는 없다. 자아가 강할수록 다른 생명과 공존하기보다 홀로 살아가려는 욕망이 크다. 오늘날 일어나는 현대인의 모든 문제는 강한 자아실현과 욕망에 그 뿌리를 두고 있다고 볼 수 있다.

게다가, 아쉬움을 뒤로한 채 서둘러 하산하는 느낌의 인생 노년기란, 세상에 대한 이해의 지평을 넓혀 주고 영욕의 정서가 가라앉으면서 존재하는 모든 것에 대하여 사랑과 감사의 마음을 불러일으킨다.

비유해 보자면,

하늘을 온통 붉게 물들이며 꺼져가는 석양은 얼마나 아름다운가!

새들을 잠재우며 마침내 저 까마득한 피안의 어둠을 몰고 오는 해

설핏 노을 빛은 우리를 숙연하게 하지 않는가?

그 노을의 황홀경은 때때로 수평선 너머로 가물가물 멀어져 가는 돛단배를 삼켜 버린다.

2) 외로움과 신뢰의 연관성

외로움과 전반적인 신뢰가 뚜렷한 반비례 관계에 있음을 보여주는 사실이 개인과 국가 양쪽 모두에서 나타난다.

국민들의 대인 간 신뢰도가 높게 나타난 국가들에서는 일관되게 외로움의 수치가 낮게 나오고 대인 간 신뢰도가 낮게 나타난 국가들에서는 외로움의 수치가 높게 나온다.

OECD 조사에 따르면, 노르웨이와 덴마크 국민 10명 중 9명은 타인에 대한 신뢰가 '높은 수준'이었으나 그리스와 포르투갈에서는 10명 중 4명만 이 수준을 나타냈다. 이런 점은 북유럽 국가들에서는 외로움의 출현율이 낮은 반면 이탈리아, 그리스, 포르투갈 등의 국가에서는 외로움의 출현율이 높은 현상을 잘 설명해 주는 듯하다.

이처럼 신뢰의 결여는 개인의 외로움을 설명하거나 다양한 국가들에서의 외로움 출현율을 설명할 때 가장 중요한 요인으로 보인다.

그리고 신뢰가 외로움의 문제에서 결정적인 역할을 하는 이유도 그리 어렵지 않게 알 수 있다. 가장 가까운 이들한테서 가장 많이 상처를 받듯이 가장 가까운 이들한테서 가장 큰 외로움을 느끼게 된다.

즉, 신뢰의 결여는 조심스러운 태도를 낳고 그러한 태도는 타인과의 애착형성에 중요한 직접적인 접촉을 어렵게 한다. 이를테면, '그는 그녀의 애정을 신뢰하지 않았다. 어떤 외로움이 불신보다 더 외로우랴!'와 같이 불신은 사람을 완전히 고립시킨다.

나아가, 만약 우리가 보편적 인간성에 대한 신뢰를 가지기 어렵다면, 그런 불신은 인간의 상호작용에 드는 '거래비용'을 높일 것이다. 상호작용의 거래비용이 높아지면 더불어 사는 삶은 힘들어진다.

이처럼, 외로움의 문제는 인간의 기본적인 관계욕구가 충족되지 못해서 괴롭다고 호소하는 것이다. 인간들은 홀로 평온하게 지내기를 원하는 동시에 타인과의 깊은 소속감을 공유하기를 원하는 모순적인 심정을 품는데 사랑의 감정이 그렇다. 누군가를 사랑하고 그 사람에게 사랑받으면 자기가 그 사람과 완벽하게 하나가 된 것처럼 '온전해진' 기분이 든다.

어떻게 보면, 사람에게는 사랑으로 외로움을 극복할 수 있다는 믿음이 있을 터 인데, 이 사랑은 존재하며 다른 모든 감정을 뛰어넘어 그때까지 알았던 모든 것을 초월하는 소속감을 불어넣는 것 같다.

그렇지만 외로움은 개인들이 있는 곳에만 존재할 수 있다. 외로움이란 감정이며, '나'를 다루는 작업이기 때문이다. 갈망(longing)은 외로움의 필수 요소다. 갈망은 내가 마음 쓰는 어떤 이와 나 사이의 물리적·신체적 거리를 뛰어넘고 싶은 바람을 뜻한다. 갈망은 타자의 현존에 대한 욕망이다. 집을 떠난 가족이나 이사를 간 친구, 이제는 세상에 없는 부모, 헤어진 연인이 내 곁에 있었으면 싶은 마음과 같은 것이다. 우리가 사회적 동물이 아니라면 외로움도 없을 것이다.

사회적 고립은 삶의 의미 부족과도 상관관계가 있다. 우리 삶이 의미 있다고 느끼기 위해서는 소속감이 그만큼 중요하다는 얘기다. 하지만, 모든 인생에는 외로움이 어느 정도는 포함되어 있게 마련인 만큼 이런 사실을 감수한 채 사는 법을 배워야 한다. 우리는 외로움을 견디는 법, 될 수 있으면 외로움을 '고독'으로 변화시키는 법을 배우는 것이 중요하다.

아르투어 쇼펜하우어는, 인간은 그가 고독한 정도만큼만 자기 자신일 수 있고, 자유로울 수 있다. 그러므로 젊은이들은 마땅히 고독을 견디는 법을 배워야 한다고 했는데, 그것은 무엇보다 지혜로써 사리를 비추어 보는 '관조적인 삶'을 사는 것이라고 이해할 수 있다. 관조적인 삶은 고독해야만 영위할 수 있는 삶이 아니라 고독 속에서도 영위할 수 있는 삶이다. 다시 말하자면 "외로움 속에서는 자기 혼자 덩그러니 있는 것인 반면, 고독 속에서는 자기 자신과 더불어 있는 것이다. 그래서 고독 속에서 각자는 혼자지만 쓸쓸하지 않다. 왜냐하면 긍정적인 방식으로 자신과 행복하게 지내기 때문이다."

2

우리는 '외로움이 없는 세상', '자살자가 없는 사회'를 만들기 위해 어떻게 해야 할 것인가?

젊은 사람들은 사회적 외로움을, 나이 든 사람들은 정서적 외로움을 좀 더 고민한다. 그렇지만 정서적 외로움과 사회적 외로움은 으레 함께 발생한다. 젊어서나 늙어서나 인생은 늘 다른 사람과의 친밀한 애착을 중심으로 돌아가기 때문이다. 동시에 사람은 이 친밀한 애착들에서 힘과 삶의 의미를 이끌어 낸다. 사랑의 기쁨과 슬픔은 물론, 할아버지·할머니가 손자 손녀를 아끼고 애틋해하는 자애로운 사랑은 인간에게만 있는 세대를 연결하는 내리사랑이다.

그렇지만 더 근본적으로 인간이 최고의 행복, 즉 해방된 삶을 누릴 수 있기 위해서는 자연의 이치를 거스르지 않는 생태적 삶을 살아야 한다. 자연과의 일체감을 느끼는 것만으로도 항우울효과가 있음이 밝혀졌듯이, 인간이 자연과의 공감적 관계를 재개하면, 그에 따른 생활양식의 전환이 이 지구뿐만 아니라 우리 자신의 정신적, 신체적 건강에도 이롭게 작용한다는 사실이 입증되고 있다.

또한 모든 국민이 사회적 존재로서 자아실현의 보람과 기쁨을 누릴 수 있는 경제·사회 구조가 만들어져야 한다. 왜냐하면 개인의 자유와 행복 여부는 개인 자신만의 문제라기보다 그가 속해 있는 사회의 구조적인 문제에 더 많이 의존하기 때문이다.

그리고 좋은 삶을 위한 정치적 조건은 무엇보다 자유와 자발성을 전제로 하는 것이어야 한다. 말하자면 예상되는 손해를 감수하더라도 상대방의 의지를 받아들이고 따르려는 자발적인 신뢰의 태도가 있어야 한다.

그러므로 야수적인 자본주의를 넘어 지속가능한 건전한 사회가 되려면 사람들이 개성을 발휘하며 평등한 사회적 존재로 발전할 수 있도록 보장하고 장려하는 사회구조가 먼저 마련되어야 한다.

사회적 불평등을 없애는 방법은 두 가지로 생각할 수 있다. 하나는 개인 사이의 차이를 없애는 것이고, 다른 하나는 모든 차이를 사회적 지위와 무관하게 만드는 것이다. 전자는 공산주의가 택하는 방식이며, 자유민주주의는 대체로 후자의 방식을 택한다. 우리 헌법이 '자유민주주의'와 '사회적 시장경제'를 질서 이념으로 규정하고 있는 것은 사회정의와 함께 인간의 자유가 하나의 이상으로 존중되어야 한다는 뜻이다. 양심이나 기본인권과 같이 민주주의에 앞서는 것이 자유이다. 이를 정의실현이라는 차원에서 말한다면, 자본주의의 한계를 보완하는 '사회보장제도'를 확립하여 사회적 연대를 강화하고, 인애에 기반한 복지 공동체를 실현해 나아가는 것이 우리의 이상이 되어야 한다.

오늘날 우리는 국민소득 3만 불 시대에 살고 있다. 그러한 풍요를 가져다준 두 축을 국민 교육 수준의 향상과 산업화의 덕이라고 규정해 본다면, 그 결과적 측면에서의 긍정적인 면과 부정적인 면이 분명하게 드러난다.

말하자면 사회의 본질은 실존적 제 목적의 달성을 상호 촉진하기 위하여 '협동'하는 데 있는 것이거늘 오히려 서로 경쟁하고 싸우도록 부추겨 효율을 도모했으니 경제성장이라는 긍정적인 성과는 있었다 지만, 반면에 이기심을 조장하는 자유경쟁 시장원리하에서 점차 인간성은 황폐화되고 돈이 돈을 벌게 하는 인플레이션과 투기 등으로 불평등이 심해졌다. 이런 물신주의 사회의 부정적인 측면을 목도하게 되면서 많은 국민들은 자유와 정의 그리고 인간성이 실종된 현실을 원망하게 되었다.

또 교육적인 측면에서도 개성의 신장보다는 입시경쟁에 내몰린 청소년들은 상호 간에 우애 대신 갈등과 고립을 심화시킴으로써 일찍부터 외로운 사회구성원으로 살도록 강요받았다.

이를테면 점점 심각해지는 청소년의 일탈이나 자살 문제는 전적으로 우리 사회에 만연되어 있는 '단죄의 철학'에서 그 원인을 찾을 수 있다. 운명 즉, 우연적 조건이나 능력의 차이가 있다는 엄연한 현실을 부정하면서, 인간이 노력하면 모든 것을 이룰 수 있다고 보는 극단적인 자유의지의 철학은 얼핏 공정한 것으로 여겨지는 '능력주의'의 근거로 이해되지만 이것은 실제로는 사회의 공공선, 사회 구성원들의 자기 정체성을 망가뜨린다.

인생의 중요한 길목마다 시험을 통해 자신이 어떤 길을 선택할 '자격'이 있는지를 판단하는 사회에서는 시험이 세상의 원리로 여겨진다. 이런 사회에서는 사람에 대한 외면적인 평가 기준도 한몫을 하게 되는바, 예컨대, 돈이 많아야 우월한 인간이라는 평가기준을 가진 사람은 돈 없는 자신이 열등하게 느껴질 것이다. 학벌이 좋아야, 외모가 예뻐야 자기 가치를 인정할 수 있다고 생각하는 사람들은 열등감을 벗어나기 힘들다. 돈, 학벌, 외모 같은 조건에 대한 욕심은 끝이 없기 때문이다.

결국 '능력주의'는 열등감의 노예와 저항할 줄 모르는 패자를 양산하게 된다. 그러므로 우리는 누구나 개별성을 지닌 인간으로서 자기 가치를 인정할 수 있어야 한다. 남의 기준에 맞추어 내 인생의 기준이 정해진다거나, 남의 기준에 따라 내 인생의 행복과 불행이 형성된다면 그것은 이미 불행한 일이다. 남의 기준이란 다양하기 짝이 없어 그 실체가 모호하고 옳고 그름을 판단하는 것도 무의미할 뿐이다. 한 인간으로서의 독특한 자기 가치를 인정하는 사람은 자기 인생에 대한 확고한 자기중심이 있기 때문에 다른 사람들의 사는 모습이 어떠하든 간에 그것을 긍정적으로 바라보고 또 박수를 보낼 수도 있다.

요컨대, 인생은 조건 때문이 아니라 각각의 개별성(individuality) 때문에 값나가는 것이다. 중요한 것은 외면이 아니라 '내가 나를 어떻게 생각하느냐'이다. 비록 나에게 장애가 있고, 아파트는 25평이고, 애들은 공부를 썩 잘하지 못해도 이것이 나만의 귀한 인생이고, '나는 나에게 주어진 독특한 인생을 산다'라고 생각하면 되는 것이다.

폭넓게 보더라도, 공동체의 가치관과 사회 분위기가 연대를 강화하는 쪽으로 개화되어야 하는 것이 맞다, 왜냐하면, 영·유아기에 만들어진 능력이 생애 전반을 걸쳐 지속된다는 사실을 확인해 주는 많은 연구 결과들을 놓고 볼 때, 출신과 교육의 결과가 사회적 차별의 근거가 되는 능력주의적 사회시스템은 공정하다고 할 수 없기 때문이다.

이와 같은 맥락에서 보면 '너의 실패는 너의 노력 부족 때문이야'라는 '단죄의 철학'은 신자유주의의 세계화라는 정치지배 이데올로기와 그 논리적 근거를 같이한다.

그러나 성장제일주의로의 회귀를 뜻하는 신자유주의는 근본적으로 인간의 정의감에 반하며 철학적 근거도 부족한 한계를 드러내는 것이다.

여기서 잠깐 그 이유를 살펴보자.

진리와 정의는 다른 것이다.

전일적 세계관 하에서 두 가지 진리를 말해 본다면,

시간적으로는 모든 만물은 항상 변화해 간다는 '만물유전(萬物流轉)이고 공간적으로는 상보성원리(相補性原理)'라 할 것이다. 상보성원리란, '세상의 모든 것은 서로 돕고 도움을 받으며 상대의존 관계에 있다'는 것이다.

혹자는 적자생존이나 정글의 법칙을 얘기하면서 경쟁원리가 삶의 본질적 모습이라고 말하기도 하지만 여기서 적자(the fittest)란, 경쟁이나 투쟁보다는 협동을 통해 살아남은 존재를 의미한다는 사실을 간과해서는 안 될 것이다.[7]

무엇보다 그것은 인간사회의 '정의'와 자연세계의 '진리'를 혼동한 데서 비롯된 생각이라 할 것이다.

왜냐하면 적자생존이란 자연계의 서로 다른 개체 사이에서 이루어지는 생존의 원리, 즉 먹이사슬 법칙에 기초한 것이며, 인간과 비인간적 존재 사이에는 행위와 자아와의 일체감이 없고, 규범적 요구의 전제로서의 '상호주관성'이 성립될 수 없기 때문이다. 그러므로 이런 자연세계의 존재법칙인 '진리'와 인간의 사회적 이상으로서의 '정의'는 그 범주에 있어 다른 것이며, 또 기능과 원리라는 측면에서도 완전하게는 일치될 수 없다고 할 것이다.

말하자면, 자연은 불인(不仁)하여 정의가 없고 생존이라는 사실로써의 '존재법칙'이 있을 뿐이라면, 인간과 인간의 관계에서는 당위적 의리로서의 '심성의 원리'가 사회질서의 이념적 기초를 이루고 있다.

따라서 적자생존을 철학적 근거로 내세우며 경쟁을 강조하는 신자유주의 정치이념은 자본주의가 조장하는 탐욕적인 경쟁을 반영한 지배이데올로기일 뿐, 정의에 맞지 않는 반인륜적인 논리인 것이다.

어쨌든, 이제 우리는 성장 곧 더 많은 소유보다 자아실현 곧 인간 해방이 중요해졌다. 국민의 행복에 경제적 요소가 대단히 중요한 것은 사실이지만 무턱대고 경제가 성장한다고 해서 그것이 국민 행복에 도움이 되는 것은 아니다. 국민소득이 1만 달러 정도 이하일 때는 경제성장이 무엇보다 국민행복에 도움이 된다고 말할 수 있다. 그러나 국민소득이 3만 달러를 넘어서면 소득과 행복의 상관관계는 점점 낮아진다. 소득의 한계효용 즉 소득이 늘 때 추가로 발생하는 만족감이 낮아 사람들이 행복을 경제적 이익에 종속시키지 않기 때문이다.

또한 국민소득을 높이는 요인 중에는 재해나 전염병 등으로 국민을 불행하게 하는 사건에 들어가는 경비도 포함되어 있다는 사실을 무시할 수 없다.

그러므로 경제성장을 위해 인간관계, 건강 등과 같은 행복을 결정하는 주요 가치를 희생해서는 안 되며, 나아가 대량 실업과 소득 양극화, 환경파괴, 인간성 상실 같은 사회적인 문제를 해소하지 않고서는 오히려 국민소득이 늘어날수록 국민이 더 불행해질 수도 있다는 점을 유념해야 한다.

그리고 오늘날 우리 국민은 앞다퉈 경쟁에서 이겨야 하고 1등을 해야 행복할 수 있을 것으로 생각하는 사람들이 대단히 많다. 정치와 사회문화, 교육제도가 국민의식을 그렇게 만들었다고 할 수 있고, 실제로도 승자에게 훨씬 많은 이익이 따르는 게 사실이다.

따라서 불안감 없는 세상이 되도록 하기 위해서는 실패를 하고 꼴

찌를 하더라도 다시 일어날 수 있는 '회복탄력성'이 높은 사회구조가 만들어져야 하고, 자살자가 없는 사회가 되도록 하기 위해서는 무엇보다 능력주의(경쟁주의) 사회가 공정하다는 신화(착각)로부터 깨어나야 한다.

왜냐하면, 사회의 본질은 협동과 연대에 있다는데 기반하여, 개인의 타고난 불리(不利)를 보상(補償)해 주는 제도적 장치가 마련되어 있어야만 경쟁에서 뒤처진 사람도 소외되지 않고 모두가 함께 행복한 삶이 가능해질 것이기 때문이다.

더구나, 지금 우리는 경쟁주의나 물질주의의 은혜를 입고 사는가?

일응, 그렇다고 여기기 쉽다. 그러나 물질은 은혜를 베푼다기보다는 성취하라는 욕망을 재촉하면서 우리를 경쟁 속으로 사납게 몰아가고 있는 중이다.

삶이 편리해진 것은 사실이지만 삶이 편안한 것은 아니다. 물질은 인간을 편리하게 하는 만큼 사람을 불안하게 한다. 이것은 바로 인위의 결과인 셈이다.

인위는 사람의 욕망을 무한대로 확대시키면서 인간을 경쟁의 동물로 변화시키려고 한다. 경쟁의 동물이 되면 인간은 쉴 새 없이 다툼을 해야 하고 시기하고 음모를 꾸미고 적을 만들어 싸움을 하게 된다.

이러한 싸움에선 선악은 항상 경우에 따라 옮겨져 인간으로 하여금 무엇이 무엇인지 모를 만큼 잔인한 동물로 둔갑시켜 버린다. 물질만능의 사회는 정말 정글의 법칙보다 무서운 무도함이 따르게 되는 것이다. 어린이 유괴나 청부살인은 그런 하나의 예가 된다고 할 것이다.

경쟁주의가 인간사회의 모습이 되어서는 안 된다.

진정한 인간사회라면 연대하고 협력함으로써 '신뢰'가 최고의 가치로 자리 잡아야 된다. 우리는 바야흐로 야수적인 경쟁사회에서 인애 우선의 훈훈한 신뢰사회로 진보해야 한다.

산업사회의 구조적 신뢰만으로는 지금과 같은 4차산업혁명사회의 토대가 될 수 없다. 4차산업혁명사회에서는 시시각각 변화하는 시대적 요구와 기술발전에 적응하고 선도하는 능력과 창의성을 보유한 상태에서 다른 사람들과 '협력'하여야 경쟁력을 높일 수 있다.

다른 가족이나 집단 구성원은 물론, 인공지능(AI)·로봇과도 공존하고 이데올로기가 다른 국가와도 같은 정보로 소통할 수 있어야 한다. 소통이 되면 신뢰할 수 있고, 서로 정보를 주고받음에 따라 자신의 지적 영역이 넓어지니 새로운 창조의 토대가 될 수 있는 것이다.

이와 같은 상호 계약적 신뢰는 분파에 따른 갈등을 치유하고 다양성을 확대하게 된다.

이에 발맞추어 우리나라 정치권도 국민이 무엇을 바라고 있고, 또 어떤 상태에 있어야 행복할지에 대한 철학적이고 현실적인 고민이 먼저 요구된다고 하겠는바, 국가가 국민의 최소한의 수준을 보장해 주는 것에서 더 나아가 사회적 불평등을 해소하고자 하는 열망을 가지고 노력해야 할 것이다.

즉, 우리는 모두 특정 시기에 아동이었고 또 모두가 질병에 걸리거나 나이가 들게 되는데 국가는 이를 모두 인정하여 보편적 복지 서비스의 일차적 공급자로서의 역할을 다하도록 조직화해야 할 것이다. 그것은 바로 '사회보장' 즉 사회 안전망과 기회복지를 확충해 나가는 것이다.

요컨대, ① 상속 대신 사회보장이 잘 갖춰진 나라, ② 병원비 걱정이 없는 나라, ③ 교육 기회가 재산의 있고 없음으로 불평등하게 되지 않는 나라, ④ 주택이 투기성 재화로 변질되지 않고 거주개념으로 자리 잡은 나라 그리고 ⑤ 일할 능력이 있는 모든 국민으로 하여금 일할 수 있도록 도와주는 나라와 같이 국민 개개인의 필요적 욕구실현 기회가 국가에 의해 제도적으로 보장됨으로써 같이 느끼고 같이 만족하는 인권 우선의 '신뢰사회' 구조가 만들어진다면 왜 자살을 하고, 아이를 낳지 않는 반자연적인 인생 행로를 선택하겠는가!

UN이 매년 발표하는 '세계행복 보고서'를 보면 '신뢰가 높은 사회에서 국민의 행복도가 높았다' 행복도가 높게 나타난 핀란드, 덴마크 등 북유럽 국가에서는 학교에서 서로의 공통점을 가르치며 모든 사람을 평등하게 대우하도록 교육해 사회적 신뢰를 강화해 왔다는 점이 높이 평가되었다. 그런 선진 복지국가의 신뢰 사회 구조와 교육철학에 견주어보면, 공정성으로 포장된 경쟁 위주 교육이 만연한 우리나라의 경우 사회적 신뢰를 쌓기 어려울 수 있다는 얘기다.

제3부 ▶▶▶

신뢰사회로의
진보

신뢰사회란, 정의로운 사회에서 한발 더 나아가 '정의'보다 '인애(연대)'가 우선하는 따뜻한 사회를 뜻한다.

그러므로 우리가 같이 느끼고 같이 만족하는 신뢰사회(대동국가)를 지향하여 진보를 논하기 위해서는 먼저 '정의가 무엇인지'를 이해하는 것으로부터 시작하지 않을 수 없다.

1

정의란
무엇인가?

1) '사회적 이상'으로서의 정의

인류의 역사에서 '정의'라는 관념은 두 단계로 변화해 왔다고 생각해 볼 수 있겠다. 하나는 '인간으로부터 독립된 현세를 초월하는 영원한 이념'이라는 의미를 갖는 정의이고 다른 하나는 '인간이 만든 사회적 이상'이라는 의미로서의 정의이다.

그렇게 생각해 본다면, 젊은 날 나를 끝없이 방황케 했던 '정의가 무엇인가?'라는 화두는 전자의 의미, 즉 자아의 발견을 위한 고뇌와 함께 '영원한 존재 이념'을 찾아 헤매는 구도자의 모습에 다름 아니었던 것 같다.

말하자면, 나의 존재 이유가 무엇인지 질문하고, 우주 자연 속에서 그 해답을 얻고자 했다는 점에서 그것은 절대자 내지는 초인적 절서가 갖는 어떤 목적성이 섭리 속에 내재해 있을 것이라는 믿음을 전제로 한 것이었다.

이와 같은 목적론적 사유를 한 데는 내가 그 당시 헤겔의 철학, 즉 '역사는 절대이념의 변증법적 발전과정'이라는 그럴듯해 보이는 역사관에 경도되어 있었기 때문이기도 하다. 그리스도교적 세계관도 역사를 신(神)의 섭리(攝理)의 전개 과정으로 파악한다.

어쨌든 인류사를 거슬러 올라가 보면, 고대 자연철학자들이 자연의 근원과 원리를 탐구한 이유도 역시 그것을 통해 인간적인 삶의 규범, 즉 정의로운 삶의 모습은 어떠해야 하는가를 발견하기 위한 것이었다.

그렇지만, 오늘날 우리는 이제 신(창조주)이 있다고 가정하지 않는 한 삶의 목적에 대한 질문은 의미가 없다는 깨달음에 이르렀다. 지금까지 인류의 과학적 진보와 성과를 통해 알게 된 사실은, 신의 존재를 인정할 수 없다는 것과 또 만물의 존재 원리로부터 유추해 낼 수 있는 그 어떤 목적성도 발견할 수 없다는 것이다. 다시 말하자면, 목적론적 세계관이나 뉴턴의 기계론적 사유는 근대이전 과학의 이념적 근간이었지만, 현대에는 익숙하지 않은 사고방식이 되었다. 자연과학의 성과에 따라 인과적으로 세상을 바라보는 시대가 된 것이다.

현대과학은 자연은 그야말로 자연(自然)히 발생한 것이라고 말한다. 인간도 마찬가지다. 자연이 어떠한 목적을 가지고 인간을 지금의 형상대로 창조했거나 진화시킨 것이 아니라 긴 역사적 생존 과정을 거쳐 자연진화가 이루어지다 보니 결과적으로 지금의 모습을 가진 개체들이 살아남아 존재하게 된 것이다. 게다가 그런 적자생존, 즉 종의 유지와 진화에는 상호투쟁보다 상호부조가 더 적절했다는 증거가 많다. 결국, 창조성을 입증할 만한 증거가 없는 한 발생과 마찬가지로 인간의 진화도 어떤 목적성 없이 일어났다는 게 오늘날 과학적 성과가 말해주는 바다. 그에 따라 정의에 대한 관념도 바뀌어 그것이 '인간과 인간 사이의 하나의 정의' 즉 '인간이 추구하는 사회적 이상'이라는 의미로 새롭게 인식하게 되었다.

요컨대, 인과법칙에 따라 상호결합된 사실체계로서의 자연은 의사(정신)를 갖고 있지 않기 때문에 특정한 인간의 행위를 규정할 수 없으며, 사회에 선행하는 자연상태에서는 '정의'나 '불의'가 있을 수 없다. 그러므로 불변의 자연현상이나 섭리를 뜻하는 '진리'와 인간이 만든 사회적 이상으로써의 '정의'는 그 범주에 있어 다른 것이며, 목적성의 유무 등 사실 내용에 있어서도 꼭 일치되지는 않는다는 것을 알 수 있다.

그리고, '정의'의 목적성과 관련해서는, 설령, 인간과 인간을 둘러싼 제도와 법을 목적론적으로 이해할 수 있다 하더라도 우려는 남는다. 법을 어떠한 제도 혹은 현상에 대한 목적론적 사유를 바탕으로 이해한다면 자연스럽게 그 법은 그 제도와 현상에 대하여 다른 목적이 있다고 생각하는 사람들의 삶의 방식과 어긋나게 된다. 이는 국가가 특정한 생각을 가진 사람들을 차별하는 것이 아니냐는 반문으로 이어질 것이다. 지금도 우리 사회의 사상적 기반에 막대한 영향을 끼치고 있는 자유주의 사상에는 법과 제도를 목적론적으로 이해한다면 국가가 중립성을 지키지 않고 특정 시민을 차별하게 될 수 있다는 우려가 반영되어 있다.

이를테면, 사회제도를 정의의 일의적 주제로 삼고 절차적 정의를 강조하는 J. 롤스를 비롯하여 J.S. 밀이나 E. 프롬 등 오늘날 자유주의 사상가들은 선택과 그 선택의 기반이 되는 '자유'를 강조할 뿐 개별적인 것들의 목적과 본성에는 집중하지 않는다. 또 개인의 자유를 중시하는 자유주의 국가에서는 정치에 특별하고 본질적인 목적이 있다고 전제하지 않으며 가치중립적인 태도를 견지하려고 한다. 목적을 전제하면 어떤 특별한 가치를 개개인에게 부과하는 것이 되기 때문이다.

그럼에도 의문은 여전히 남는다. 인간은 개별적인 특성이나 각자의 조건에서 제각각 다른데, 과연 목적론적 사유 없이 각 개인의 삶과 제도 그리고 법을 온전히 이해할 수 있을까?

역사를 살펴보면, 정의에 대한 접근이 다차원적(도덕적, 종교적, 정치적 차원 등)이었고, 개념도 다의적으로 전개되었지만, 그 속에서 우리는 최소한 정의에 관한 논의가 인격성 및 정치적 실천과 연관되었다는 사실을 확보할 수 있다. 이는 정의에 관한 논의가 한 시대의 정신적, 정치적 상황과 밀접하게 연관될 수밖에 없음을 말해준다. 따라서 이를 정치 현실의 차원에서 말한다면, '정의란 한 사회의 정치 현실에서 정당화되는 사회가치'라고 표현해도 무방할 것이다.

아무튼, 그렇게 하여 확보된 사실은 정의의 논리구조가 ① 개인과 개인 간의 관계에서 행위의 올바름의 문제, ② 개인과 사회 전체 간의 관계에서 올바른 질서를 만들어 내는 문제로 이루어진다는 사실이다. 그런 점에서 정의는 객관적으로는 법의 내용이 옳음을 뜻하고, 주관적으로는 한 인격의 공정성을 뜻하기도 한다. 이는 오트프리트 회폐가 지적한 정의에 대한 기본 성격과도 일치한다.[1] 따라서 '정의는 인간의 인간에 대한 조화(調和)로써 인간관계에 있어서 정당성이 확보되는 당위의 질서(當爲의 秩序)'라고 할 수 있다.

그렇게 생각하면, 정의는 약육강식의 자연질서와는 다른 공동선 원리에 기초한 형평의 질서이고 그 질서는 실정법의 절대적인 척도(尺度)이면서 다른 한편에 있어서는 그 척도가 이성의 발달에 따라 변한다고 할 것이다. 그 변화는 정의 자체의 본질적인 변화를 의미하는 것이 아니라 정의의 구체적인 적용 내용이 수정(修正)된다는 의미로 이해되어야 한다. 말하자면, 정의의 발견과 그 적용은 인간 이성의 발달에 따르는 역사성을 지니고 있다는 뜻이다. 그것은 결국 인간이 사회적 삶을 시작하면서 옳다고 생각하는 가치와 방향을 모색하고 그것을 규범화하는 '사회적 이상'인 것이다.

그렇지만 중요한 것은 정의의 관념은 어떠한 경우라도 인간의 이타적 본성이 드러나는 '인애적 정의감각'과 자연적 본성으로서의 개인의 개체성(생명과 사랑의 욕구 등)을 망각하거나 소홀히 다루어서는 안 된다는 점이다. 즉, 공동체적 이익을 위해 개인의 기본적 자유가 희생되는 것을 용인하는 것은 자유민주주의 국가에서는 정의가 될 수 없다. 이렇게 생각하는 까닭은 '사회가 집단적 실체(collective entity)일 수 없다는 데 근거하며 따라서 개인이 사회를 위해 희생되어야 할 이유는 없기 때문이다.'

그리하여 고대로부터 오늘날까지 제시된 수많은 정의이론이 두 개의 기본 유형으로 압축될 수 있다는 것은 놀라운 일이 아니다. 형이상학적이고 종교적인 것과 이성적인 것 즉 상대적인 정의가 그것이다. 현실적으로 우리는 상대적인 정의의 영역에서 살게 되므로 '각국의 헌법이 내포하고 있는 도덕적이며 정치적인 근본원칙이 있고 그에 대한 공감대적 합의가 있을 때 그것이 곧 정의가 되는 셈이다.

2) 정의에 관한 법철학적 접근 이해

정의를 논하는 것은 법철학의 중심문제이기도 하다. 고래(古來)로 인간사회는 가치나 이해의 조정과 배분방식을 둘러싸고 다양한 요구와 주장들이 정의(正義)의 이름으로 논의되어 왔지만, 동일한 정의를 표방하면서도 그 요구와 주장들은 일치하지 않았다. 종래 "정의는 각자에게 그의 몫을 주는 항상불변(恒常不變)의 의지(意志)"라고 정의(定義)되어 왔다. 그러다가 현대는 "정의는 각자에게 그의 몫을 주는 것"으로만 관념(觀念)되어 있다. 그 이유는 정의가 불변의 '진리'와는 달리, 때와 장소 그리고 대상 범위에 따라 다를 수 있으며, 또 이성(理性)의 발달에 따라 그 내용도 변하기 때문이다.

부연하자면, 자연은 모든 생물에게 생존본능을 부여했다. 자기보존과 자기팽창(번식)은 모든 생물이 갖추고 있는 두 가지 자연의 본능이다. 그리고 자연은 스스로 이 두 가지에 경계를 만들지 않았다. 경계는 생존경쟁에 의해서, 즉 생물 종과 개체 간의 힘과 균형의 이치에 따라 비로소 생기는 것임을 알 수 있다. 그런 먹이사슬이라는 생태계의 존재법칙에 비하면, 정의의 문제는 사회적, 역사적 존재로서의 인간 삶의 테두리를 벗어나서는 그 의미가 없다. 그리고 시대를 초월하여 모든 사람이 받아들일 수 있는 유일무이한 정의는 있기 어렵다.

그런 관점에서 보면, "세상에서 제일 위험한 사상은 악이 아니라 정의이다."라는 명제가 가능해진다. 악에는 죄책감이라도 따라오지만 정의는 그것을 '확신'하는 순간 선악의 경계는 무너지기 때문이다. 다들 정의만 내세우면 상대방에게 무슨 상처를 입혀도 괜찮다고 생각한다. 정의의 이름으로 포장된 무지나 불의한 힘의 논리에는 적절한 제어수단이 없다.

기원전 5세기 아테네에서 활동했던 소피스트 트라시마코스(Thracymachos)는 정의의 위험성을 다음과 같이 지적했다.

> 정의란 한층 강력한 자의 이익 이상의 것이 아니다… 모든 정부는 자기의 이익이 되도록 법률을 만든다. 민주정치는 민주적인 법률을, 전제정치는 전제적인 법률을 그리고 그와 다른 정부도 마찬가지다. 그리하여 일단 그들이 법률을 만들면 그들 자신에게 이익이 되는

것을 인민에 대해서는 정의라고 고집한다. 그리하여 이를 침해하는 자를 법과 정의를 위반한 자라고 처벌한다.[2]

트라시마코스의 주장은 단적으로 "권력(힘)이 정의를 만든다"라는 것이다. 니체도 "정의는 저급하고 소심한 사람들이 서로를 정의롭게 대하려는 데 적합한 것이지 고상하고 영웅적인 행위를 하려는 이들에게는 적합하지 않다"라고 보았다. 더구나 정의의 문제가 제기되는 장소가 정치공동체의 공동생활영역이라는 점에서 정의의 위험성은 정의의 본질적 성격 중 하나일 터다.

뿐만 아니라, 정의의 위험성은 인간의 어떤 '확신'이 정의로 둔갑할 수 있다는 것이다. 인류 역사를 살펴본다면, 인간의 삶을 위협하는 것 중에서 가장 위험한 것은 특정한 종교적 혹은 정치적 이념에 대한 독단적인 '확신'이 아니었을까 한다.

이를테면, 가톨릭이 지배하던 중세 서양에서는 수많은 사람이 그리스도교의 신을 믿지 않는다는 이유로 이단자 혹은 마녀로 몰려서 죽었다. 가톨릭에 대항하여 개신교가 나타났을 때는 이 둘은 서로를 이단으로 몰아대면서 상대를 살육했었다.

그런가 하면, 사회에서 종교가 갖는 영향력이 약화되었을 때는 정치적 이데올로기들이 사람들의 정신적 공백 상태를 파고들었고, 그럼으로써 종교전쟁 못지않게 살벌하고 잔인한 이념전쟁이 벌어졌으며 수천만 명에 이르는 사람들이 살상되었다. 우리가 치른 6.25 전쟁도 그런 성격과 다르지 않다.

일찍이 니체가 거짓말보다 오히려 '확신'이야말로 인간이 진리를 발견하는 데 큰 장애가 되는 것이라고 의심한 데는 이러한 역사적 사실에 근거를 두고 있는 것이다.

말하자면, 확신은 확신에 사로잡힌 인간을 지탱하는 기둥이며, 그들이 존속할 수 있는 조건이 된다. 어떤 독단적인 이념을 확신하는 사람은 자신은 그것이 진리이기 때문에 믿는다고 생각하지만, 실은 그 이념이 자신의 삶에 확고한 의미와 방향을 부여하고 있기 때문에 그것을 믿는다. 인간은 덧없이 생성·소멸하는 삶의 가운데에서 불안을 느끼기 때문에 어떤 이념에 의지하여 그러한 불안에서 벗어나고 싶어하는 것이다.

진정한 자유인 즉 자유로운 정신의 소유자라면 어떤 독단적인 이념이 주는 삶의 위안을 값싼 위안으로 간주하여 거부하면서 세계와 사물을 다양한 관점에서 볼 수 있는 사람이다. 이렇게 자유로운 정신의 소유자만이 자신의 주체적인 사고능력을 믿는 진정한 자유인의 삶을 산다고 말할 수 있을 것이다.

아무튼, 정의는 자유의 범주를 벗어날 수 없다. 즉, 시대적·관념적 한계 내에서 하나의 '사회적 이상'으로 기능하는 것이 정의이다.

요컨대, 정의는 물론 '진리'와 일치되는 절대적 가치도 있지만 사회적 이상으로서의 가치를 의미한다고 보면 그것은 시대와 장소에 따라 다를 수 있는 것이다. 따라서 정의에 대한 관념에 따라 또는 정의롭다고 생각되는 윤리관에 따라 권리의 내용과 서열이 달라진다.

예컨대, ① 개인의 생명과 국가의 존립이익은 어느 것이 우선적 가치인가?

국가는 개인을 위해 존재하는 것이라는 관점에서 보면, 최고의 중심되는 가치는 개인이며 본질적으로는 생명이다. 이때 국가의 존재 이유는 개인의 생명과 그 물리적 기반을 지키기 위한 것이 된다. 그러나 최고의 가치는 국가의 존립이익이라는 도덕적 확신도 존재한다. 따라서 국가의 이익과 명예가 요구한다면 모든 사람은 도덕적으로 자기의 목숨을 희생하고서라도 전쟁에서 이기기 위해 다른 사람을 죽일 수도 있고 적을 물리치는 것이 의무가 될 수 있다. 앞서 언급했듯이, 자유주의적 관념으로 보면, 국가(사회)는 실체가 있는 집단이 아니므로 개인이 국가의 존재를 위해 희생될 필요는 없다. 그렇다면, 인간의 삶에 있어 참으로 가치 있는 것은 '국가'가 아니라 창조적이고 지각 있는 '개인'이라고 말할 수 있다.

반면에, 단체주의적 관념으로 보면, 공동체 집단만이 존재의 실체이고 개인은 그에 딸린 부속품에 불과하므로 가치서열에 있어 언제나 국가가 개인에 우선한다. 따라서 사회주의, 공산주의 국가에서는 집단의 이익이 개인의 가치보다 우선한다.

그러나 국가의 존립 여부가 개인의 생명과 자유에 영향을 주는 전쟁 시에는 자유주의 국가에서도 개인은 국가의 요구에 응하여 목숨 걸고 적을 물리치기 위해 싸워야 하는 것이다. 따라서 공동체와 개인의 관계는 개인은 전체를 위해, 전체는 개인을 위해 상보적으로 존재하는 것이 된다. 그렇다면, 자유민주주의 국가인 우리나라에서는 국가와 사회는 개인을 위해 존재한다는 '보충성원리'가 사회질서 원리의 하나로 자리 잡고 있다는 것을 알 수 있다.

또 ② 개인이 가지는 생명과 자유는 둘 중 어느 것이 더 우월적인 가치인가?

일응 생명의 가치가 더 앞선다고 보면, 자살은 정당화되기 어렵다. 그러나 자유가 더 가치 있다고 보면, 자살은 허용될 뿐만 아니라 권장될 수도 있다. 하지만 이렇게 근원적인 가치에 대한 질문은 주관적인 대답, 즉 판단 주체에게만 타당한 대답이 가능하다. 왜냐하면 그것은 가치판단이 아니라 사실판단이기 때문이다.

이와 같은 사실판단 문제의 경우, 동물 · 식물은 자유보다 생명보존에 절대적이고 우월적인 본성을 유지할 것이며, 사람의 경우는 '자유 없는 생명은 가치가 없다'라고 느끼기도 할 것이다. 그러므로 이런 근본적인 본성과 맞닿아 있는 정의의 문제는 우리 의식의 감정적 요소이지 이성적으로 선택이 필요한 가치서열의 요소는 아니다.

아무튼 '생명의 원리는 자유이다'라는[3] 한스 요나스의 명제를 놓고 보면, 산다는 것은 '자유의 발현'을 위한 활동이므로 삶의 형태가 어떠하든 간에 우리의 의식은 나름대로 목적성을 띨 수밖에 없으며, 결국 생명과 자유는 서로 분리될 수 없는 상보적 욕구 체계를 이루는 것으로 이는 인간존재의 양면적 특성을 보여주는 것이라고 할 것이다. 따라서 그것은 인간사회에서 절대적이고 불변하는 정의가 성립되기 어려운 이유 중 하나가 된다고 볼 수 있다.

3) 정의감은 진화한다

사회규범 중 인간의 도덕은 수백만 년에 걸친 진화과정에서 형성된 것으로 수렵, 채집인이 소규모 무리를 이뤄 살면서 직면했던 사회적, 윤리적 딜레마를 해결하는 데 맞게 조정돼 왔다고 할 수 있다. 마찬가지로 우리의 정의감도 다른 모든 감각이 그렇듯이 오랜 진화에 뿌리를 두고 있다고 봐야 한다. 그래서 원시인들의 정의감이나 도덕의식으로 오늘날 온 대륙을 가로질러 수백만 명 사람들 사이의 관계를 이해하려고 할 때는 어려움에 압도될 수밖에 없다. 정의를 실행할 때는 일련의 추상적인 가치뿐 아니라 구체적인 인과관계까지 이해할 필요가 있기 때문이다.

문제는 규모다. 정의의 관점에서 볼 때 오늘날 우리가 사는 지구촌 세계의 내재적 특징은 인과관계가 고도로 분화하고 복잡해졌다는 점이다. 지금 우리가 당면한 문제들 예컨대, 지구온난화, 세계 불평등, 전쟁과 핵무기 개발 등은 전 지구 차원의 인과관계까지 너무나 복잡하게 얽혀 있기 때문에 정의가 사회적인 질서관계의 규모를 초월하는 문제로까지 확대되었다. 따라서 규모의 문제를 놓고 보면, 우리의 정의감은 지금 우리가 살아가는 세계에 도저히 적응했다고 할 수가 없다.[4] 그러므로, 산업화와 자유주의 시대를 거치면서 오늘날 부각된 '사회정의'라는 개념은 사람들 사이의 일이라는 것 이상의 의미가 있다.

요컨대, 사회정의는 언뜻 배분적 정의가 더욱 광범위한 영역으로 확대된 것이라고 간주될 수 있다. 흔히 빈부격차를 줄이는 것을 목적으로 삼는 배분적 정의가 사회정의의 전부인 것으로 생각하기 쉬우나 사회정의는 소득과 부의 배분만이 아니라 다른 이상, 즉 개인의 자유와 평등과 권리 나아가서는 자기존중과 사회적인 유대까지 다룬다. 그러므로 사회정의라는 용어의 내재적 의미는 우리가 살아가는 데 있어 좋은 것과 나쁜 것 또는 옳은 것과 그른 것을 구성원 사이에 어떻게 배분할 것이냐는 문제를 논하는 것이라고 말할 수 있다.

아무튼, 인류 역사에서 정의에 대한 관점과 이론이 다양하게 논의되어 왔지만, 다양한 관념에 공통되는 것은 정의가 '상호이익(mutual advantage)'이 된다는 점이다.[5]

사회적 상호작용을 통해 모두가 이익을 보게 된다는 점에서 사회는 협업적이지만, 우리가 달성하고자 하는 목표를 위하여 더 많은 자원을 서로 가지려고 한다는 점에서는 사회는 경쟁적이다. 그렇기 때문에 우리는 사회생활을 하면서 정의를 논하지 않을 수 없는 것이다.

또한 정의는 때로는 인간의 속성이기도 하며 행동의 속성이기도 한 것인데, 이를 나누어 보면, 먼저 인간을 두고 말하는 경우, 정의는 각자에게 자신의 것을 주려고 하는 항구적이며 끊임없는 의지라고 할 수 있다. 정의로운 행동을 하거나 정의를 추구하거나 모든 일에서 정의로운 것을 하려고 하는 이가 정의로운 인간이다.

다음으로 개인의 행동이 지니는 속성으로서의 정의는 그저 어떠한 사람에게 어떠한 행동이란 그가 숙고해서 선택하거나 지식과 의도를 가지고 적절하게 한 것이라면 그 행동은 정의롭다. 행동에서 정의와 선(goodness)의 주요한 차이는 선은 그저 법에 부합하는 것을 의미하는 반면, 정의는 행동의 대상이 되는 이에 대하여 행동에 대한 관계를 덧붙인다는 점이다. 그래서 정의는 다른 사람에 대한 덕성이라고 일컬어진다. 그렇다면 그에 따라 정의의 본질이 무엇인가?를 논하는 것이 필요해진다.

4) 정의의 본질(원리)

정의는 항상 나와 타자와의 관계에서 무엇인가의 평등성을 확립하는 것을 요구한다. 로마법 이래로 유명한 Ulpianus의 정의(定義)를 다시 소환하자면 "정의는 각자에게 그의 권리(ius)를 돌려주려고 하는 항상불변(恒常不變)의 의지(意志)"라고 이해된다. 여기서 유의할 것은 울피아누스의 정의에서 정의(正義)는 하나의 심적 태도 또는 덕(德)으로 이해되고 있다는 점이다.

지금까지의 많은 정의론이 이 점을 망각하거나 혹은 2차적인 사항이라고 하여 고찰의 대상에서 제외하고 있지만 정의의 본래적 의미에서 정의가 일종의 덕으로 이해되고 있다는 것은 정의의 본질(원리)을 고찰함에 있어 큰 의미를 갖는다.

왜냐하면 덕이란, ① 올바른 마음의 상태가 깊이 뿌리를 내린 제2의 천성(습성)이며, ② 선을 행하는 데 있어서 내심(內心)의 깊은 곳에서 나오는 견실함과 용이함이며 ③ 내심의 선량한 성질에 의해 선을 행하고 악을 피하는 것이며, 또 덕이란 이성의 작용을 통해서 형성되는 것으로 이성의 지배의 확대이며, 이성적 원리에 의한 인격적 통일의 과정이기 때문이다.

그리하여 정의가 다른 사람에 대한 덕성이라는 것은 자기를 객관화하고 역지사지하여 합리성을 띠는 것을 의미한다. 그러므로 덕이 있는 사람이란 선을 위해 분투하고 악을 소멸시키는 불가능한 과업을 떠맡는 사람이 아니라, 오히려 선과 악 사이에 역동적인 균형을 유지할 수 있는 사람이다.

그렇다면, 정의의 합리성을 특징 지우는 것은 무엇인가?

그것은 "각자에게 그의 몫(권리)을"이라는 표현 속에 포함되어 있는 "타자(他者)"의 개념이라고 할 수 있다. 이 타자는 사물이 아니고 인격이며 단순한 대상이 아닌 주체다. 이 타자를 어떻게 파악하게 되는가는 여러 가지 설명 방법이 있겠으나, Del vecchio에 의하면, 타자 개념은 의식의 근본구조에서 생기는 것이라고 한다. 즉, 자의식적 주체는 자기와 대하고 있는 대상을 인정하고, 그 대상이 주체로서 의식

됨과 아울러 그 대상과의 관계에서 또한 자기를 대상으로 의식하기에 이른다는 것이다. 이와 같이 자기를 객관화하여 일반적 원리에 비추어 보는 것이 합리성을 띠는 것이며, 주체성의 대상화(객관 시)야말로 정의의 본질이므로, 정의란 이와 같은 의식의 근본적 양상에 대해서 주어진 명칭에 불과하다는 것이다.[6]

또 정의는 폐쇄적인 나와 우리(집단의 경우)라는 것에서 타자에게로 지향하고 열려 있다는 의미에서도 이성적, 합리적이라고 할 수 있다. 그래서 정의에 있어서의 합리성 혹은 이성적 요소는 이기주의(利己主義)가 되지 않는다. 합리성은 항상 일반원칙(정의의 경우에는 나와 타자에게 공통적인 규범)을 지향하는 것으로서 이기주의와는 반대 방향으로 향한다.

그리고 울피아누스의 정의(定義)는 정의의 덕이 관계하는 대상이 각자의 권리라는 것을 나타내고 있다. 가장 근본적인 의미에서의 권리는 각인의 인격이 그에게 고유한 가치 혹은 존엄에 합당한 취급을 요구할 수 있는 권리라고 할 수 있다. 이것은 인격의 가장 기본적인 불가침의 권리이다. 국가권력이나 실정법 질서에서 유래하는 것이 아니라는 의미에서 자연권(自然權)이라고 하여도 무방하다. 다만, 18세기의 자연권이론에서 말하는 권리일변도(權利一邊倒)인 자연권(천부적, 개인주의적 인권개념)과는 구별할 필요가 있다. 왜냐하면, 인격은 그것이 인격이며 자기자신과 그 행위의 완전한 지배자이고 따라서 목적으로서 존재한다는 사실 그 자체 때문에 여러 가지 권리(혹은 의무)를 갖기 마련이기 때문이다.

　권리의 내용은 배분 혹은 교환되어야만 하는 이해(利害)-권리의 내용들-이기 전에 각자가 인격으로서 존재하고 활동하며, 또한 자신을 인격으로서 실현해 가는 것을 가능케 하는 여러 조건이다. 이러한 제 조건은 자신이 인격이라는 사실로 인하여 떼어버릴 수 없기 때문에, 각자는 그것이 타자에 의해서 존중되기를 무조건 요구할 수 있다. 이와 같이 가장 기본적이고 불가침인 권리는 소유의 관점보다는 오히려 존재의 관점에서(인격존재 그 자체에 불가불리적으로 결부되어 있다는 의미) 파악되어야 한다.

　그런데 권리의 개념을 소유의 관점이 아닌 존재의 관점에서 파악하면, 인격과 사회, 권리의 요구와 공동선(共同善)과의 관계가 새로이 정립될 수 있다. 즉, 인격이 인격으로서 존재하고 활동하며 자기를 실현해 가기 위해서는 일정한 사회조건(질서의 확립, 경제적 조건 등)이 불가결하기 때문에, 인격의 권리는 공동선의 실현과 대립하는 것이 아니고, 오히려 공동선의 실현은 인격의 권리에 포함되는 것이 된다. 또 권리의 주장은 가끔 기존 사회질서에 대한 도전, 비판으로 이해되는 경우가 있지만, 사회질서의 확립 그 자체가 인격의 권리의 내용에 속한다는 점을 간과해서는 안 된다. 이리하여 인격의 기본적 권리의 요구와 공동선과는 원칙적으로 대립하는 것이 아니고 오히려 인격의 기본적 권리를 보다 완전히 보증하는 것이 공동선의 가장 주요한 과제가 된다.

정의가 관계하는 대상인 권리를 이와 같이 파악한다면, 정의 개념 그 자체에 대한 이해도 달리할 필요가 있다. 즉 정의를 교환과 배분의 관계로만 본다면, 각자에게 귀속되어야 하는 권리의 내용은 어떤 이익, 부담, 상훈, 형벌, 지위, 보수 등 소유의 관점에서 파악된 여러 가지 이해(利害)로서 이를 평등 혹은 공정하게 귀속시키는 것이었으나, 전술(前述)과 같이 덕으로서의 정의, 존재로서의 권리를 대상으로 하는 정의 개념은 소유의 관점에서의 공정한 교환과 배분으로부터 인격의 고유한 존엄과 그 기본적 권리의 확립이라는 것에로 그 중점이 옮겨져야 한다. 오늘날 사회정의는 이와 같은 정의의 원리(본질)에 의거한다고 해야 할 것이다.

따라서, 인간의 보편적 감정 즉 '공감력'이 정직하게 발현될 때만 정의는 실행되는 것이 된다.

5) 정의는 어떠해야 하는가?

그러면, 이쯤에서 지금까지 철학자들이 투쟁을 부추기는 방식으로 답변해 온 질문을 다시 던져보자. 정의란 무엇인가? 정답은 사랑의 정의는 서로 믿고 화목(和睦)한 항구평화의 정의이지만, 사랑 없는 정의는 무한분쟁의 빌미이자 살인면허일 뿐이라고 할 수 있다.

말하자면, 사랑 없는 정의의 '복지(welfare)'는 결코 '잘 먹고 잘사는 것(fare well)'이 아니라, 늘 인간과 자연에 대한 '전쟁(warfare)'이며, '지배'였다.

그러나 덴마크, 스웨덴, 노르웨이 등 북구제국(諸國)에서만은 그렇지 않았다. 이 지역의 주요 정치 세력들은 평화로운 지정학적 위치와 자연적 생업기반, 천혜의 생태환경 덕택에 애당초 평화지향적 인애와 자연사랑의 정서를 공유하는 온화한 좌우중도 세력으로 출발했다. 이들은 '정의제일주의'의 '계급복지' 대신 '동정적 인애'의 '국민복지'와 생명애적 '자연보전'을 앞세움으로써 오늘날 1인당 GDP 6~10만 달러의 풍요를 이룩하고 온갖 사회갈등과 계급투쟁을 근본적으로 완화하여 화목한 '행복국가'의 비전을 개창할 수 있었다.

인류의 역사를 돌아보면, 그것은 사랑과 정의의 변증법적 이해 충돌의 과정이었다고 할 수 있으며, 인권을 인정하고 수용하는 쪽으로 진보해 왔다. 정의의 모든 구조와 장치는 일시적이며 부분적이다. 이것들은 언제나 더 나은 균형을 다시 말해 완전한 정의인 사랑의 조화에로 더욱 밀접히 접근하는 것이었다.

세계는 바야흐로 인애 우선의 정의가 펼쳐지기를 기다리고 있다.

요컨대, 법에 의해 어느 정도 정의가 이루어진 정의로운 사회라고 하더라도 사랑, 연민, 동정심이 없는 사회라면 인권이 우선인 훈훈한 사회라고 말할 수는 없다. 가장 바람직한 사회는 정의가 행해지면서 훈훈한 정을 느낄 수 있는 사회 즉 '시민적 우애(civic friendship)'가 충만한 사회일 것이다.

말하자면, 법과 정의가 사회에 불가결한 요소이기는 하지만, 이에 앞서 사회에 활력을 불어넣고 내적인 창조력을 공급하는 시민적 우애와 사랑이 '의지의 일치(agreement of wills)'를 가져오지 못한다면, 공동체는 분열에서 벗어나 행복을 위한 사회질서가 보장될 수 없을 것이다. 만약 정의만 앞세워 훈훈한 정이 없는 사회와 정의롭지 않지만 훈훈한 정이 있는 사회 중에서 어느 한쪽을 택해야 한다면 우리는 후자를 택해야 하지 않을까? 왜냐하면, 앞에서 살펴보았듯이 정의는 상대적이며, 이성의 조정에 따라 변하기 마련이지만, 인애 우선의 정의 즉 '우애적 덕성'은 인간의 따뜻한 감정과 사랑에 뿌리박고 있어 근원적으로는 더 큰 행복의 요소가 되기 때문이다.

게다가 오늘날 사회정의가 추구하는 권리의 개념도 그 대상이 소유의 관점에서 존재의 관점으로 그 중심이 옮겨짐으로써, 이해관계의 공평으로부터 인간의 존엄과 기본권의 확립 쪽으로 권리의 내용이 변화되고 있기 때문이다.

2

'정의'제일주의에서
'인애'제일주의로

1) 정의의 보편적(절대적) 기준은 없다

정의는 시대와 장소에 따라 다를 수 있으며 지구상의 모든 사람이 받아들일 수 있는 유일무이한 정의는 있기 어렵다. 또 아무리 정의롭다고 여겨지는 사회라도 다른 관점에서 보면 정의롭지 않다고 비난받을 수 있다. 윤리에 대한 서로 다른 관념은 정의에 대한 서로 다른 관념을 낳기 마련이기 때문이다. 그러므로 우리는 윤리관에 따라 권리의 내용과 서열을 달리할 수밖에 없는 것이고 그런 상대적 정의에 만족해야 한다. 절대적 정의는 비이성적 이상에 불과하다. 사회평화가 최고의 가치로 가정된다면 화해 또는 절충 해결은 정당한 것으로 보일지도 모른다. 그러나 또한 평화의 정의는 오직 상대적 정의일뿐, 절대적 정의가 아니다.

결국, 정의의 기준을 논함에 있어, 우리가 잊지 말아야 할 것은 분배 영역마다 공정의 기준과 정의의 원칙이 다를 수 있다는 점이다. 예컨대, 왈쩌가 말하는 '다원주의적 정의론'에서는 현대 자본주의 사회와 같이 '돈'이 권력·명예·안전·사랑·여가 등의 가치와 쉽게 교환되는 상황은 정의로운 상태가 아니라고 보고 "상이한 사회적 가치는 상이한 근거에 따라 상이한 절차에 맞게 상이한 주체에 의해 분배되어야 한다는 것이다. 요컨대, 왈쩌의 다원적 평등개념은 가치들의 고유한 특성에 따라 제각기 다른 분배원칙이 적용된다고 할 수 있다.[7] 이를 인정하고 그러한 전제 위에 각각의 영역에 적합한 기준과 원칙을 '사회적 합의'를 통해 도출하는 일이다.

그렇게 본다면, 정의가 본질적으로 무엇인지를 묻는 방식은 그 의미가 퇴색될 수밖에 없다. 시대와 지역 그리고 영역에 따라 저마다의 공정과 저마다의 정의가 있을 뿐이다. 예컨대, 소수자 할당제도는 불공정하지만 차이를 인정하는 것이므로 정의롭다. 또 개인주의적 능력주의는 그 자체가 잘못이라기보다는 '그것만이' 옳다는 식으로 획일화하는 데 문제가 있다.

따라서 중요한 것은 '정의가 무엇인가?'라는 답 자체에 있지 않고, 그것을 찾아가는 '사회적 합의과정'에 있는 것이다.

하지만 **'정의감'이 무엇인가**에 대한 대답은 분명히 존재한다.

인간본성(본능)에 뿌리박고 있는 정의감각은 시대와 장소, 역사적 상황이 어떻든 하나의 성향으로 진화되어 왔기 때문이다. 즉, 인격의 존엄과 개성이 질식될 정도의 극한상황이 아닌 한 정의감각은 사랑과 자유의 원리에 따라 불변적 가치로 자리 잡고 인간성의 하나로 작용하는 것이다. 말하자면, 이성을 통해 우리가 사물의 관계를 인식하고 계산할 수 있다지만, 정작 행동의 원동력이 되는 것은 욕구(본능), 정의감각이라고 할 수 있다는 것이다. 따라서 각인의 정의감각이 하나로 통합되어 상황에 맞는 실천적 힘을 발휘할 때 우리는 그것을 '정의'라고 말할 수 있는 것이다.

그리고 모든 역사적 정의가 사랑에 미치지 못하고 따라서 개선의 여지가 있기 때문에 정의를 유일한 도덕적 절대성 위에 기초를 세우는 것은 불가능하다. 보다 완전한 정의란 이해의 충돌이 거의 일어나지 않는 부모형제애와 같은 상태일 것이다. 즉, 완전한 정의란 사랑이 될 것이다. 그러나 사랑은 완전히 실현될 수가 없기 때문에 정의도 완전히 실현될 수 없다. 역사적으로 우리는 언제나 '불완전'하거나 '상대적인' 정의의 영역 속에서 살고 있다. 이성은 정의의 규칙을 구성하는 요소이기는 하지만, 이성만으로는 정의를 확립할 수 없다. 왜냐하면, 이성 자체는 인간의 열정이나 관심의 영향으로부터 자유롭지 못하다. 이성은 타락하기도 한다.

권리와 이해(利害)에 대한 모든 이성적 평가는 '우연적'이고 '유한'하며, 열정과 이기심에 의해 오염되어 있다. 따라서 가장 합리적인 사람이라 하더라도 오염된 정의의 개념을 제안할 수밖에 없을 것이다. 이처럼 정의는 이성과 열정 모두를 포함하는 인간적인 삶의 총체성을 의미하기 때문에 이성 단독으로는 정의를 확립하기에 적합하지 않다.

◎ 사랑과 정의의 관계는 어떠한가?

정의는 사랑에서 나오지만 사랑과는 구분되는 것이다. 정의에 대한 요구는 결국 사랑에 대한 요구지만 완전한 사랑이란 인간의 의지가 갈등을 일으키지 않는 조화다. 정의는 평등과 자유라는 규범을 통해 그런 조화에 접근해 간다. 그러니 정의에 대한 절대적인 규칙은 있을 수 없다. 왜냐하면 어떤 접근도 항상 수정이 가능하기 때문이다. 정의는 우리가 가지는 관점이 왜곡되는 것에 관해 끊임없이 주의를 기울일 것을 요구한다. 만일 정의에 대한 요구가 결국 사랑에 대한 요구라면 사랑과 정의의 원리는 본질적으로 양립 가능해야 하지 않을까?

사랑은 정의를, 이기심을 억제하게 하는 힘으로 보는 모든 관점에 대해 적합하다. 정의와 사랑이 같은 것이 아니라 하더라도 양자는 상보적(相補的)인 관계를 갖는 것이라 할 수 있다. 사랑은 윤리적으로는 정의보다 순수하지만 사회적으로 더 가치가 있다고 말할 수는 없다. 왜냐하면 현실적으로 사랑은 이해관계가 얽혀 있는 세상에서 행위를 위한 직접적인 규범이 될 수 없기 때문이다. 그래서 사랑을 앞세우는 규범적 요구가 분출하는 것이고 인애 우선의 '신뢰사회'에 주목하게 되는 것이다.

한편 정의는 인류가 직면하는 여러 가지 일과 필요로부터 발생한 것이므로, 정의로운 덕은 인애처럼 자연스러운 덕이 아니라 인위적인 덕이라고 하는 주장이 있다. 사회는 항상 서로를 해치고 침해하려고만 하는 사람들 사이에서는 존속할 수 없기 때문이라고 한다. 건물에 비유하자면, '정의'는 전체 구조물을 받쳐주는 기둥이지만 '인애'는 건물을 지탱해주는 기초가 아니라 건물을 아름답게 하는 장식품이라는 것이다. 심지어 롤스는 '인애'를 초의무적 덕행으로 규정하여 정의론에서 추방한다. 이와 같은 논조는 스미스, 쇼펜하우어, 스펜서, 칸트 등과 마찬가지로 '사랑 없는' 정의사회론이라고 할 수 있다. 이들이 말하는바, 정의가 도덕성의 핵이고 정의가 으뜸이라는 주장은 무엇보다도 먼저 사회적이고 정치적인 제도들에 적용되는 것이다.

그러나 인애 개념을 대가 없이 동물에게까지 미치는 공감적 사랑과 시비지심의 확충으로 보는 맹자철학이나, 모정주의적으로 인애(仁愛)를 정의에 앞세우는 공자의 철학은 이런 정의제일주의의 주장과 정면으로 대립한다.

또 서양철학에서도 공자처럼 인애(연대, 우정, 필리아, 사랑, 배려심)를 정의에 앞세우는 철학 사조가 있어 '아리스토텔레스'로부터 오늘날 '질리건'에 이르기까지 면면하다. 아리스토텔레스는 헌정 체제의 여러 형태를 가족 내에서의 부자, 부부, 형제 관계와 같은 것으로 비유한다.

예수도 "원수를 사랑하라"라고 할 정도로 사랑을 원수에 대한 정의로운 복수심에 앞세웠는데, 이는 예수가 인간애의 선차성을 가르친 것이다. 따라서 원수사랑에 이웃사랑을 투입하여 풀이해 보면, 원수사랑은 원수가 원수임과 원수진 죄과를 미워하되, 원수의 인간임과 그의 죄과를 분리시켜 사적 증오심을 접고 원수도 이웃(나의 동포나 인간)임을 깨닫고 동포애 아니 적어도 인간애의 이웃사랑을 발휘하라는 계명으로 풀이할 수 있다.

이처럼 근대 서양윤리학의 정의제일주의는 동양 공자의 인애제일
주의로 대선회하고 있다. 이는 인간의 본성을 이기심에 두고 보는 '이
기적 정의론'으로부터 인정, 인간애, 존경 감정 등을 인간의 진화적
본성으로 보는 '이타적 정의론'으로의 흐름을 보여주는 것이라고 할
수 있다.

그럼 개별적인 주의주장을 중심으로 이를 좀 더 자세히 살펴보도
록 하겠다.[8]

2) '사랑 없는' 정의사회론

◌ 스미스의 '인애 없는 정의사회론'

아담 스미스는 플라톤의 정의국가론을 계승하여 '사랑 없이' 살 수
있으나 '정의 없는' 사회에서는 살 수 없다고 논변한다. 그는 《도덕 감
정론》에서 야경국가에 관하여 다음과 같이 주장하고 있다.

"필요한 부조가 이러한 후하고 사심 없는 동기들로부터 제공되지
않더라도, 사회의 서로 다른 구성원들 간에 상호적 사랑과 애정이 전
혀 존재하지 않더라도, 덜 행복하고 덜 기분 좋더라도, 사회는 반드시
와해되는 것은 아니다. 사회는 상이한 사람들 사이에서처럼 상호적
사랑이나 애착 없이 유용성 감각에서 상이한 사람들 사이에 존속할
수 있다. 사회 안에 사는 어떤 사람도 어떤 의무도 짊어지지 않고 남
에 대한 감사에도 묶여 있지 않더라도, 사회는 합의된 가치 평가에 따
른 호의 행위의 금전지불적 교환에 의해 여전히 지탱될 수 있다.

그러나 사회는 항상 서로를 해치고 침해하려고만 하는 사람들 사이에서는 존속할 수 없다. 침해가 시작되는 순간, 상호적 분개와 적개심이 발생하는 순간, 사회의 모든 유대는 산산조각이 나고, 사회를 구성하는 다른 구성원들은 말하자면 자기들 간의 어긋난 감정들의 침범과 대립에 의해 멀어지고 흩어지게 된다. 강도들과 살인자들의 사회가 있다면, 오래된 관찰에 의하면, 적어도 자기들끼리는 서로 강탈하고 살해하는 것을 삼가야 한다.

그러므로 인혜는 정의보다 사회의 존속에 덜 본질적인 것이다. 사회는 가장 편한 국가 안에 있지 않을지라도 인혜 없이 존속할 수 있다. 그러나 불의의 만연은 사회를 철저히 파괴하지 않을 수 없다."[9]

여기서 '침해가 시작되는 순간, 상호적 분개와 적개심이 발생하는 순간, 사회의 모든 유대는 산산조각이 난다'라는 말은 스미스의 기본 논지와 모순되는 구절이다. '정의'가 사라질 때 사회의 모든 '유대'가 산산조각나려면 그런 유대가 '정의'에 앞서 이미 존재해야 하기 때문이다.

결국, 공맹이 말하듯이 유대 즉 인애는 정의보다 선차적인 것이다. 그렇지만, 스미스는 정의의 역할을 사회의 주된 기둥으로, 인애 또는 인혜의 역할을 사회의 '장식품'으로 규정하고, 인혜는 결코 법적 강제로 강요되어서는 아니 될 것이라고 주장한다.

⊙ 쇼펜하우어의 '인간애 없는 정의국가론'

쇼펜하우어는 동정심과 자기애(자기 몸의 애착감정)를 도덕의 기초로 파악했다. 모든 사랑은 동정심이다. 그는 자기애를 견지한 상태에서 동정심으로 타인의 고통을 감지하여 타인에게 고통을 주는 것을 그치는 것(수동적 동정심)을 '정의'로 규정한다. 그리고 자기애조차 버리고 희생적으로 타인을 고통으로부터 구제하려는 '적극적 동정심'을 '순수한 사랑' 즉 '아가페(인애)'로 규정한다. 쇼펜하우어는 "국가는 교호적인 보편적 인애심과 사랑에서나 생겨날 수 있을 그런 현상과 동일한 현상을 보여줄 수 없다"라고 논변한다.

국가는 법으로 부당행위를 방지할 뿐이고, 사랑의 의무나 시혜 같은 능동적 역할은 시민에게 강제할 수 없다는 것이다. 결국 스미스의 견해와 다르지 않다.

○ 스펜서의 '인애 없는 정의국가론'

스펜서는 인간의 이기적 본성이 이타적 본성으로 바뀌고 인혜를 법으로 강제할 수 있으려면 수천 년에 걸친 장기간의 인간 진화과정을 기다려야 할 것이라고 말한다. 즉 '정의'와는 달리 '인혜'의 행사는 아직은 사적 기능에 맡겨져야 한다는 것이다. 이처럼 인애의 법제화를 먼 미래로 미루는 것은 실은 스펜서가 비판해 마지않는 당시 사회주의와 공산주의 이론에서도 마찬가지였다. 마르크스는 공산주의 사회의 제1단계(소위 사회주의)에 개인적 생산자는 그가 사회에 준 것, 즉 자신의 노동량을 정확하게 되돌려 받는 등가교환적 정의 원칙을 적용하고, "각자가 능력에 따라 일하고 각자에게 욕구에 따라 주는" 연대적 분배원리는 공산주의 사회의 고차적 단계(소위 공산주의)로 미루어 놓고 있기 때문이다.

그러나 오늘날 거의 모든 OECD 국가들은 등가교환적 분배정의만이 아니라 여기에다 자활능력 없는 시민들에게도 인간다운 생활을 할 수 있도록 최소한의 생계를 보장하는 연대적 분배원칙을 결합한 사회보장적 복지정책을 일찍이 시행해 왔다. 그렇게 보면, 마르크스나 스펜서의 지론은 둘 다 오늘날 자본주의 국가의 현실 수준에도 못 미치는 뒤떨어진 주장들인 셈이다.

이기적 정의를 넘어선, 측은지심과 대의에 입각하여 만인의 복지와 행복을 연대적으로 달성하려는 공맹의 인정론적(仁政論的) 대동주의는 스펜서와 공산주의의 주장과는 근본적으로 다른 것이다.

◯ 롤스의 '박애 없는 정의국가론'

롤스의 정의론에서도 스펜서의 기본 논조가 반복된다. 롤스는 사랑과 인애를 일단 '초의무적 덕성'으로 몰아 정의론에서 추방하고 있기 때문이다. "허용된 행위 중에는 초의무적 덕성이라는 흥미로운 부류가 끼어 있다. 이 덕행들은 인애와 자비, 영웅심과 자기희생이다. 이 행위들을 하는 것은 좋지만, 이것이 누구의 의무나 책임은 아니다. 의무 이상의 덕행은 보통 행위자 자신에게 연루된 손실이나 위험부담이 없다면 요구될지라도 그냥은 요구되지 않는다."¹⁰

이처럼 롤스는 '사랑과 인애'를 2순위 개념들로 격하시켜, 이것을 이기심으로 조립된(이론 구성된) 자신의 차등원칙(정의의 제2원칙)에 '구체적 실질을 주는 것'으로 호도한다. 여기서 차등원칙이란, 최소수혜자를 비롯한 모든 사람의 처지를 개선해준다는 조건부 차등, 즉 사회적·경제적으로 인정될 수 있는 '정당한 불평등'을 말한다.

하지만 모든 형태의 이기심을 초극할 수 있는 보편적 '인애·박애'는 어떤 경우에도 '개화된 상호적 이기심'인 것처럼 꾸며질 수는 없는 것이다. 말하자면, (집단의) 상호성에 입각한 이익공유는 조건적·가언적이라서 이기적 정의인 소의(小義)를 낳을 수는 있어도 원수와 동물까지 포괄하는 인애는커녕, 자기이익이나 대가를 고려치 않는 어떤 이타적 정의도 낳을 수 없다.

합리적으로 숙고하여 분명한 것은 정의란, 인간이 완전히 이타적 존재도 아니고, 순수하게 이기적 존재도 아닌 여건에서 문제가 되고 의미를 갖는다는 점이다. 말하자면, 우리는 동시에 일정한 본성적 태도들을 제거함 없이 이 도덕 감정들을 없앨 수는 없을 것이다. 이기심과 같은 이유 외에 자기의 정의의무에 따라 결코 행동한 적이 없는 사람들끼리는 우애와 상호신뢰의 어떤 유대도 존재하지 않을 것이다. 왜냐하면 우애·신뢰 같은 이런 애정이 존재할 때 공정하게 행동할 다른 이유들이 인정되기 때문이다.

이와 같이 롤스는 '원초적 상황'의 이기적 인간을 정의감 없는 '비인간'으로 보는 자가당착에 빠진다. 결국, 그는 '인애가 정의에 대해 선차적이다'라고 실토한다. 그러면서도 자신의 논변을 마치는 '결어'에서는 다시 '출발점에서 언급했던 상식적 확신'으로 돌아간다. 즉 이 출발점의 '상식적 확신'은 정의가 사회제도의 제1덕목이라는 확신이다.

이상 살펴본 야경국가 같은 '정의 국가론'에 대해 나는 인애를 정의에 앞세우는 공자의 모정주의적 대동국가론을 대립시켜 보겠다.

3) 인애 우선의 '모정주의적 대동국가론'

먼저, 공자는 "인애라는 것은 정의의 근본이고 순응의 본체다(仁者義之本也, 順之體也)"라고 갈파했다. 그리고 공자는 인자가 드물다는 견지에서 법치주의의 중요성에 대하여도 말한다. "욕심 없이 인애를 좋아하는 자, 두려움 없이 불인(不仁)을 미워하는 자는 천하에 한 사람이 있을까 말까 할 정도로 드물다. 그러므로 군자는 도를 자기로부터 논의하여 법을 둠으로써 백성을 다스리는 것이다." 즉, 욕심 없이 인애를 좋아하는 자가 드물기 때문에 군자는 좋은 법의 힘을 빌린다.

동시에 공자는 인애와 정의의 서열 관계, 인애의 종류, 국가의 성격을 이렇게 밝힌다.

인애는 세 가지가 있는데, 세 가지는 효과가 같지만 감정이 다르다. 인애들이 똑같이 효과를 낼 때면 그 인애들은 식별할 수 없다. 하지만 세 가지 인애가 똑같이 실패한 뒤에는 그 인애들을 식별할 수 있다.

인자仁者는 안인安仁하고(편안하게 인애를 행하고), 지자知者는 이인利仁하고(이익을 위해 인애를 행하고), 죄 받는 것을 두려워하는 자는 강인强仁한다(법 때문에 억지로 인애한다). 인仁은 오른쪽이고, 도道는 왼쪽이다. 인은 사람답고 도는 의롭다… 도에는 지도(至道: 인애와 정의를 같이 쓰는 도), 의도(義道: 정의만 내세우는 도), 고도(考道: 상황에 따라 인애와 정의를 번갈아 쓰는 도)가 있다. 지도로써는 왕 노릇을 하고, 의도로써는 패자 노릇을 하고, 고도로써는 행하는 데 과실을 없앤다.

"세 가지 인애가 똑같이 실패한 뒤에는 그 인애들을 식별할 수 있다."라고 하는 것은 마음으로부터 인을 베풀려던 자는 실패를 안타까워하겠지만, 이익 때문에 인을 베풀려던 자는 실패를 아무렇지 않게 느낄 것이고, 타인들의 강요로 인을 베풀려던 자는 실패를 기뻐할 것이기 때문에 하는 말이다.

또 '인애가 오른쪽이고 정의가 왼쪽'이라는 말은 인애가 우위의 덕목이고 정의는 그다음 서열이어서 인애를 보좌하는 덕목이라는 말이다. 이 둘이 이런 서열로 합하여 '지도(至道)'를 이룬다. '지도국가'는 '대동국가'이고, 우리 인류는 대동국가(행복국가)를 지향하여 나아가고 있다. 공자는 이 행복국가를 주지하다시피 소강(小康)의 나라들과 대비하여 '대동(大同)'의 유토피아로 묘사했다.

○ 공자의 '대동국가' 이념

대도(大道)가 행해지던 일과 하, 은, 주 삼대의 영현들을 나, 공구는 겪어보지 못했지만 이에 대한 기록들이 남아있다. 대도가 행해질 적에 천하는 공기(公器)였고, 현인과 능력자는 선출해 썼고, 신의를 다지고 친목을 닦았다. 그러므로 사람들은 오직 제 어버이만을 친애하지 않았고 오직 제 자식만을 사랑하지 않았다. 노인은 생을 마칠 곳이 있었고, 장정은 쓰일 곳이 있었고, 어린이는 키워줄 곳이 있었고,

홀아비 · 홀어미 · 고아 · 독거노인과 폐질자는 보살펴줄 곳이 있었다. 남자는 직분이 있었고 여자는 시집갈 곳이 있었다. 재화는 땅에 버려지는 것을 싫어하나 반드시 자기에게만 숨겨져 있지도 않았고, 힘은 몸에서 나오지 않는 것을 싫어하지만 반드시 자기만을 위하지 않았다. 이러므로 계모(計謀)가 닫혀 일어나지 못했고 도둑과 난적이 활동하지 못했다. 그러므로 바깥문을 닫지 않았다. 이것을 일러 대동(大同)이라 한다.

孔子曰 大道之行也 與三代之英 丘未之逮也 而有志焉 大道之行也 天下爲公 選賢與能 講信修睦 故人不獨親其親 不獨子其子 使老有所 從 壯有所用 幼有所長 鰥寡孤獨廢疾者有所養 男有分 女有歸 貨惡 其棄於地也 不必藏於己 力惡其不出於身也 不必爲己 是故謀閉而不 與 盜竊亂賊而不作 故外戶而不閉 是謂大同.[11]

요컨대 마르크스가 '사회소유' 이념으로써 '자유로운 개성'의 이념을 '연대'의 이념과 결합하려 한 것과 같이 공자는 개인의 힘과 재화를 박애의 이념과 결합시키려고 한 것이다. 또 공자의 대동이론에서 "장정은 쓰일 곳이 있었고", "남자는 직분이 있었다"라고 하는 것은 대동사회가 완전고용 항산(恒産)사회라는 것을 뜻한다. 또한 "노인은 생을 마칠 곳이 있었고 어린이는 키워줄 곳이 있었고" 또 "환과 고독과 폐질자" 등 사회적 약자는 "보살펴줄 곳이 있었다"라고 말하는 것은 대동사회가 생계복지와 의료복지가 완비된 "보편복지국가"라는 것이다. 또 "신의를 다지고 친목을 닦았고" 또 "사람들은 오직 제 어버이만을 친애하지 않았고 오직 제 자식만을 사랑하지 않았다"라는 구절, 그리고 "반드시 자기에게만 숨겨져 있지 않은" 재화의 사용이나 "반드시 자기만을 위하지 않은" 자기의 힘의 사용과 관련된 구절을 깊이 뜯어보면, 대동의 유토피아는 소의(이기적 정의) 등의 생존 도덕이 주도권을 잃고 인류의 먼 미래의 후대와 자연까지 사랑하는 박애(대인, 장인)와 대의(이타적 정의)의 대도가 주도하는 즉, 도덕적 행복과 인애의 '공감적 일체감'을 존재기반으로 하는 행복국가다. 또한 대동 국가는 "난적이 활동하지 못하는" 평화국가다.

이에 비하면, 스미스, 스펜서, 쇼펜하우어, 롤스처럼 인애를 경시하고 정의를 중시하는 '정의국가'는 소강 단계의 '패도국가'일 뿐이다.

오늘날 시장경제에 기초한 복지국가는 상황에 따라 인애와 정의를 번갈아 내세우는 또는 양자를 적당히 겸용하는 실용주의 단계의 '고도(考道)국가'일 것이다.

모정주의적으로 인애를 정의에 앞세우는 공자의 철학은 플라톤, 스미스, 쇼펜하우어, 스펜서, 롤스 등의 정의제일주의 철학과 정면으로 대립한다. 이렇게 볼 때, 공자 철학은 외로운 철학, 비현실적인 철학일까?

그렇지 않다. 서양철학에서도 공자처럼 인애(연대, 우정, 필리아, 사랑, 배려심)를 정의에 앞세우는 철학사조가 아리스토텔레스로부터 오늘날까지 잇달아 이어지고 있기 때문이다. 아리스토텔레스는 모든 국가의 기초를 필리아(사랑, 우정)로 보고 국가 형태를 가족들 간의 필리아 관계의 유형에 따라 구분했다. 그는 소크라테스와 플라톤에 맞서 "모든 공동체를 국가공동체의 일부로 보고, 이 각각의 공동체에는 제각기

특정한 형태의 필리아가 조응한다"라고 말한다. 그래서 "여러 헌정 형태들의 비슷한 유형을 가족관계에서 찾을 수 있다"라는 것이다.[12] 예컨대, 아비와 자식들 간의 필리아 관계는 "유형 측면에서 왕도적(王道的)이다." 아비의 관심사는 자식들을 보살피는 것이고, "왕도 정체의 이상은 가부장 정체이기" 때문이다. 또한 앞서 언급했다시피, 예수도 "원수를 사랑하라"라고 할 정도로 사랑을 원수에 대한 정의로운 복수심에 앞세웠다.

그리고 현대철학자들 중에는 남성적 정의제일주의를 비판하며 모정적 '배려심'을 전면에 내세우는 사조가 있으니, 캐롤 질리건(carol gilligan)이 대표적이다.

질리건의 윤리를 모정주의적 배려윤리학으로 이해하는 경우에는 공자의 도덕철학과 정합성(일치함)을 보여준다.

베틀레센에 의거하여 그녀의 논지를 정리해 본다면[13]

첫째, 질리건은 서양 도덕철학에서 '감정'이 크게 등한시되는바, 그 이유는 도덕 추리의 '남성적' 그림을 그리고 싶어 하는 강력한 성벽에 기인한다는 것이다. 특히 '감정의 등한시'는 '여성의 등한시'에 기인한다는 것을 보여주었다.

둘째, 질리건은 롤스적 주류이론이 도덕적 영역을 정의하는 방법과 도덕적 이슈로 간주되는 것을 문제로 삼는다. 질리건에 의하면, 예컨대, 낙태의 결정과 같은 문제를 놓고 인터뷰한 바, 많은 여성은 이 결정이 그들의 인생에서 매우 중요한 결정이고 또 개인적으로 고통을 수반하는 문제임에도 그것이 도덕적으로 중요할 뿐 '정의의 상황'은 아니라고 간주했다. 이것은 우정, 결혼, 낙태, 양육, 배려와 같은 개인적(또는 나만이 아니라 너를 포함한 상호 개인적인) 도덕문제를 참된 도덕문제와 범주적으로 대립시키는 것으로써 그런 윤리학적 사고방식이 그릇된 것임을 증명하기에 족하다.

이처럼 정의가 도덕성의 핵을 의미한다는, 그리고 정의가 으뜸이라는 주장은 사회적이고 정치적인 제도들에 적용된다. 그러나 그것은 도덕성 그 자체의 경계들을 정확히 담지 못한다. 최근 미국 대법원은 낙태죄가 위헌이라고 판결한 바 있지만 이에 반대의견을 표출하는 사람들 또한 여전히 많다.

질리건에 의하면, 정의제일주의 철학자들은 칸트주의 유산의 보존을 위해 도덕적 가치(사랑과 배려)를 무시하는 엄청난 윤리학적 '부정의'를 저지르고 있다는 것이다. 정의제일주의 안에서는 이타주의, 배려 또는 책임 있는 사랑 등의 '원칙'이 '원칙' 문제가 아니라 경험적 '동기'의 문제로 취급되어 배제되기 때문이다.

질리건의 배려윤리학의 파장과 영향력은 매우 충격적이었다. 질리건의 비판적 표적 중 한 사람인 로렌스 콜버그(Lawrence Kohlberg)조차도 평생의 칸트·롤스주의적 정의제일주의를 버리고 말년에 자신의 입장을 180도 선회하여 인애를 정의에 앞세우게 되었다. "인애는 논리적으로 그리고 심리적으로 우리가 정의라고 부르는 것에 앞선다."라는 것이다. 이 명제로써 콜버그는 스미스와 칸트, 하버마스와 롤스 등 모든 정의제일주의적 서양철학자들을 일거에 뛰어넘어 '인의(仁義)'에서 '인애'를 '정의'에 앞세우는 공맹윤리학에 본질적으로 가까이 접근하였다.

하버마스도 말년에는 정의제일주의를 버리고 연대(인애)와 정의 간의 절충주의를 취한다. 즉 "정의는 의무론적으로 연대를 그 이면으로 요구한다. 그것은 서로 보완하는 두 계기의 문제가 아니라, 동일한 사물의 두 측면의 문제다. 모든 자율적 도덕성은 두 목적에 동시에 이바지해야 한다."라고 견해를 넓혔다.

뿐만 아니라, 마이클 슬로트(Michael Slote)는 새로운 윤리학으로 체계적 '배려윤리학'의 구축을 모색하기도 하고, 제임스 윌슨(wilson)은 일찍이 1992년에 동물이 아닌 사람들에 대한 동정심이 거의 모든 인간의 특징이라고 주장하며 생존(종의 재생산)을 넘어가는 또는 생존욕과 독립된 애정적 교감을 위한 본성적 '친애(affiliation)' 또는 '애정(attachment)' 기제의 보편성과 선차성을 피력했다.

또 츠네이더(Natan Sznaider)는 근대 유럽 사회의 잔학성 극복과정과 인간해방, 민주화 과정을 연민(동정심)과 배려심의 확대·강화·보편화 과정으로 해석하고 있다. 이는 맥두걸이 1930년대 서양의 신분·노예해방과 민주화의 근대사를 모성애의 관점에서 해석한 데 영향을 받았다고 볼 수도 있다.

그리고 태커 켈트너(Dacher Keltner)는 공자의 '인(仁)철학'을 '새로운' 과학으로 즉 인 과학(jen science)으로 추구하면서 인간은 동정심의 성선(性善) 유전자 때문에 함부로 다른 사람을 해치거나 야박하게 대할 수 없다고 주장한다. 그는 "사람들 간에 일어나는 인정, 인간애, 존경의 복합적인 혼합감정"을 인간의 진화적 본성으로 보고 이런 "긍정적 감정의 과학"을 "공자의 인(仁)개념에 경의를 표하기 위해 인(仁)과학으로 부른다." 그리고 공맹의 성선설을 상당히 길게 논하고, 오늘날 여러 가지 심층 연구를 통해 다시 과학적으로 입증하려고 한다.

그는 '인'을 "공자의 가르침의 중심관념"으로 해석하면서 "긍정적 감정의 새로운 과학"으로서의 "인 과학"에 "다윈적 렌즈"를 들이대고 있다. 국민의 인(仁) 비율(jen ratio) 즉 국민 간의 신뢰도가 떨어지면 국민의 '윤리·경제발전'이 저해된다고 주장한다.

국민의 인 비율이 가령 15퍼센트 떨어지면 국민소득은 430달러 하락한다. 노르웨이, 중국, 독일, 대만 등의 국민 인(仁)지수는 40 이상, 멕시코, 가나, 필리핀, 브라질 등은 30 미만이고, 인도와 미국은 30과 40 사이에 위치한다. 켈트너는 이런 논지에서 다윈이 긍정적 감정들이 우리의 도덕 본능과 선(善) 능력의 기반이라고 믿은 점에서 다윈과 공자는 둘이 만났더라면 "매우 만족스러운 협력자였을 것이다."라고[14] 말한다.

그런가 하면, 영장류동물학자 드발(de waal)은 박애 최상론을 주장한다.

프랑스혁명의 세 이상 자유·평등·박애 중에서 미국인들은 첫 번째 이상을 강조하는 것을 견지하고, 유럽인들은 두 번째 이상을 강조할 것이지만, 오직 세 번째 이상만이 포용·믿음·일체감을 말하고 있다. 도덕적으로 말해서 박애는 셋 중에서 가장 고귀한 이상이고, 애착·유대·집단결속력에 그토록 심각하게 의존하여 생존하는 유인원의 관점에서 이해하기 가장 쉽기도 하다. 유인원들은 공동체 건설자들로 진화했다. 드발은 박애를 자유와 평등(정의)에 앞세우는 박애최상론을 영장류동물학으로 뒷받침하고 있다.

이러한 새로운 사조는 스미스, 쇼펜하우어, 칸트, 스펜서, 롤스, 콜버그, 하버마스 등 경험주의, 합리주의 진영을 가리지 않고 '창궐'하던 정의제일주의로부터 인애제일주의로의 대선회다. 어찌 보면 근대 서양윤리학의 전복이요, 공자윤리학의 승리다.

하지만 공자의 인애개념은 서양의 그것처럼 그렇게 간단한 것이 아니다.

정리하자면, 공자는 인애와 정의를 대소장단으로 세분한다. '대인(大仁)'은 뭇사람과 뭇짐승을 향한 보편적 인애이고, '소인(小仁)'은 자기집단, 자기동네에만 베푸는 인애다. '장인(長仁)'은 후세를 위해 베푸는 인애 즉 "수세대를 바라본 인애" "자신을 바치는 인애"다. '단인(短仁)'은 자기 세대에 국한된 인애다. 그리고 '대의'는 뭇사람 뭇짐승을 포괄하는 보편적·이타적 정의이고 '소의'는 자기와 자기집단에 갇힌 이기적 정의다. '장의'는 초세대적 정의이고 '단의'는 자기세대에 갇힌 정의다. 이처럼 인간은 본질적으로는 평등하지만 인(仁)을 실천하는 능력에 있어서는 차등이 있다.

또 공자는 "속마음이 편안하게 인애를 행하는 자는 천하에 한 사람이 있을 따름이다"라고 말한다. 이 말은 '안인(安仁)'의 모정주의적 '속마음'을 타고나서 이 본성적 덕을 갈고닦아 항구적으로 베풀 수 있는

'성인(聖人)'이 이렇게 드물다는 말이다. 그러나 동시에 이 말은 본성적 '성인'이 이렇게 희귀하더라도 천하에 늘 1인은 존재한다는 것을 뜻한다. 그러므로 당연히 '지도(至道)'를 따라 왕도를 행하는 모정주의적 '대동국가'가 사람들의 본성적 도덕감정(특히 측은지심과 수오지심), 도덕률, 법률의 힘을 빌려 성인을 대신할 수 있고 또 그래야 할 유일한 집단적 자아라는 말이다.

대동국가는 '지도'국가로서 대인·장인을 대의·장의에 앞세워 양자를 통합한 인정(仁政)국가다. 이런 정의관념은 중국에서 '仁政'이 하나의 정치모델로 대두된 배경이기도 하다.

맹자는 仁政의 근거를 군주가 "남의 불행과 고통을 차마 보아 넘길 수 없는 마음" 즉 동정심(不忍人之心)에서 찾았으며, 仁義의 도덕으로 仁政을 행하는 것이 바로 王道이다.

4) 사랑의 의무와 사랑의 자유

사랑과 인애는 정의와 무관한 것이 아니다. 그것은 정의 다음의 치장덕목이 아니라 정의에 선행하는 필수적인 덕목이다. "사랑은 정의를 초월한다." 사랑은 인간 본성의 '첫 번째 계율'이며, 기독교 윤리학의 최고원리이다.

니버(Niebehr)는 '상호적인' 사랑과 '자기희생적인' 사랑을 구분한다.[15] 상호적인 사랑이라고 해서 단순히 타산적인 호혜성만 문제되는 것은 아니다. 그것은 타자에 대한 관심에서 나온다. 그러나 그런 사랑은 자신에 대한 신중한 고려에서 자유로울 수 없다. 따라서 그것은 가장 순수한 형태의 사랑은 아니다. 또 자기 희생적인 사랑은 사심을 버리고 다른 사람의 처지를 자신의 처지로 생각할 것을 요구한다. "사랑의 계율이 요구하는 것은 타자의 삶을 자신의 삶과 완전히 동일시하는 것이다", "사심이 없다"는 것은 바로 이런 것이라 할 수 있는데, 이는 이기심의 결여나 오로지 타자의 삶과 복지를 위해 관심을 쏟는 것을 의미한다. 이것의 이상은 완전한 조화다. 이에 대한 가장 순수한 표현은 자기희생이다. 따라서 기독교인에게 있어서 십자가는 이러한 궁극적인 완성의 상징이다.

만약 그런 무사심(無私心)이 역사에서 일어날 수 있는 일이라면, 정의에 대한 요구는 일어나지 않을 것이다. 왜냐하면 모든 사람이 완전한 사랑의 조화 속에서 공존할 것이기 때문이다. 무사심이라는 그 윤리적 이상은 오늘날의 정치·경제적 문제에 적용하기에는 너무나도 엄격하다. 개인에게 있어서 사심 없이 주기만 하는 인생은 불가능하다. 더구나 집단이 이타적으로 행동하리라는 것을 예상할 수는 없다. 집단이 비이기적이었던 적은 한 번도 없다. 역사상 어떤 국가도 순전히 비이기적으로 행동한 것으로 알려진 사례는 없다.

역사적으로 우리는 언제나 '불완전'하거나 '상대적인' 정의의 영역 속에서 살고 있다. 상대적인 정의는 사랑에 대한 변증법적인 관계를 가지고 있다. 때문에 정의에 대한 모든 역사적인 규정은 사랑의 판단에 비하면 한 단계 아래쪽에 있다고 할 수 있다.

사랑은 죄로 가득한 사회의 복잡한 현실을 위해 정의를 필요로 한다.

그러나 사랑은 또한 정의를 넘어서고, 실현하고, 부정하고, 판단한다. 사랑은 정의의 요구를 넘어서기 때문에 정의를 초월하는 것이다. 사랑은 정의보다 더 많은 것을 함축하기 때문에 정의를 실현한다. 삶이 삶을 긍정하는 곳에서 정의는 이루어진다. 모든 역사적 정의는 불완전하며, 더 완전한 인간 공동체의 가능성에 대한 판단보다 아래에 있기 때문에 사랑은 정의를 부정하고 정의를 판단하는 것이다.

요컨대, 정의의 모든 구조와 장치는 일시적이며, 부분적이다. 이것들은 언제나 더 나은 균형을, 다시 말해서 완전한 정의인 사랑의 조화에로의 더욱 밀접한 접근을 기다리고 있다. 즉, 사랑은 정의를, 이기심을 억제하게 하는 힘으로 보는 모든 관점에 대해 적합하다. 거듭 말하지만 정의와 사랑이 같은 것이 아니라 하더라도 양자는 상보적인 것이라 할 수 있다. 그러므로 '사랑과 인애'의 덕목이 올바로 시행되기 위해서는 오히려 정의의 보좌를 필요로 한다. 따라서 인애를 강요할 법제화가 필요한 것이며, 성인의 가르침 중 묵자의 '겸애'와 예수의 '박애'에 대한 교육이 필요한 것이다.

그러면, 인애를 '사적 인혜'의 임시방편적 기능 또는 제2순위의 '초의무적 덕행'으로 규정하고 인애의 법제화에 반대한 18, 19, 20세기 철학자들의 공리공담을 뒤로하고, 그와 관련한 사안을 구체적 가상사례로 설정하여 분석해 보고자 한다. 그렇게 함으로써, 사랑과 인애의 공정한 몫과 몫일 그리고 사랑의 적절한 절제·금지·배려 등에 관한 복잡한 정황을 좀 더 원칙 있게 이해할 수 있을 것이다.

〈사례 1〉
갑식은 자기의 어린 자식과 늙은 부모를 부양하지 않고 방치한다

사랑의 의무와 관련한 위 사안에서는 갑식의 부양의무는 물론, 그가 속한 사회공동체의 책임도 동시에 논해져야 한다. 인생 주기에 비추어 어린아이와 고령 노인층의 공통점은 다른 사람들의 배려와 돌봄 속에 살아야 한다는 점이다.

그래서 노유자에 대한 '의무적 사랑'은 정의가 되고, 효는 덕의 근본이 된다고 하는 것이다. 일찍이 공자는 "무릇 새와 짐승도 불의를 피할 줄 안다(夫鳥獸之於不義也尙知辟之)"라고 말한 바 있다. 하늘(진화과정)이 본능으로 부과한 모자간, 부자간의 '사랑'은 인간을 포함한 모든 포유류의 사회적 생존의 근본 조건에 속하는 것이다. 따라서 이 사랑은 의무가 될 정도로 아주 강렬하다.

갑식은 이 의무적 사랑의 몫을 불이행함으로써 이 몫을 받아야 하는 당사자에게 수치스러운 것이다. 그가 수치스러워하지 않는다면 그는 파렴치한일 것이다. 그러므로 법은 '부양의무 방기'로 이 사랑 의무의 불이행을 처벌할 수 있으며, 그것이 정의에도 부합하는 것이다. 이 부모애의 본능적 의무감은 사회의 존속과 번영의 근간이 되는 것으로 보고 거의 모든 문명사회는 이 본능에 관습법적 · 종교교리적 · 공법적 제재를 부여하고 있는 것이 일반적이다. 이 제재들은 대개 사회에 의해 달성되는 문명화의 정도가 더 높으면 높을수록 그리고 지성적 능력의 발휘가 사회의 구성원들 사이에서 더 자유롭고 더 보편적이면 보편적일수록 모든 사회에 의해 더욱 엄격하게 유지된다.

따라서 복지국가라면 이들에게 무상으로 보건의료혜택을 제공하고 수당과 연금 등을 조세방식으로 지불함으로써 인간다운 생활을 보장함은 물론, 연대원리에 기반하여 보육과 돌봄서비스를 제공할 '인혜적 의무'가 있는 것이다.

〈사례 2〉
① 산책 중에 '을식'은 의식을 잃고 쓰러진 사람을 보고도 귀찮아서 지나쳤다
② 갑순은 위의 을식을 사랑한다.

먼저 ①에서 의식을 잃고 쓰러져 있는 사람을 보고도 귀찮아서 지나친 을식은 무서운 '불인' 행위를 저질렀다. 그는 인간과 시민으로서의 의무적 사랑의 몫, 기본적인 사회적 배려의무도 다하지 않는 불인자(不仁者)다. 남들이 이 사실을 알게 되면, 을식은 정상이라면 자신의 불인 행위를 수치스러워할 것이다. 쓰러진 사람을 돕는 것은 법적 의무가 아닐지라도 인간의 본능에 속하는 '사랑의 의무'에 속한다. 그가 수치스러워하지 않는다면 을식은 아마 타인의 사랑을 감지하지 못하고 인간을 미워하는 사이코패스가 아닌지 의심할 소지가 있다. '의식을 잃고 쓰러진 사람'은 잠시라도 더 방치된다면 죽음에 이를지도 모른다. 이는 죽을 수도 있는 상태에서 생명애의 몫일(과업)을 유린하는 것이므로 자살을 방조하는 것과 마찬가지다. 자살방조의 경우는 모든 국가에서 예외 없이 처벌한다. 따라서 이 경우는 이에 대한 원조의 이

행을 포상하거나, 불이행을 처벌하는 법을 제정할 수 있다. 이런 경우 스미스, 스펜서, 롤스의 윤리학은 역할을 못한다.

그리고 ②에서 위의 불인자를 사랑하는 '갑순'은 인애로운 사람이라면 을식을 사랑하는 것을 수치스러워해야 한다. 그렇지 않다면, 그녀는 맹목적이거나 그릇된 사랑을 하는 것이다. 참된 인자는 결코 사람을 미워하지 않지만, 이런 사이코 유형의 불인자까지 사랑할 수 없다. 그러므로 공자는 "참으로 뜻을 인애에 둔다면 미움이 없다(苟志於仁矣 無惡也)"라고 말하면서도 동시에 "오로지 인자만이 사람을 제대로 좋아할 줄 알고 사람을 제대로 미워할 줄 안다(唯仁者能好人能惡人)"라고 갈파한다.[16] 나아가 공자는 인자만이 불인, 불선자(不善者)를 추방할 권리가 있다고 말한다. 따라서 갑순은 을식을 멀리 쫓아내지 못하더라도 그에게 결별을 통지해야 할 것이다.

스미스도 앞의 저서에서 불인자 처벌을 주장한다. "인혜와 후의는 후하고 인혜로운 사람들이 받아야 마땅하다고 우리는 생각한다. 결코 인간애의 감정에 가슴을 열지 않는 사람들은 같은 방식으로 모든 동료피조물들의 애정으로부터 추방되어야 하고, 사회 안에서 살더라도 그들을 보살피거나 그들의 건강에 신경 쓸 사람이 아무도 없는 광막한 황야에서 사는 것처럼 살도록 조치되어야 한다고 우리는 생각한다."
이 스미스의 명제들은 사고방식과 표현방식에서 공자가 《대학》에서 말하는 명제와 너무 유사하다. 다만, 공자가 국가관리를 두고 말하고 있는 반면, 스미스는 일반적으로 말하고 있다. 또 스미스는 불인자를 멀리 추방하는 것이 아니라, 사회적 고립에 몰아넣어야 한다고 주장하는 점이 다를 뿐이다.

오늘날 각국은 불인자와 관련된 법규가 다 다르다. 덴마크, 스웨덴, 노르웨이 등 북구제국과 인도처럼 인애·자비 우위의 나라는 남을 배려하지 않는 이런 '불인'도 법적 통제 아래 두려는 경향을 보이는 반면, 서양제국은 관련 법규를 두지 않고 있다. 롤스 등 칸트주의자들은 사랑의 배려와 복지가 개인이 가진 권리와 의무의 문제로 간주되지 않는다. 그러나 오늘날 일단의 사회심리학자들은 이에 동의하지 않고, 공자와 같이 인애적 배려에 선차성과 권리·의무 성격을 부여한다. 이들은 '사회적 의무'가 사회의 출발점인 인도와 같은 문화권에서 인애와 배려는 '권리'와 의무로 간주되고 사회적 통제에 처해지며 타인들에 대한 책임을 정의만큼 완전 원칙화된 것으로 여길 뿐만 아니라 종종 정의보다 배려의무에 선차성을 부여해야 한다고 주장한다.

나아가 이들은 서양처럼 경제적 생산성을 일차적 목표로 가지고 있는 사회는 '업적'에 집착하는 사회다. 이런 사회는 정의로운 할당의 사회적 관계를 일차적 목표로 여긴다. 이런 사회에서는 '평등'의 정의가 인애적 배려에 우선한다. 그러나 북구제국이나 인도처럼 인애·복지가 일차적 목표인 사회는 사회적 배려가 우선한다. 아무튼 법적 통제 여부와 무관하게, 도덕적 의무의 '사랑의 기본 몫'을 이행하지 않은 불인자 을식을 사랑하는 갑순은 이런 사랑이 발각되면 수치스러워할 것이다.

〈사례 3〉
병식은 기분 좋으면 빈부를 가리지 않고 베풀어 부자에게도 자선한다

이 경우 병식은 자신의 기분에 따라 자선할 것이 아니라 대상 클라이언트의 현실적인 욕구를 살펴 그에 적합하도록 도와야 할 것이다. 그리고 빈부를 가리지 않고 베푸는 것은 덕행과 악덕을 등치시키는 것이다. 빈자를 돕는 것은 빈부불균형(몫의 부당한 할당)의 시정에 일조하는 덕행이 되겠지만, 부자를 돕는 것은 사회의 불평등을 심화시키는 부도덕이다. 따라서 인간애에서 타인을 돕는 이타행(利他行)이라고 해서 무조건 덕행이 되는 것은 아니다. 그래서 공자는 "군자는 궁하여 다급한 사람을 돕지, 부자를 보태주지 않는다(君子周急不繼富)"라고 갈파했다. 또 마샬(Marshall)에 따르면, 복지의 원리는 다수가 원하는 것을 실행하는 것이 아니라 소수가 필요(need)로 하는 욕구를 충족시키는 것이다.

특히, 생명, 건강 관련 문제와 같이 긴급한 지원이 요청되는 경우에는 알맞은 때를 놓치지 않고 시행함으로써 그 효과를 거둘 수 있는 것이다. 이와 관련한 우화 하나를 소개하자면,《莊子》에 이런 얘기가 있다.[17]

장주(莊周)는 집이 가난하여 감하후(監河後)에게 쌀을 꾸러 갔다. 감하후는 "그리하라, 내가 장차 지방세금을 징수할 것인데 그때 三

백금을 줄 테니 그러면 되겠는가?" 장주는 분연히 얼굴 빛을 변하고, 내가 어저께 올 때 길에서 부르는 자 있어 돌아다본즉, 수레바퀴 자국에 붕어가 있었으므로 나는 "붕어인가, 너는 무엇을 하는가?" 한 즉 붕어는 "나는 동해의 파신(波臣)이오, 물 한 말만 가지고 나를 살려주오" 하니 나는 "그리하라, 장차 남방 오월(吳越)의 왕을 유세(遊說)할 테니 그때 서강(西江)물을 길어다가 너를 살리겠다. 그러면 어떤가?" 한즉 붕어는 분연히 얼굴이 변색하여 "나는 필요한 물이 없이 있을 곳을 잃었소, 물 한 말이면 살아날 터인데 그대는 이다음 얘기를 하니 그때를 기다린다면 마른 생선 파는 상점에서 나를 찾을 것이오." 하였다.

3

공정성 감각의
본유성

1) 정의감은 인위적인 덕인가? 진화적 본성인가?

밀은 개체적 분개와 복수심은 동물과 인간에게 똑같이 본능적이지만, 공분과 사회적 복수심은 동물에게는 없는 반면에 공감 능력과 지능이 발달한 인간에게만 특유한 것이라고 말한 바 있다.

그러나 일찍이 루소는 《인간불평등 기원론》에서 동물들도 공감 능력과 공감적 동정심이 있다고 말한다. "그것은 아주 자연본성적이어서 바로 그 짐승들 자신도 종종 그것의 명백한 증거를 보여준다. 자기 새끼에 대한 어미의 애정과 새끼를 구하기 위해 어미가 무릅쓰는 위험까지 언급할 필요 없이도 말들이 살아있는 몸뚱이를 짓밟는 것에 대해 거부감을 보인다는 것은 잘 알려져 있다. 어떤 동물도 같은 종의 다른 동물의 시체를 심적 동요 없이 지나가지 않는다. 한편 어떤 짐승들은 그 동류에 일종의 장례를 치러 준다" 또한 모든 포유동물은 자기가 아니라 자기 새끼나 자기 무리 중의 한 개체가 공격받으면 자기가 당하지 않았더라도 바로 공동으로 보복한다. 늑대와 사자의 공격을 받으면 그 순한 들소들도 보복적 반격을 시도한다. 그렇다면 동물들도 공감 능력이 있는 한에서 미미하더라도 모종의 공분과 사회적 복수심(응징심리)이 있다고 봐야 할 것이다.

동물들의 생태반응이 이럴진대, 인간의 정의관념이 인위적인 것이라고 한다면 이는 커다란 오류일 것이다. 이런 점에서 정의를 본성과 무관한 '관행협약(convention)'으로부터 역사적으로 발달된 '인공적 덕목'으로 본 흄의 정의론은 그릇된 것이다.[18]

특히나 정의의 한 결정적 기반인 '비교' 능력이 인간에게 본유적이라고 자신이 다각적으로 밝혔으면서도 정의가 '인공적' 덕목이라고 주장하는 것은 상당한 자가당착일 수 있기 때문이다. 그러므로 흄의 '정의' 개념은 자의적이지 않을지라도 역사적으로, 지역적으로, 상대적일 수밖에 없다. 이것은 비교·공감 능력이 있는 유인원과 인간에게 본유하는 본성적·절대적 정의감각에 반하는 점에서 그릇된 것이다. 칸트의 정의론 역시 상대적일 뿐만 아니라 자의적, 독단적인 점에서 더욱 그릇된 것이다.

그렇다면 과연 정의 즉 인간의 공정성 감각은 획득형질인가? 생득형질인가?

인간에게 있어 정의의 뿌리는 각인의 몫의 본성적 비교능력과 본성적 수치심 · 증오심의 복합적 공감 감정이며, 수오지심이다. 일찍이 맹자는 "수오지심이 없으면 사람이 아닌데, …이 수오지심이 바로 정의의 단초다(無羞惡之心, 非人也 …羞惡之心 義之端也)"라고 천명했고, 또 "수오지심은 사람이 다 가지고 있는바, …수오지심이 바로 정의다(羞惡之心 人皆有之 …羞惡之心 義也)"라고 했다.[19] 정의는 역사관행과 실천이성의 차원이 아니라, 수십만 년의 진화과정에 의해 확립된 인간의 DNA 차원의 감각과 감정에 뿌리박고 있다는 말이다.

따라서 정의는 에피쿠로스와 흄이 주장하듯이 – 장구한 진화의 시간에 비하면 하루 볕에 불과한–역사과정의 임의적 흐름에 좌우되는 상대적 풍습도 아니고, 홉스, 맨드빌, 칸트, 롤스, 공산당이 주장하듯 몇몇 철인과 정객들이 합리주의적 사고조작을 통해 임의대로 "제정 (制定)"할 수 있는 정치이성(철학)의 자의적 · 독단적 법칙이나 계약도 아니다.

정의감각의 기초가 되는 공정성 감각은 인간의 본능인 것이다. 밀 (J.S.Mill)도 부당함에 대한 '공분'과 사회적 복수심을 전제하는 '정의 감'이 인간에게 본성적이고 이타적이라는 데 공맹과 한목소리다.

2) 진화적 본성으로서의 정의감

'인간의 본성'이란 적어도 어느 정도까지는 우리가 정의로운 제도 아래서 살아가고 그로부터 이득을 받을 경우 정의롭게 행위하려는 욕구를 습득하게끔 되어 있다는 점이다. 이 말이 옳다면, 정의관은 심리학적으로 인간의 성향에 부합되는 것이다. 나아가서 정의롭게 행위하려는 욕구가 합리적인 인생계획까지도 통제한다는 점이 판명되는 경우에는 정의롭게 행위하는 것은 우리의 선(공감력)의 일부가 된다. 이러한 경우 정의관과 가치(선)관은 합치하게 된다. 그러므로 정의관은 우리가 그것을 알든 혹은 전혀 모르든 간에 우리의 생활조건에 의해서 정당화되어야만 한다. 질서정연한 사회는 시간상으로 지속되는 것인 까닭에 그 정의관은 영속적이고 안정(stable)될 것이다.

정의관의 안정성은 질서정연한 사회의 제도와 관행들이 변하지 않는다는 것을 뜻하는 것이 아니라, 아무리 제도들이 바뀐다 할지라도 새로운 사회적 여건에 따라서 조정이 이루어짐으로써 그것들은 여전히 정의롭게 혹은 거의 정의로운 상태로 남게 된다는 것을 의미한다.

다시 말하면, 제도들이 정의로울 경우 그러한 체제에 가담하는 자들은 그에 상응하는 정의감과 그 체제를 유리하기 위해 그들의 본분을 다하려는 욕구를 갖게 된다. 어떤 하나의 정의관이 다른 것보다 더 안정된 것이라 함은 그것이 일으키는 정의감이 보다 강하고 분열에의 경향을 진압할 가능성이 더욱 크다는 것을 의미하게 된다.[20]

3) 한국인의 공정성 감각

오늘날 우리 사회에 개인주의가 만연하면서 사회정의나 공공복리, 국가이익 등 대의명분을 위해 개인의 이익과 권리를 침해하는 것은 불공정하다는 인식이 특히 20~30대를 중심으로 확산하고 있다.(문화

이렇게 불공정 감각이 확산하는 이유는 무엇 때문일까?

무엇보다 '노력한 사람이 잘 사는 사회'라는 보편적 정의감이 훼손되고 있기 때문일 것이다.

또 '불평등한 출발과 반칙이 구조화된 사회'이기 때문이라고 할 수 있다.

말하자면 출생이 한 사람의 일생을 좌우하는 사회가 되어서는 안된다는 문제의식에 기인한다. 우리는 저마다 상이한 능력을 지니고 태어난다. 그런 능력의 차이와 다름은 상당 부분 자연적 우연성과 사회적 우연성에 기인한다. 물론 개인의 노력에서도 기인한다. 여기서 우연성이라 함은 일응 자기의 선택에 의한 것이 아님을 말한다.

그런데 한국 사회는 이런 우연적 요소들이 개인의 삶의 상당 부분을 결정하고 있다. 능력주의, 연고주의, 선별주의 등 가족 관련 요인이 많기 때문이다.

그리고 '제도의 불공정'도 이유가 된다. 제도는 물길과 같아서 잘 만들어진 물길만이 모든 사람에게 고루 혜택을 미치는 것이다.

이와 같은 이유 등으로 젊은층을 중심으로 '개인주의적 능력주의' 담론이 확산하고 있는 것이 아닌가 싶다.

하지만, 정의감이 진화적 본성을 갖는 '사회적 이상'이라면 한국인의 공정성 감각을 이해하기 위해서는 역사적·전통적 기반을 토대로 하는 폭넓은 고찰이 필요해진다. 그런 관점에서 다시 묻자면,

최근 한국사회에서 인애정의 즉, 인애 우선의 공정성 감각이 고조되고 있는 이유는 무엇일까?

그것은 우선, 한국인의 심성 속에는 정(情)문화가 큰 비중을 차지하고 있기 때문일 것이다.

말하자면, 사람들의 기분이나 감정이 세상에 대한 그들의 믿음을 결정하게 만들어 버리는 성향이 있는 것이다. 서양인들의 사회관계를 개인주의적이라고 할 때 한국인의 그것은 관계주의적이라고 할 수 있다. 그래서 한국인은 타인과의 관계 속에서 자기자신을 규정하며 자신의 가치를 발견하는 성향이 짙다. 이런 성향은 4000여 년 전 우리 민족이 나라를 세우면서 내건 건국이념에서도 찾아볼 수 있다. '홍익인간, 이화세계(弘益人間, 理化世界)' 곧 전 인류를 널리 이롭게 하면서 우주 내지 자연의 이법에 맞게 살아야 한다는 건국이념은 오늘날 이 시대에 꼭 들어맞는 공동체적 삶의 이념이 아닐 수 없다. 이를 정의의 관점에서 얘기한다면, 인류애와 대동세계를 지향하는 인애 우선의 정의감각이 우리 민족의 성향으로 일찍부터 드러난 것이라고 말할 수 있다.

또 다른 이유로는, 산업화가 급격히 추진되면서 전래의 규범체계가 가치판단의 척도로서의 기능을 제대로 수행하지 못하게 될수록 '정의'에 대한 호소가 점차 증가하게 된 것이 아닐까 싶다. 이것이 사실이라면, 우리 전래의 규범체계에서 무엇이 문제였는지 살펴보지 않을 수 없다.

첫째는, 전통적인 한국인의 삶에서 공동선에 대한 관념이 희박했다는 점을 들 수 있겠다. 공동체 생활에서 함께 삶을 영위하기 위해 직분으로 행하는 것은 어떤 것이나 가치 있는 일이다. 그러나 그것이 그 일을 맡은 사람의 가치를 평가하는 기준이 될 수는 없다. 그 개인의 인격은 그가 하는 일의 전문성이나 일에 임하는 권위에 상관없이 고귀하고 존엄한 것이다. 흔히 직업윤리의 잘못은 공사(公私)의 분별이 희박한 데서도 찾아볼 수 있다. 우리 민족은 본래 강한 정적 유대의식을 유지하여 온 혈연중심적인 좁은 연대의식 속에서 오래 살아왔기 때문에 조직사회의 윤리에 대하여 민감하지 못한 폐단이 있다. 그것이 바로 공사의 분별을 흐리게 하는 중요한 요인이 되어 나타나기도 한다.

이를테면, 우리는 자신이나 자기 패거리에게서는 인정(人情)을 찾고 다른 사람이나 패거리가 한 일에는 엄격한 정의의 잣대를 들이대며 따지려 하는 습성이 있다. 혈연, 지연, 학연 또는 종교의 분별에 얽매여 근대국가의 시민으로서 미성숙함을 보여주었으며 이러한 인연을 통해 저마다 자신의 생존을 보장받으려다 보니 그 집단과 감정적인 유대를 공고히 하지 않을 수 없었다. 그래서 같은 일을 두고도 다른 집단이 하면 그르다고 단정하고 자신의 집단이 행하면 잘못된 면을 애써 외면하거나 옹호하는 태도를 보이지 않을 수 없었을 것이다.

그런가 하면, 이런 연줄에 따른 갈등보다 더 고질적인 것이 이익집단(interest group)들이 보여주는 자의적인 정의의 태도다. 먼저 정치이데올로기 집단에게는 자기편의 뜻에 부합하면 정의이고 자기 편을 들지 않으면 정의가 아니다. 원론적으로 이익집단이란 구성원의 이익을 수호하기 위해 모인 집단이므로 자기들의 이익을 대변하는 것은 당연하다. 하지만 한국의 일부 이익집단의 행태는 도가 지나치다.

예컨대, 의사협회가 국민의 이익을 위해 제도를 개혁하고자 할 때 집단 이기주의적인 행동을 보이는 것이 대표적이다. 국민의 건강권을 볼모로 하는 의사들의 집단행동은 어떠한 경우에도 정의가 될 수 없다. 정의는 전체 국민 모두가 장기적으로 행복을 누릴 수 있는 방향으로 추구되어야 하므로 그런 가치기준을 중심에 놓고 국민적, 정치적 합의를 이끌어 내야 하는 것이다. '의료 공개념'은 시대와 이데올로기를 넘어 실행되어야 할 사회 가치의 하나가 된다.

그렇기 때문에 사회정의를 실현하기 위해 우리 국민에게 절실히 요청되는 것 중 하나가 집단이기주의를 뛰어넘는 합리주의 정신이다. 나와 남의 권리와 의무에 대하여 공정하게 판단하고 공정하게 행동하는 국민의 일상적 생활 태도가 사회정의의 실현을 위한 기본조건이며, 이 '공정성(公正性)의 정신(精神)'은 합리주의 정신의 중요한 측면의 하나인 것이다. 우리가 합리적 정신을 작은 이익을 위해서 사용하지 않고 대국적 견지에서 사회 전체를 위해 발휘한다면 그러한 합리주의는 동양적인 인애(仁愛)와 즉 인애정의론의 논지와도 쉽게 융합될 수 있을 것이다. 그러므로 우리들의 인정(人情)이 그 좁은 울타리를 벗어나서 민족 또는 인류 전체를 아끼는 마음으로 승화된다면 그러한 인정은 사리를 배반하지 않고도 타인과 사회를 위해서 크게 이바지할 수 있을 것이다.

그렇다면, 사회정의의 목적이 되는 공동선이 무엇인지 그 개념을 먼저 이해할 필요가 있겠다.

공동선이란 무엇인가?

공동선(共同善)은 인간사회의 모든 개인과 공동체로 하여금 보다 완전하고 용이하게 그들의 완성에 도달할 수 있게 하는 사회생활의 모든 조건의 총체이다. 다시 말해, 공동선은 "인격의 존엄성에 합당한 인간다운 삶의 조건의 총체이다." 그러므로 사회의 목적과 그 사명은 공동선을 지키고 발전시키는 데 있다. 개개인이 생존을 비롯한 각자의 실존적 제 목적을 수행하기 위해서는 사회적 협동과 그 조력이 필요하다. 이러한 협력 없이는 개개인의 복지는커녕 그 생존마저 위태롭게 된다. 이런 사회기능이 바로 공동선이다. 이와 같이 공동선은 사회의 존재질서이며 사회적 협동을 통한 인간발달의 질서이다. 그러나 이 인간발달의 질서는 사회가 직접 개개인을 발달시킬 모든 책임을 지는 것이 아니라 각자가 그 실존적 목적을 달성할 수 있도록 사회가 비례적으로 협력하고 보완하는 질서이다.

이 점에 있어서 집합주의이론과 구별된다. 즉 마르크시즘은 사회가 직접 그들이 말하는 공동선을 계획하고 창설하고 개인에게 분배하고, 통제·감독하는 것이라고 함으로써 인간의 인격이 그 계획에 따르는 생산·소비의 통계적 단위로 전락한다. 그 결과 인간이 사회의 수단으로 전도(轉倒)되는 오류를 범하고 있다.

공동선과 개인선은 그 본질에 있어서는 동일하다. 개인선은 사회적 협동에 따르는 보조에 의해 현실화되고 공동선에 참여하는 것을 그 본질로 삼고 있기 때문이다. 그러나 그런 본질적인 상호관계를 가지고 있으면서도 개인선은 자기충족(自己充足)을 목적으로 하는 데 있어서 공동선과 구별된다. 이와 같이 공동선은 개인선을 그 한 부분으로 포함하고 있으나 그 사회의 전체선이므로 개인선에 우선(優先)하는 것이 원칙이다.

그러나 공동선은 개개의 개인선의 전체적 완성을 목적으로 하기 때문에 개개인의 인격과 밀착(密着)되어 있는 개인선이 경우에 따라서는 공동선에 우선하는 예외적인 경우도 있을 수 있다. 예컨대, 생명권이나 신앙의 문제는 개인선이지만 인간과 인간의 관계를 내용으로 하는 어떤 공동선보다 우선한다. 따라서 어떤 사회도 그 사회의 공동선 내지 공익을 이유로 개인의 생명과 신앙의 자유를 제한하지 못한다.

둘째로는, 한국인들에게는 자신과 국가를 일체화할 수 있는 역사적 계기가 없었다. 오히려 피지배의 식민사관의 잔재가 아직도 의식 속에 남아 있다. 白凡 김구 선생께서는 "나는 우리나라가 세계에서 가장 아름다운 나라가 되기를 바란다. 가장 부강한 나라가 되기를 원하는 것은 아니다"라고 하시었는데, 백범의 이 말씀은 매우 중요한 인애정의관을 담고 있다고 생각된다.

여기서의 '아름답다'는 표현은 우리 민족 모두가 정신적으로 아름답다는 뜻이다. 겉으로 아름다울 뿐만 아니라 속으로도 아름다워야 한다는 것이다. 겉 다르고 속 달라서는 안 되고 겉과 속이 똑같아야 하는 것이다. 이 말속에는 현대 물질주의 문명이 가져온 도덕적 타락에 대한 예지자적 고발이 들어 있고, 식민지배하에서 잠시 자신을 잃었던 민족 자존심의 회복을 호소하는 격려가 있으며, 그리고 아름다운 나라가 되기 위해서는 국민 한 사람 한 사람이 정의롭게 생각하고 행동하는 자기 정체성을 가져야 한다는 교훈이 담겨 있다고 본다. 왜냐하면, 우리의 아름답다는 말에는 '알차다', '성숙하다'는 뜻도 들어 있어 정의로운 국민과 아름다운 국가를 일체화하려는 소망을 읽어낼 수 있기 때문이다.

셋째는 우리나라에서는 아직 정치철학이 확립된 적이 없다. 어떤 이유에서건 우리나라에서 정의나 공동선에 대한 합의가 없다는 것은 무엇을 의미하는가? 아무리 물질적인 풍요가 이루어진다고 해도 연대에 기반한 정의가 없으면 소외를 느끼는 사람이 많아지며 소외가 있으면 사회는 와해되기 쉽다. 따라서 소외의 극복이 사회의 커다란 과제이며 인애정의론이 소환되는 이유가 된다고 할 수 있다. 자신에게 당연한 것을 받지 못했을 때 인간은 소외를 느끼게 마련인데, 이 소외는 인애우선의 정의를 통해 극복할 수 있다.

그러므로 인의에 기반한 정의사회, 즉 정의롭고 훈훈한 복지사회가 우리의 공동선이 되어야 한다. 인애가 정의보다 우위의 덕목으로 인정되어 사회적인 통합이 이루어진 나라를 '대동국가'라고 한다. 우리는 대동국가(행복국가)를 지향해 나아가고 있다. 따라서 오늘날 우리의 정의감각은 '인애우선주의'로 진화하는 것이라고 말할 수 있다.

그런가 하면 흄(D. Hume)은 '이기심은 정의를 확립하는 근원적 동기이지만, 타인이나 공공의 이익에 대한 공감이야말로 정의의 덕에 수반되는 도덕적 시인(是認)의 원천이다'라고 하여 정의와 불의를 구별하는 것은 '공감'임을 강조한다.

정의감이 강한 사람이라면 개인 이익의 기회나 결과를 포기하고 공정성을 우선하여 행동하기도 하는데 이는 '공감의 원리'가 인간의 본성안에서 인격적·도덕적 수준을 가늠하는 측면으로 발로되고 있음을 보여주는 것이기도 하다. 이에 대한 실제 예를 들어보자.

○ **예증 1**

얼마 전 청소년 축구 경기 중 일어난 일이다. 경기가 무르익어 약간의 과열 양상을 보일 때 심판의 중지 휘슬이 울렸다. 반칙이 있었다고 본 것이다. 상대 팀에서는 그렇지 않다고 항의한다. 그렇지만 패널티킥 결정이 내려졌고 반칙을 당한 학생(선수)이 공 앞에 섰다. 그런데 그 학생은 어이없게도 공을 골대 옆으로 찬 것이다. 모두가 어리둥절해할 때 그 학생은 속으로 말한다. 자기는 반칙을 당하지 않았고, 심판의 오판이 명백하며 상대 팀의 주장이 옳다고…, 결국 그 학생의 행동은 좋은 득점기회를 스스로 버리면서까지, 경기승리의 노예가 되기보다는 상대 선수의 억울함에 공감하면서 자기내면의 공정성 감정에 따랐던 것이다. 이것은 정의로운 사람의 정의감이 어떻게 발로 되는지를 보여주는 한 사례가 될 수 있다고 하겠다.

덧붙이자면, 우리를 인간답게 하는 인간성과 공감 능력은 선천적으로 인간의 핏속에 흐르고 있다고 할 것이다. 철학자 임마누엘 칸트(Kant)는 "네 행위의 격률(준칙)이 너의 의지에 의하여 마치 보편적 원리가 되도록 행동하라", "너는 너의 인격 및 모든 타인의 인격에 있어서의 인간성을 항상 동시에 목적으로 사용하고, 결코 수단으로서만 사용하지 않도록 행위하라"라고 말했는바, 이는 현실과 동떨어진 추상적 이론이나 주장이 아니라, 우리 인간의 공감적 본성에 근거를 두고 한 말이다.

말하자면, 칸트의 이 정언명령에는 우리의 능력과 의지가 수행해야 할 정의로운 인간상이 표현되어 있고, 또 우리에게는 인류애가 있다는 관점이 담겨 있다고 볼 수 있다. 그렇기 때문에 역사를 거듭할수록 인간성과 도덕률의 기준으로 이 정언명법이 소환되는 것이다.

위 예증에서 보았듯이, 인류의 도덕적 상황은 축구 경기가 벌어지고 있는 잔디밭의 상황과 비슷할 것이다. 성공적인 '좋은 삶'이란 훌륭한 경기를 펼치고 한 골 또는 추가 골을 넣는 것이다. 득점 골은 살면서 경험하는 특별히 행복한 순간으로 비유될 수 있다. 하지만, 한 골도 넣지 못한 사람일지라도 자기역할을 다하고 다른 선수를 배려하는 멋있는 경기력을 보여줄 수 있다. 그러면서 모두가 환호하고 즐거움을 누릴 수도 있는 것이다. 그러나 삶에서 불의와 악을 쉽게 택하는 사람은 경기에서도 고의로 반칙하고, 다른 동료 선수에게 서포트하기보다는 자기 욕심에 급급한 나머지 골 득점 기회를 날려버릴 수도 있는 것이다. 이런 유형의 사람은 조직력이 필요한 축구경기에서는 적어도 시야가 넓혀질 때까지 잔디밭에서 끌어내야 한다.

이와 같은 상황 전개는 우리가 공동체적 삶을 영위함에 있어서도 마찬가지다. 왜냐하면 인애로운 정의감정으로서의 공감 능력이 없는 사람은 일응 보편적 인간성에 흠결이 있어 믿을 수 없는 사람이고, 믿을 수 없다면 연대적이고 협동적인 삶은 어려울 것이기 때문이다.

○ 예증 2

2014년 세월호 사건의 TV 뉴스화면에 비쳤던 생생한 장면에서도 그러한 예를 발견할 수 있다. 침몰해가는 세월호 선상에서 바다로 뛰어내릴 준비를 하던 학생들과 여교사에게 구명조끼가 떨어져 없다는 얘기가 전해졌다. 한 여학생이 받지 못하는 상황이 벌어진 것이다. "한순간 침묵이 흐르고 서로 눈치만 살필 때, 여학생이 느끼는 두려움과 당혹감에 공감하면서 참된 인애(仁愛)의 동정심을 보인 사람이 있었다. 한 작은 남학생이 말없이 나서 입고 있던 구명조끼를 벗어 선뜻 여학생에게 건넨 것이다." 누구라도 자기 보호본능이 앞서는 절체절명의 상황이었지만 약자를 보고 의로운 생각이 앞선 것일까? 아니 그보다는 같은 처지에 놓인 자 간에 죽음을 뒤로할 정도의 '적극적 동정심' 즉 '공감력'이 발동된 것이리라! 공감은 사유 작용이 아니라 감정 작용이기 때문이다.

나중에 모두 구출되었지만 그 남학생은 결국 익사한 것으로 밝혀졌다. 얼마나 애석한 일인가! 우리는 지금이라도 그 남학생의 신원을 조사하여 숭고한 살신성인을 추모하고 기릴 수 있어야 할 것이다.

일찍이 맹자는 말하였다. "生亦我所欲也, 義亦我欲也, 二者不可得

兼, 舍生而取義者也" 즉, 생명과 의리는 다 같이 원하는 바이지만 만약 두 가지를 겸하여 얻을 수 없는 경우라면 생명을 버리고 의리를 취하여야 한다고, 그렇기 때문에 의리 즉 '인애적 정의'는 인간만이 지킬 수 있는 가치이며 인격적 조건이 되는 것이라고 옛 현인은 말했던 것이다.

4

인애 우선의
사회제도

1) 우리는 어떠한 나라를 원하는가?

먼저 우리 말에 있는 '우리'라는 대명사에는 다른 나라 말에서는 찾아볼 수 없는 독특한 뜻이 담겨 있다. 그것은 '너와 나'라는 두 사람 이상의 사람들을 가리킬 뿐만 아니라 시간적으로나 공간적으로 친밀한 관계를 가진 모든 사람을 지칭하는 경우가 많다. 동·서양을 막론하고 우리처럼 '우리 집', '우리 학교', '우리 마을'이라는 말을 쓰는 나라는 거의 없다.

그렇다면, 왜 우리 민족만이 유독 '우리'라는 대명사를 자주 쓰는 것일까?

아마도 우리 민족은 자기와 가까운 사람과는 남달리 강한 연대의식을 느끼고 선천적으로 그들과 서로 일체가 되려는 기질을 가지고 있기 때문은 아닐까?

다시 말하여 그것은 우리 민족성으로 자리한 따뜻한 정감과 연대의식 그리고 협동지향성을 함께 내포하는 대명사로서의 기능을 해 온 것이 아닐까 싶다. 실제로 우리 민족은 위기가 닥칠 때마다 국민들이 하나로 결속하고 멸사봉공의 자세를 보였으며, 농번기에는 품앗이, 두레 등으로 협동정신을 발전시켰던 것이다. 아무튼 이러한 역사와 전통에 비추어 보면, 우리가 원하는 나라는 '훈훈한 정이 오가는 자유롭고 정의로운' 국가라고 말할 수 있을 것이다.

우리 헌법은 전문에서 '자유민주주의'의 이념을 표방하고 있는데, 이것은 우리나라가 '정의'보다 '인애' 우선의 가치실현을 국민적 공감대로 하고 있다는 의미일 것이다.

여기서 자유민주주의와 민주주의가 어떤 차이가 있는가를 짚고 넘어가자면, 자유민주주의는 민주주의가 갖는 한계, 즉 다수결원칙이나 정의제일주의의 한계 등을 인식하고 자유의 가치(생명권, 기본인권, 양심의 자유와 같은 인격적 가치)를 더 폭넓게, 그리고 우월한 것으로 인정하겠다는 것이다.

이와 같이 인애(仁愛)가 정의(正義)보다 우위의 가치 덕목으로 인정되어 실질적 통합이 이루어지는 나라를 '대동국가'라 한다. 우리는 대동국가(행복국가)를 지향하여 나아가고 있다. 말하자면, 절대적인 생명의 가치는 비례적이고 법적인 민주주의 가치보다 더 근본적인 것이다.

그러므로 사형제도를 인정하는 것은 자유민주주의 국가에서는 있을 수 없는 것이다.

또 헌법은 한 국가가 어떤 형태로 조직되고 기능하게 될 것인가라는 구조적인 계획과 제약을 의미하기도 한다.

예컨대, 모든 국민은 법 앞에 평등하고, 특수계급은 인정되지 않는다라는 헌법 제11조, 제13조를 놓고 보면, 특정의 공직자에게는 별도 기관에서 수사를 하고 따로 법리를 따져 형벌을 적용하겠다는 발상은 넌센스이며 모순이다. 따라서 고위공직자 수사처(공수처)의 기능과 존립을 허용하는 것은 평등원칙에 반하는 위헌이며, 삼권분립원칙에도 어긋나는 것이다.

그리고 무엇보다 사회구성원 모두가 함께 공존하며 자아실현을 하기 위해 마련된 것이 우리의 자유민주적 헌법이라고 보면, 그것은 정치적 이해타산이 아닌, '인애 우선의 정의'라는 사회적 이상에 맞게 조정되고 향상될 수 있어야 한다.

오늘날 사회 양극화와 정신문화의 빈곤을 극복하기 위해 '사회보장 확대'가 필요하다는 요구도 인애 우선의 정의를 실현코자 하는 진보의 한 걸음인 셈이다.

2) 상속의 제한과 사회보장의 확충

○ 상속의 폐단을 없애기 위한 논의들

고대 그리스의 철학자 플라톤은 《국가》에서 이상국가를 건설하려면 시민들은 지혜와 용기, 절제와 정의를 실천해야 한다고 하면서, 인간은 사적 욕망을 절제하여 공동선을 추구해야 하며, 이를 위해서는 통치자 집단이 일체의 재산을 공유하는 것이 옳다고 하였다. 시민 모두가 소유욕을 버리고 사적 소유를 완전히 포기함으로써, 어느 한 개인이나 계층의 행복이 아니라 국가 전체의 행복을 추구할 수 있다고 믿었던 것이다. 인간사회의 온갖 폐단은 예나 지금이나 사적 욕망의 무절제한 추구에서 기인할 때가 많은 것이 사실이다.

하지만, 그의 제자 아리스토텔레스는 '공유제'가 인간의 본성에 정면으로 위배된다고 거세게 비판했다. 그 뒤로도 서구의 지식인들은 재산의 상속을 둘러싸고 여러 차례 격론을 벌였다. 가령, 토머스 모어는 《유토피아》에서 상속제가 사라진 세상의 아름다움을 다각적으로 논하며, 상속제도가 있게 되면 유토피아는 불가능하게 되므로 사유제를 철저히 부정해야 한다고 했다. 이후 등장한 서양의 공상적 사회주의자들이나 과학적 사회주의자들도 사유재산을 인정하지 않았다.

그리고 사회민주주의자들은 사유재산을 부정하지는 않지만, 상속제도에 대해서는 상당한 거부감을 가졌다. 때문에 상속세율을 높이기 위해 많은 노력을 기울인다. 반면에, 자본주의자들은 상속의 당위성을 고집한다. 논란 속에서도 유럽 근대사회를 실질적으로 지배했고 오늘날에도 그 명맥을 유지하려는 것이 이들이다. 그렇지만 지난 200년 동안 서구사회는 크게 변모했고 양차 세계대전을 겪으면서 자본주의에 상당한 수정을 가하였다. 무엇보다 사회보장정책이 전례 없이 강화되었으며, 상속세율도 높아졌다. 이는 사회적 약자를 보호하고 가능한 한 모든 시민에게 기회균등을 보장하기 위한 조치였는바, 부자들의 상속에 대한 사회적 감시가 필수적이라는 인식이 시민사회의 저변으로 팽배해졌다.

한편, 같은 시기 동양의 선각자들도 같은 문제를 놓고 이견을 보인다. 중국의 '묵자'는 사적 관계 자체를 근본적으로 부정하고 나섰다. 그의 겸애설(兼愛說)은 '공유제'와 본질적으로 별반 다르지 않았다.

겸애란 무엇인가?

친소관계를 전면적으로 부정하는 것, 즉 모든 사람이 모두를 똑같이 서로 사랑한다는 뜻이다. 묵자는 나와 남의 차이를 인정하지 않았다. 겸애를 실천하면 개인적 차별이나 신분적 차별도 소멸하고, 강국과 약소국의 갈등과 대립도 사라진다는 것이다. 그러면 사회적 약자도 보호받을 수 있고, 전쟁과 다툼이 사라지면서 조화롭고 평화로운 세상이 될 것이라고 주장한다.

이에 대하여 유가는 묵자를 강력히 비판한다. 맹자를 비롯한 유가의 스승들은 인간의 사랑이란 친소관계에 따라 근본적인 차이가 있기 마련이므로, 이웃에 대한 사랑이 부모형제를 대하는 마음과 근본적으로 동일할 수는 없다는 것이다. 하지만, 유가 역시 인간관계에 있어 사랑(仁)을 강조했다. '인간애'라는 이념 자체가 사회정의를 실현할 수 있는 정의감의 원천이 된다고 본 것이다.

그러면서도 그들은 차등이 있는 예법을 정하게 되었다. 이것이 결국에는 '변등(辨等)' 곧 등급의 차이를 결정하는 사회적 관습으로 이어졌고, 우리의 경우도 지배층이 변등의 논리를 함부로 악용함에 따라 조선 후기 사회에서는 소수 지배자들이 특권의식을 내세우며 사회적 차별을 일삼았으니 유교사회의 병폐가 적지 않았던 것이다. 17세기 조선사회에서 이른바 부호에 의한 '겸병(兼倂)'이, 즉 부자들의 사유지 확대가 사회적 문제로 부각되었던 것은 그 한 예가 될 것이다.

그에 따라 실학자 유형원은 겸병의 확대를 막고자 세금정책을 시도했으나 실패하고 궁극적으로는 '토지의 사적 소유를 철폐해야 한다'는 혁신안을 제기하기도 했다. 말하자면, 유형원은 모든 경작지의 소유권을 국가가 보유함으로써, 고대 유가의 이상인 정전제를 회복할 수 있기를 소망했다. 또 유형원의 개혁사상을 계승한 실용주의자 이익은 점진적인 경제정의 구현 방법으로 '영업전(永業田)'을 제기하였다.

이것은 농가가 자립적으로 생활하는 데 필요한 최소한의 토지를 영업전으로 정해, 거래를 금지시킴으로써 점차 자영농을 기르자는 것이었다. 또 겸병으로 비대해진 부호의 농장은 세대가 아래로 내려갈수록 분할되도록 유도하여 언젠가는 저절로 해체되도록 하자는 것이었다.

○ 경제정의로부터 멀어진 한국사회

해방 후 정치적 혼란을 잠재우며 등장한 5.16혁명 세력들은 새마을 운동을 시작으로 조국 근대화의 기치 아래 민족의 역량을 일깨워 소기의 산업화를 이룩하였다. 그런데 그 후로 이어진 정권들까지 '선성장 후 분배'의 기조를 계속 유지하면서 경제성장은 세계 10위권의 선진국대열에 올랐지만, 부의 분배가 고르지 못하여 여러 사회문제를 야기하게 되었던바, 오늘날 사회양극화라는 불평등문제는 우리가 해결해야 할 또 하나의 시급한 과제가 되고 있다.

지금 한국사회에서는 '금수저', '은수저', '흙수저'라는 수저계급론이 난무한다. 심지어 '무(無)수저'라는 표현까지 등장해 부조리한 사회현실을 비꼰다. 경제적 지위가 노력에 상응하기보다는 불로소득을 낳는 부동산 투기와 상속에 좌우되는 경향을 더 이상 외면할 수 없는 지경에 이른 것이다.

서구사회에서는 자산이 수백억 달러나 되는 세계 최고 부자들 가운데 70퍼센트가 '창업형'이라고 한다. 하지만, 한국은 그 반대로 '상속형'이 대부분이다. 급속 성장한 우리의 경우 삼성과 현대 등 근대화의 견인차 역할을 했던 창업주들의 공로를 과소평가할 수는 없다. 그러나 국가와 국민의 지원과 협력 없이 자기들의 독창적인 아이디어와 근면함으로 막대한 재산을 모으고 세계적 기업으로 성장했다고 생각한다면 착각이다.

현실적으로 보더라도 미국 400대 부자 가운데 자수성가한 사람이 69퍼센트 정도인 데 비해, 우리나라는 30대 재벌기업 가운데 당대 창업자는 7명뿐이고 나머지 23명은 상속을 통해 그런 지위를 획득한 것이다. 즉, 한국의 부자들은 대개 상속 덕택에 그리된 것이지만, 미국에서는 자력으로 부를 거머쥔 경우가 과반수다.[21]

문제는 경제성장과 물질적 풍요에도 불구하고 낙수효과는 기대에 못 미치고, 국민 삶의 만족도(행복도)는 좀처럼 향상되지 못하고 있다는 점이다. 그 이유는 무엇보다 빈부의 격차 즉 상대적 불평등이 심해지고 있기 때문인 것으로 분석된다. 이런 불공정 사회의 근저에는 자산 불평등의 문제가 웅크리고 있고, 상속제도가 그 꼬리를 감추고 있다. 그러므로 부의 독점을 어떻게 균형있게 조정할 것인가를 놓고 상속제도의 존폐를 논하는 것은 정의로운 공동체의 생존전략이 된다고 하겠다.

○ 상속제도의 변화와 추이

상속제도는 나라마다 큰 차이가 있었다. 같은 문화권 또는 같은 나라라 해도 시대에 따라 그 내용이 달라지기도 했다. 아마 앞으로도 상당한 변화가 일어날 것이다. 모든 제도는 그 자체로 나름의 장단점이 있기 마련이다. 하지만 같은 제도라도 문화적 맥락이 달라지면 그 기능에도 큰 차이가 있었다. 가령 장자상속제도를 예로 들어보면, 조선시대에는 이 제도를 토대로 종손중심의 강력한 부계혈연집단이 등장했다. 하지만 같은 시기 영국에서는 전혀 다른 사회적 효과가 나타났다. 이 제도를 바탕으로 지주, 곧 젠트리가 지배층으로 부상하여 마침내 산업혁명을 주도했다. 또 유럽의 여러 나라와 일본에서는 장자상속제로 인해 군인, 수공업자 및 상인계층이 성장했다. 상속에서 배제된 많은 사람이 저마다 활로를 개척하기 위해 노력하는 가운데, 사회경제적 변화가 일어났던 것이다.

상속제도는 지참금, 결혼제도 및 여성의 사회적 위상과도 밀접한 관계가 있었다. 바로 그 점에서 큰 관심을 끄는 것이 이슬람 사회다. 이슬람 초기에는 기독교 및 유교문화권에 비해 여성의 사회적 지위가 훨씬 높았던 것이 사실이다. 그러나 점차 가부장적 지배체제가 강화되어 여성은 억압 대상이 되고 말았다.

왜 이런 변화들이 일어났을까?

한마디로 대답하기는 어려운 문제들이다. 그래도 한 가지 명백한 사실은 상속이다. 상속제도란 시대의 요청에 따른 그 사회의 대응인 것이고 그것은 사회 구성원들의 집단적 생존전략이기 때문이다. 사회의 주도계층은 자기들 사회가 당면한 주요 과제를 풀기 위해 일정한 상속제도를 더욱 강화하거나 수정했다. 또 그들이 선택한 상속제도에 사회·문화적 의미와 효과성을 부여함으로써 불평등과 같은 문제를 시정하려 했음을 알 수 있다.

○ 상속은 사회정의에 부합하지 않는다

사회양극화해소라는 난제를 안고 있는 우리나라에서 상속제도는 폐지 내지는 제한되고 그 대신 사회보장제도를 확대함으로써만 평등한 기회 복지의 실현은 가능해질 것이다.

21세기 인류사회는 전례를 찾아볼 수 없을 정도로 서로 비슷해졌다. 나라마다 전통문화의 흔적이 아직도 뚜렷이 남아 있지만, 사고방식은 놀랄 만큼 빠른 속도로 유사해지고 있다. 인류의 정치경제적 행위를 규율하는 가치관이 사실상 하나로 통일되어가는 느낌이다.

이른바 정치적으로는 민주주의를, 경제적으로는 자본주의를 수정하는 사회민주주의의 시장경제를 표방하는 나라가 대부분이다. 오랜 세월 구축해온 역사와 전통의 차이를 초월하여 인류는 통일적인 사회적 이상을 추구하게 되었다고 해도 과언이 아니다. 지구상 어디에서나 인간의 자유와 차별받지 않을 권리가 강조되고 있다. 정도의 차이는 있으나 인류보편의 이상이 지구촌 어디에서나 관철되기 시작한 것이다. '정의'보다 '인애'가 우선인 따뜻한 세상을 만들기 위해 노력하는 사람들도 적지 않다. 만약 그런 노력이 조금이라도 결실을 거두게 된다면, 우리나라에서도 해묵은 과제 중 하나인 상속의 문제에 대해 적절한 변화를 실행에 옮길 수 있지 않을까 싶다.

지난 20여 년 동안 부의 세습 독점과 양극화가 극심해진 상황을 고려할 때 상속을 어느 정도로 제한할 것인지? 또 보편주의적 복지의 확대는 어느 정도까지 추진할 것인지? 등 미래를 낙관만 할 수는 없겠다는 생각이 들기도 한다. 그러나 이 글을 쓰면서 나는 적잖은 희망을 발견했다.

자연의 역사와는 다르게 인류사회는 합목적적인 필요에 따라 변화를 추구해 왔다는 점이다. 멀리서 바라보면 인류의 역사는 모순으로 가득해 보이지만, 자세히 들여다보면 목적의식적으로 진화해 왔음을 알 수 있는바, 신뢰관계 역시 시대에 맞게 진화해 왔다.

이를테면, 원시사회에서는 그 시대에 맞는 가족신뢰, 농업사회에서는 연고집단 신뢰, 산업사회에서는 법과 제도를 바탕으로 한 구조적 신뢰가 그리고 4차 산업혁명 사회에서는 상호계약적 신뢰가 중요해졌다.

그렇게 본다면, 오늘날 한국사회의 갈등과 불신을 최소화하려면 그에 맞는 신뢰관계 즉 사회정의의 실현방안이 구체화 되어야 할 것이다.

소수 개인이나 소규모집단에만 이익이 되는 것은 정의가 아니다. 정의는 전체 국민 모두에게 이익이 되는 것이어야 한다. 사회정의는 전체 국민 모두의 장기적인 행복을 추구하는 것이어야 한다.

특히, 불평등을 넘어 사회통합을 이루는 것이 중요한 과제로 되어 있는 사회에서라면, 일정한 규모 이상의 개인 재산에 대해서는 그것을 개인의 성취로 간주하기보다는 사회적 성취로 받아들이는 공동체 의식이 또 하나의 신뢰를 형성할 수 있어야 한다.

머지않아 우리 사회가 사유재산을 완전히 부정하는 정도는 아닐지라도 부와 재능의 사회환원을 마땅한 것으로 여기는 인애정의의 이상이 더욱 강력하게 지지를 받을 것으로 전망해 본다. 그런 경향에 따라 개인적인 상속의 효과를 대신해줄 국가 차원의 사회보장장치가 한층 더 촘촘히 마련되어져야 할 것이다.

요컨대, 재물이나 토지의 사적 소유를 전면적으로 부정하지 않으면서도 거기에 내재하는 공유물로서의 성격이 강조됨으로써 국민 간의 불평등 의식은 점차 해소될 것이며, 또 의료와 교육서비스 그리고 의식주와 같은 필요적 욕구가 부담 없이 제공됨으로써 같이 느끼고 같이 만족하는 신뢰사회, 즉 공감하는 삶은 가능해질 것이다.

실제로 사회보장제도가 확립되어 있는 서유럽 복지국가나 미국·오스트레일리아의 경우, 부모가 자식에게 재산을 물려줄 생각을 별로 하지 않는다. 사회보장의 뒷받침을 받아 기본적인 생활을 할 수 있기 때문이다. 또한 자녀들도 18세만 되면 부모로부터 독립하는 경우가 많으며 그 이상의 삶은 자신의 노력과 차이의 문제이며 자아실현 추구의 영역으로 간주된다. 이러한 선진국의 보편주의적 복지정책방향에 비추어 보면, 오늘날 정의의 원리는 분배의 차원이 아닌 능력과 해방의 차원에서 개인적인 차이의 문제를 다루는 것이어야 한다.

이를테면, 다수 사람들의 지위 향상을 가져오지 않는 소득, 부, 권력 등 모든 불평등은 정당하지 않다. 특히 출발선을 불평등하게 하는 상속제도는 제한 또는 폐지되어야 하는 것이다. 그러므로 상속을 줄이고 사회보장을 확충하는 것은 대동국가 실현을 위한 하나의 조건이 된다고 하겠다.

3) 사회복지정책과 보건 의료의 공개념

(1) 사회복지정책에서의 갈등적 가치

사회복지의 개념을 '인간의 사회적 욕구와 사회문제를 해결하기 위한 노력이다'라고 한다면, 사회문제의 해결이자 불행의 제거를 의미하는 기본욕구의 충족이 사회복지의 일차적인 과제인 것이다.

소극적 사회복지가 '사회보장' 즉 국민의 기본생활을 집단적 방법으로 보장하는 것이라 한다면, 적극적 사회복지는 무엇인가? 그것은 최저생계보장이라는 차원을 넘어서 삶의 질을 향상시키기 위한 사회복지정책이라고 할 수 있다. 예컨대, 여가복지정책, 교육복지정책, 환경보호정책, 보건의료복지정책, 양질의 주택을 저렴하게 공급해 주려는 주택복지정책 등이 현재의 한국 상황에서는 적극적 사회복지정책에 속한다고 할 수 있을 것이다.

그러면 이러한 사회복지정책이 사회정의에 합당하게 실현되기 위해서는 어떤 방법과 과정이 필요한가?

자본주의 사회에서 사회복지정책이란, 시장원리를 벗어나서 사회적 연대원리 즉 인간의 행복증진원리에 따라 교환과 분배가 이루어지도록 하는 것을 의미한다. 그러므로 배분적 정의를 실현하는 것은 사회복지정책의 가장 중요한 목표 중 하나다. 그리고 정책을 추구함에 있어 고려되어야 할 가치로는 일반적으로 평등, 자유, 민주주의, 사회적 연대의식, 생존권 보장, 경제적 효율 등을 제시할 수 있겠는데 여기서는 자유와 평등의 가치를 중심으로 살펴보고자 한다.

먼저 '자유'는 어떤 간섭도 받지 않고 무엇을 하거나 하지 않을 수 있는 즉, 구속이나 속박으로부터의 해방을 의미하는 '소극적인 자유'와 개인이 자아를 실현할 수 있도록 하는, 말하자면 무지 · 빈곤 · 질병으로부터 해방되어 독립적인 삶을 영위할 수 있도록 하는 '적극적인 자유'가 있다. 사회복지정책에서는 적극적인 자유를 추구한다. 그래서 적극적인 자유에서는 기본적으로 누구나 인간다운 삶을 누릴 권리가 있다고 보고 이 권리가 구현되지 않는 상태는 자유의 제한이라고 본다.

그리고 '평등'은 사회적 자원의 재분배를 통하여 사회구성원의 삶의 질을 골고루 향상시키고자 하는 가치다. 평등에는 모든 사람에게 그들의 욕구와 능력의 차이에 관계 없이 사회적 자원을 똑같이 분배하는 '결과의 평등'이 있고, 개인의 욕구 · 능력 · 기여 정도에 따라 사회적 자원을 다르게 분배하는 '비례적 평등'이 있으며, 결과야 어떻든 과정상의 기회만을 똑같이 해주는 '기회의 평등'이 있다. 사회주의 사회에서는 결과의 평등이 중심가치로 추구되지만, 자본주의 사회에서는 어느 정도 불평등을 인정하는 가운데 비례적 평등(공평)과 기회의 평등을 강조한다. 우리 헌법도 전문에서 '국민생활의 균등한 향상을 위하여 모든 영역에서 각인의 기회를 균등히 하도록' 명시하고 있다.

하지만 '기회의 평등'은 소극적인 평등개념이다. 이는 결과의 평등을 달성하는 데 실패하게 되므로 오히려 불평등을 정당화하는 이데올로기로 작용한다.

요컨대, 과정상의 기회 평등이 주어졌다면 그 결과의 차이는 자연스러운 것으로 받아들여야 한다는 것은 자유주의자들의 견해이고, 그때의 자연스러운 불평등이 사회정책의 몫이 된다고 보는 것이 평등주의자들의 생각이다. 그런가 하면, 정의실현을 위한 '기회의 평등'은 확장된 기회의 평등 일명 '조건의 평등' 개념으로 바뀌어야 한다는 주장이 설득력을 갖는바, 말하자면 출발조건을 조정하여 개인적인 능력 부족을 사회적으로 메워주고 또 사회적 약자에 대한 보호장치(장애인 취업 할당제, 소수인종 불이익집단 아동들에 대한 보상교육 등)를 둠으로써 공정으로서의 절차적 정의가 실현되도록 하자는 것이 사회민주주의자들의 주장이다.

최근에는 기회의 평등에 대한 확대된 해석을 통해 분배정의론을 재구축하려는 시도가 이루어지고 있다. 대표적으로 드워킨(Dworkin)은 개인이 통제할 수 없거나 개인의 책임이 없는 환경적 요인으로 인한 불이익에 대해서는 보상이 이루어져야 한다는 점을 강조한다. 말하자면 정의로운 사회에서는 재능의 차이를 포함한 선천적 차이에 대해서도 보상이 이루어져야 한다는 것이다. 이른바, "보상평등주의(補償平等主義)인 셈이다.

로머(Roemer, 1998)도 기회평등정책의 확장을 주장한다.[22] 그에 따르면 기회의 평등은 2가지 원리로 이루어져 있다.

하나는 비차별 원리로서 성별이나 인종, 신분 등 업무 수행과 관련되지 않은 속성에 의한 차별을 배제하는 원리이다. 이 원리는 공평한 기회의 제공을 막는 특권이나 자의적 기준의 배제 등을 강조한다.

둘째는 지위 경쟁을 하는 개인들의 출발선을 동등하게 하여 모든 잠재력 있는 개인들이 지위 경쟁 후보의 풀에 포함되도록 하는 것이다. 출발선을 동등하게 하는 원리는 가령 정신지체아와 같이 타고난 능력이 떨어지는 아동에 대해서는 더 많은 교육 지원을 하는 것으로 확대될 수 있다. 이 원리는 개인이 통제할 수 없는 모든 불이익에 대해 적극적 보상(compensate)을 하여 일부 개인이 다른 개인에 비해 지위경쟁에서 이익(advantage)을 누릴 수 없도록 하는 것으로서 첫 번째의 비차별 원리를 크게 넘어선다. 이러한 기회평등의 견해는 한편에서는 기회의 평등을 특권과 차별의 배제로 한정하지 않고 불이익 집단을 사회적 개입을 통해 적극적으로 보상해야 할 대상으로 설정한다는 점에서 과거 결과의 평등 논의와 맥락을 같이한다.

그러나 확대된 기회평등 개념에서는 교육, 건강, 고용, 소득, 효율 등의 성취 결과에 대해 개인의 책임 영역을 설정한다는 점에서 결과의 평등 주장과는 구별된다. 즉 사회의 개입에 의해 기회의 평등이 보장되고 확대되어야 하지만, 그 이후의 성취 결과에 대해서는 개인이 책임을 져야 한다는 것이다. 따라서 개인의 노력 등 개인의 책임 영역 안에 있는 요인 때문에 발생한 차이는 불평등으로 보아서는 안 된다는 것이다. 이 견해에서 초점을 맞추는 것은 개인이 소유한 것이 아니라 개인이 할 수 있는 역량(capability)이다.

　　이처럼 확대된 기회 평등의 주장은 개인의 노력에 따른 성취의 차이를 인정한다는 점에서 결과 평등의 주장보다 좀 더 폭넓은 설득력을 가진다.

　　하지만 인간의 능력과 선호가 서로 다르기 때문에 효용의 평등이 발생하지도 않고 발생하더라도 다른 영역과 기준에서는 평등이 되지 못한다. 왜냐하면 효용은 주관적 개념이라 객관적으로 측정이 불가능하기 때문이다.

　　그래서 롤스는 개인들 사이의 효용의 분배 문제를 제기하며 최소의 효용을 가진 사람의 효용을 극대화하는 '최소극대화 원칙'을 사회의 목표로 제시한다. 최소극대화 원칙이란, 사회에서 가장 불리한 처지에 있는 사람의 복지를 증진시키는 데 도움이 될 경우에만 사회·경제적 불평등을 허용하자는 것이다.

　　롤스는 모든 개인이 평등한 기본적 자유에 대한 권리를 동등하게 갖는 것을 사회정의의 우선적 원칙으로 제시하였다. 따라서 평등주의적 분배가 개인의 자유를 침해하는 경우에는 기본적 자유를 보장하는 것을 우선해야 한다고 본다.

이처럼 사회복지정책을 수립하기 위해서는 여러 사회가치를 반영하기 마련인데, 그런 사회가치 간에는 서로 보완적인 관계에 있는 것도 있고, 서로 대립적인 것들도 있다. 그중에서도 난제로 여겨지는 '자유'와 '평등'의 대립적인 관계에 대하여 좀 더 언급해 본다.

◯ 자유와 평등의 갈등적 관계

자유는 18세기 이래 현대사회를 움직여 온 가장 중요한 사회 가치의 하나다. 그러나 개인에게 자유를 무제한 용인해 주다 보면 그것이 다른 사람의 자유를 침해하고 평등을 저해할 수 있다는 점에서 자유는 평등과 대치되는 관계의 개념이다. 일반적으로 자유주의자는 자유를 보다 중요한 가치로 인식하고 있고, 사회주의자는 평등을 보다 중요한 가치로 인식하고 있다. 평등보다 자유를 중시하는 나라의 사회복지정책 이념 모형은 보충적 모형이 될 것이며 미국이 이에 가깝다. 한편, 평등은 배분적 정의를 이룩하는 가장 기본이 되는 가치라고 할 수 있는데 복지국가에서는 자유(시장원리적 배분자유)보다 평등의 가치가 더 중시된다. 즉 사회복지정책에서의 우선적 가치는 평등이다.

자유보다 평등을 중시하는 나라의 사회복지정책 이념 모형은 제도적 모형이 될 것이며, 스웨덴과 같은 사회민주주의 국가들이 이에 가깝다.

아무튼, 자유와 평등의 관계에 대하여 말할 때 우리가 놓치지 말아야 할 것은 사회적 기본권으로서의 내용을 뜻하는 '자유'와 '평등'은 언제나 '정의'에 바탕을 둔 것이어야 하므로 둘의 관계는 반드시 **"자유 속 평등"**이어야 한다는 점이다.[23] 다시 말하여, 복지국가가 추구하는 평등이란 '자유 속 평등' 즉 자유 실현조건으로서의 평등이지 '자유 대신 평등'을 뜻하는 것은 아니다.

그리고 사회·경제적인 평등의 보장을 위해 가해지는 자유의 제한은 이를 자유의 침해라고 이해하기보다는 인간의 존엄성과 행복추구의 권리를 확대하기 위해 인간의 이기심을 제한하는 것으로 이해하는 것이 옳다. 왜냐하면 우리 사회가 만인에 대한 만인의 투쟁이 만연하는 사회가 되지 않기 위해서는 인간의 이기심이 제한될 때 가능할 것이기 때문이다.

이처럼 자유와 평등은 차원이 다르다. 즉 자유는 평등의 원리를 적용할 수 있는 다양한 가치 중 하나로 볼 수 있고, 평등은 자유를 분배하는 다양한 분배원칙 중 하나로 볼 수 있다. 따라서 자유와 평등은 대립적인 관계가 아니라 오히려 평등을 자유의 도덕적 기초로 보는 것이 합당하므로 양자는 상호보완적인 관계에 있는 것으로 봐야 한다.

그리고 '기회의 평등 확대' 정책과 관련하여 최근 일부 정치권에서는 현금 지급복지를 공언하며 '기본 소득론'을 거론하기도 하는데, 이것은 현재 우리의 복지 수준이나 빈부의 차이 등에 비추어 볼 때 하나의 주장(포퓰리즘)에 불과하다고 여겨진다. 왜냐하면 우리의 사회보장

시스템과 기본소득 원리는 시기나 내용·효과에 있어 아귀가 맞지 않기 때문이다.

살펴건대, 기본소득 원리는 공동체의 구성원 모두에게 아무 조건 없이 일정 금액을 지급하겠다는 것으로 기존 소득보장정책이 가계를 단위로 지급한 것과는 달리 그것은 개인을 단위로 하여 일률적인 기본소득을 보장한다는 것이다. 이런 기본소득론은 자본주의적 생산주의의 편향에서 벗어나 노동과 복지를 완전히 분리코자 한다는 점에서 사회주의적 대안을 비판적으로 성찰한 것이라 할 수 있다. 그러나 이런 기본소득론은 '기회의 복지'가 충분히 마련되지 못한 국가의 불평등한 사회현실에서는 소득보장효과로 이어지기 어렵다. 즉 의료, 교육, 주거, 양육 등 사회보장 장치가 충분치 못한 상태에서 기본소득이라는 현금 지불은 명목에 그칠 뿐 개인의 가처분 소득으로 연결되기 어렵다. 특히 저소득층에게는 자유로운 소득으로 활용될 수 있는 '선택할 자유'가 보장되지 않아 부정의는 계속 이어질 것이기 때문이다. 또 직접세(누진세) 강화 등 조세정책의 개선이 전제되지 않는다면 오히려 이전 소득을 통해 부의 불균형만 초래할 뿐이다.

따라서 현재 우리 사회에서는 적극적인 복지정책으로 '기회균등의 실현'이란, 열악한 환경에 처해 있는 자들에게 돈(현금)을 주는 것이 아니라 '주택', '일자리'를 마련해 준다거나 '사회적 서비스(교육, 의료, 육아 등)' 제공을 늘리는 차원에서 사회문제와 사회적 욕구의 해결을 돕는 장치를 마련하는 것이 필요하다 할 것이다. 저출산 문제를 해결하기 위해서도 마찬가지다. 돈을 주는 동기유발도 나쁘지는 않겠지만 그보다는 아이의 건전한 육성까지를 생각한다면 충분한 육아휴가를 보장해 줌으로써 아이와 엄마가 같이 행복할 수 있도록 하는 것이 낫다고 본다.

그럼 여기서는 '인애정의의 관점'에서 우선 보건·의료와 주거복지를 중심으로 기회균등실현의 과제와 방향성에 대하여 좀 더 살펴보도록 하겠다.

(2) 보건 의료의 공개념

○ 사회국가원리와 국민건강보호

현대국가의 본질적인 특징이라면 '사회국가'라는 점이다. 사회국가란, '사회정의의 이념을 헌법에 수용한 국가'이다(헌재 2002. 12. 18선고 ; 홍성방 2007). 즉 사회현상에 대하여 방관적인 국가가 아니라 경제·사회·문화 등 모든 영역에서 정의로운 사회질서의 형성을 위하여 사회현상에 관여하고, 간섭하고, 분배하고, 조정하는 국가이며 궁극적으로는 국민 각자가 실제로 자유를 행사할 수 있는 그 실질적 조건을 마련해 줄 의무가 있는 국가를 말한다. 여기서 사회국가가 복지국가와 구별되는 점이라면 사회국가는 개인의 자율성을 중시한다는데 있다.

그러므로 사회국가는 '개인의 보충'으로 개념 정의되는바, 그 이념적 기초로서의 '보충성 원리'란 모든 사회활동은 본질적으로 사회구성체의 성원을 돕는 것이므로 상위질서의 사회(국가)는 하위질서의 사회(개인, 단체)에 대하여 '도움의 자세'를 취해야 한다는 사회질서 철학이다. 이는 인간의 자유와 존엄에 사상적 뿌리를 두고 인간의 사회적 본성과 사회의 본성에 입각한 인격주의적 가치를 기반으로 한다.

이와 함께 우리나라에서는 의료서비스 등 건강보호가 헌법에 의하여 '국가의 특별한 보호'를 받게 되는 시대로 발전하였다. 요컨대, 사회국가원리는 국민 각자가 자율적으로 생활을 영위할 수 있도록 사회적인 생활환경을 조성함으로써 실질적인 자유와 평등을 보장하는 것을 내용으로 하는바, 이러한 사회국가의 이념이 헌법상의 원리로 수용되거나 사회적 기본권으로 구체화되면서 빈곤, 질병, 재해 등에 대한 국가적 방지 노력이 헌법상의 명령으로 자리 잡기 시작하였다. 그 결과 국가는 건강보호에 관한 배려의무를 부담하게 되었고 국민은 일정한 경우 국가에 대해 건강에 관한 국가의 특별한 보호조치를 요구할 수 있는 권리를 가지게 되었다. 이것은 건강보호가 단순히 사회복지제도라는 제도적 보장의 관점에서 파악되는 데 그치지 않고 기본권 보장의 차원에서 이해되어야 함을 의미한다. 따라서 사회국가원리는 종래 단순한 시혜적 성격을 갖는데 지나지 않았던 국가적 건강보호의 과제를 헌법적 보장 내용으로 격상시키는 데 결정적인 영향을 미쳤다고 할 수 있다. 이것은 의료에 관한 권리는 단순한 자유가 아니라 상대방인 국가로 하여금 그에 상응하는 의무를 지게 하는 **'청구권적 권리'**라는 것을 말하는 것이다.

어쨌든 우리가 공동체적 삶을 신뢰할 수 있으려면 무엇보다 질병과 불안으로부터 안전한 나라가 되어야 한다. 생명과 건강에 대한 욕구는 누구라도 언제나 충족되어야 할 기본권이므로 이를 다루는 보건·의료분야만큼은 공적 관할 하에 있도록 제도화해야 한다. 전쟁 상황이나 전염성질환의 관리를 상정하더라도 의료 종사자들은 공무원의 신분이 되어야 하는 것이 맞다.

나아가, 이념과 국경을 초월하여 의료봉사 활동을 펼치고 있는 '국경 없는 의사회'의 인류애 정신에 비추어 보면, 의료의 공공성 실현이야말로 '공감하는 삶'을 위한 선봉적인 과업의 하나가 아닐 수 없다.

나는 오래전부터 '의료의 공개념'을 주장해 왔는바, 그 주요 이유를 '신뢰사회'의 조건과 연관지어 말해 본다면

먼저, 의료는 한 정치공동체 안에 살고 있는 모든 사람이 보편적으로 필요로 하는 것이다. 의료서비스는 아픈 사람이라면 누구나 필요로 하는 것이고, 모든 사람은 당장 아프지는 않더라도 잠재적인 환자인 만큼 모든 사람의 보편적 필요다. 그래서 사람들은 자신들의 그 인간적 필요가 어떤 방식으로든 충족되기를 바라지만 그 필요가 혼자서는 사사롭게 해결되기 힘들 것이기에 무엇보다도 정치공동체의 수준에서 그런 필요가 충족될 수 있도록 보장되어야 한다고 기대할 것이다. 모든 정치공동체, 특히 자유민주적인 정치공동체는 그런 바람과 요구를 제도적으로 그것도 아주 효과적으로 수용하여 해결하지 않으면 안 되고, 그래서 의료서비스는 모든 국민의 공공의 문제인 것이다.

그런데, 민주적인 정치공동체에서 중요한 것은 원칙적으로 필요에

부응하는 것이어야지 다시 말해 아픈 사람이면 누구든 치료받을 수 있는 것이어야지 시장 논리를 따라 치료의 양과 질이 다르고 경제적 능력에 따라 의료 이용의 기회가 제한되어서는 안 되는 것이다. 그렇기 때문에 의료서비스는 그 본질적인 부분이 공공의 규제 아래 놓여 있어야 하고 시장 논리적 경쟁은 예외적으로만 허용되어야 한다. 바로 이런 것이 기본적 욕구실현의 자유를 보장하겠다는 신뢰사회의 이상이고, 자유민주적 정치공동체의 연대의 논리인 것이다. 따라서 의료 공개념의 핵심은 보건·의료의 공급 주체가 개인(시장)중심에서 공공(국가)중심으로 바뀌어야 하는 것이다.

지금 우리나라는 개인병원이 90% 정도를 차지하고 있다. 보건 의료는 일반적인 상품과는 다른 특성이 있는 것이지만 이를 무시하고 시장원리에 내맡기려다 보니 의료는 상업화되고, 사보험이 늘어 낭비를 부추기는가 하면, 시장실패와 불평등과 같은 사회문제를 야기하고 있는 것이다.

○ 보건의료의 기회평등은 얼마나 실현되었나?

오늘날 우리 의료제도의 문제점 중 하나는 의료의 상업화이다. 자본주의 성립과 함께 자유시장 경제체제가 성립되고 자유시장 경제체제 하에서 상품의 요건을 결여하고 있는 의료도 다른 상품과 함께 그에 편입되었는데 그 결과 의료는 인간의 기본적 요구로서의 특성을 상실한 채 필요에 의하여 분배되기보다는 구매(지불)능력에 따라서 분배됨으로써 의료에 대한 요구와는 상관없이 계층 간, 지역 간 의료분배의 심한 불균형을 초래하여 특히 구매능력이 없는 사람들에 대한 접근성을 낮게 하였다.

국민 개보험으로 모든 국민이 사회보험의 수혜자지만 보험 혜택을 받을 수 없는 고가의 비보험 항목이 많고 거의 모든 공급자는 민간이다. 그렇다 보니 의료인에게는 질병이라는 이윤추구를 위한 매개가 반드시 필요하게 됨으로써 질병에 대한 예방의 문제보다는 과잉진료 같은 장삿속에 경도될 수밖에 없게 되었다.

흔히 의료는 제4의 수요라고 한다. 하지만 따지고 보면, 생명만큼 소중한 것도 없고 의료만큼 절실하고 긴박한 수요도 없다. 이처럼 요긴한 의료가 의·식·주 다음 제4의 수요로 취급되는 이유는 의료 수요가 의·식·주 수요만큼 사람의 일상생활에서 그 누구에게나 언제나 늘 있는 일상적인 수요가 아니기 때문일 것이다.

그러나 오늘날 산업화·도시화·노령화 사회의 지병장수화 시대에서의 의료는 개인·가족·지역사회 등 모든 차원에서 필수적이고 일상적인 수요가 되고 있다. 그런데도 의료 공급을 여전히 자유주의·방임주의의 시장경쟁구조에 내맡기는 것은 인간의 존엄과 사회정의의 실현을 어렵게 한다.

한 나라의 체제와 이념이 어떠하든 보건의료만큼은 사회구성원의 욕구에 따라 배분되게 하는 욕구의 원칙이야말로 사회적 공정이 된다 할 것이다.

그런 관점에서 볼 때, 보건정책과 관련하여 우선 필요한 것은 소위 말하는 복지국가(사회국가) 철학을 갖는 것, 즉 사회재로서의 보건이나 경제재로서의 보건이냐를 선택하는 것이 중요하다고 생각한다.

예를 들어 말하자면, 먼저 보건의료를 사회재로 보아 무상의료를 실시하는 나라 중 대표적인 국가는 영국이다. 영국 국민들은 자기들의 복지제도를 왕관에 비유한다면 국가보건서비스(NHS)제도는 왕관의 보석에 해당하는 것으로 비유하고 있다. 영국 정부는 보건책무에 관하여 다음과 같이 선언하고 있다.

> 당신이 아프거나 부상을 당하면 그곳에는 당신을 도울 국가보건서비스가 있을 것입니다. 그리고 국가보건서비스는 요구(need)만 있으면 이용할 수 있습니다. 당신의 지불 능력은 상관없으며 당신의 일반의가 누구든 당신이 어디에 살고 있든 아무 상관이 없습니다.[24]

이처럼 영국의 국가보건서비스(The National Health Service)는 국가에서 운영하는 사회화된 보건보호체계로 보건서비스를 전달하는 시점에 있어서 무료이다. 물론 예외 경우도 있다. 교통사고로 인한 치료비, 국가보건서비스 병원 내 사설 병상에 의한 보건보호, 의료상 사유가 아니면서 넓은 병실을 이용하는 경우, 외국인 방문객의 비응급치료, 치과보철 및 치료, 안경 등은 비용을 지불해야 한다.

이에 비하여, 의료를 경제재로 보는 미국의 경우는 보건보호를 주로 소비자를 위한 상품(consumer good)으로 취급한다. 의사들은 단독 또는 집단으로 개업하고 치료비용은 직접 또는 간접으로 지불하며 전문인 집단의 권한은 매우 강력하여 의료시설은 공공 또는 사립으로 존재하며 국가는 최소한으로 간접적인 역할만을 하는 형태이다. 이처럼 미국은 민간의료 보험제도를 채택하고 있는 대표적인 나라이다. 미국은 정부가 저소득층과 장애인을 위한 메디케이드(medicade)와 65세 이상 노인을 위한 메디케어(medicare)를 사회보장제도의 하나로 꾸려오고 있으며 이 사회보장제도에 들어갈 수 없는 모든 국민은 자유롭게 민간 의료보험에 들도록 하고 있다.

한국, 일본, 독일, 프랑스 등이 강제성을 띠는 사회보험을 채택하고 있는 것에 비교하면 미국에서는 어떤 민간보험에 가입할지와 어떤 조건의 의료보험료를 낼지 등은 물론이고 민간의료보험에 가입할지 말지 여부도 전적으로 자유롭게 결정하도록 하고 있다. 따라서 잘사는 사람들에게는 아무런 문제가 없겠지만 빈곤층이나 서민층은 물론 중산층에게도 결코 바람직하지 않은 보건 시스템이다.

그렇게 본다면 지금의 한국 상황에서 과연 민간의료보험을 꼭 시행해야 하나?

결론은 그렇지 않다는 것이다.

물론 우리나라에서 거론되고 있는 민간의료보험은 미국식은 아니고 일부 유럽에서 이루어지고 있는 것처럼 사회보험인 국민건강보험의 보조 수단으로 사용하겠다는 것이다. 기본적인 의료는 국민건강보험으로 해결하고 나머지 고급진료나 비급여 항목에 대해서만 민간의료에 맡기겠다는 것이다. 언뜻 보면 민간의료보험 가입 여부는 국민 각자의 자율에 맡겨져 있으니 이런저런 이유로 다양한 의료서비스를 받고 싶은 사람만 가입하면 될 것이 아니냐는 생각을 할 수 있다. 그러나 민간보험회사는 영리를 목적으로 한다. 가입 대상을 교묘히 선별하려 할 것이고 또 같은 보험이면 빈부의 차이와 관계없이 똑같은 보험료를 내야 하므로 소득 역진적이기도 하다.

그리고 문제는 사회보험인 국민건강보험이 국민들의 웬만한 의료 욕구를 모두 충족시켜줄 수 있는 여건을 갖추고 있다면 모르지만, 그렇지 않은 상태에서 민간의료보험제도가 도입되면 정부는 사회보험에 적용시킬 진료 항목을 계속 늘리려 하지 않을 것이라는 데 있다. 국민건강보험 급여항목에 새로운 의료서비스를 넣으면 넣을수록 보험재정이 나빠지기 때문이다. 이는 결국 기존 국민건강보험의 부실 또는 외면을 가져와서 국민의 건강권 확보나 사회통합은 어려워질 것이다.

뿐만 아니라 민간보험에 가입할 수 있는 사람이 소수이듯이 의사들 역시 시장 경쟁력이 있느냐 없느냐에 따라 계층화 현상이 나타날 것이기 때문에 민간보험으로 혜택을 받을 수 있는 의사는 소수에 불과할 것이다.

이처럼 민간보험은 국민 간의 계층화를 심화시키고 기존의 비효율적 의료공급 구조를 더욱 악화시킬 가능성이 높다. 민간시장 중심의 공급체계에서는 아무리 정교한 규제방식을 동원한다고 하더라도 의료의 공공성, 형평성, 윤리성 등의 가치들을 구현하기가 어렵다.

한국이 이미 '항생제 남용국가', '쓸데없는 시술이 가장 많은 국가',

'의료계와 약계의 부정이 만연된 국가'로 알려져 있다는 사실은 이를 증명하는 것이다.

그리고 요즘은 이미 실손보험, 실비의료보험이라 하여 보험가입자가 질병이나 상해로 입원 또는 통원치료 시 의료비로 실제 부담한 금액을 지원해 주는 건강개인보험이 유행하고 있고 정부에서도 국민건강보험을 보완하는 수단으로 민영의료보험 형태의 의료실비보험 가입을 권장하고 있다니 한심한 일이 아닐 수 없다. 1년에 생명보험료로 내는 돈만 해도 약 60조 원이 넘는다고 한다. 이는 국민건강보험 제도가 제 역할을 다하지 못하기 때문에 생긴 현상이므로 정부는 사회보험 형태의 개인보장이 늘어나는 데 따른 의료의 차별화와 낭비적 요소를 없애야 하는 책임과 의무로부터 자유로울 수 없다.

예컨대, '의료쇼핑'은 실손보험이 과잉진료를 유도하기 때문에 생기는 현상이다. 실손의료보험은 한국인 4명 중 3명이 가입한 가장 보편적인 보험상품이 되었다. 건강보험 보장률이 2019년 64.2%까지 높아졌는데도 실손 가입은 꾸준히 늘고 있다. 그런데 가입자가 늘면 보험사 수익도 늘어야 할 텐데 거꾸로 실손보험 적자는 늘어, 손해보험협회에 따르면 2021년 9월 말 현재 1조 9696억 원의 적자가 생겼다는 것이다(경향신문 2021. 11. 25). 그 원인으로는 도수치료, 다초점렌즈 백내장 수술, 비타민·영양주사 등 비급여 진료 항목에 대한 과잉 진료 때문이라고 한다. 이런 방법으로 2020년 한 해 보험금을 1000만 원 넘게 받아간 실손가입자가 76만 명에 이른다는 것이다. 반면에 가입자의 3분의 1이 넘는 1313명은 실손보험을 한 번도 이용하지 않은 것으로 나타났다. 그렇다면 의료쇼핑으로 이익을 보는 것은 소수의 얌체 가입자와 병원뿐이다. 이것은 의료의 차별화와 낭비적 요소를 없애야 하는 정부의 역할이 실패했음을 보여주는 예가 아닐 수 없다.

○ 보건의료의 시장실패와 바람직한 의료서비스의 배분

보건의료는 일반적인 상품과 달리 시장 논리를 적용하기 어렵다는 점에서 공공재적 성격을 갖는다. 시장에 의한 상품의 거래와 자원배분은 경쟁의 대칭성이 전제되었을 때 가능할 수 있지만, 이러한 조건이 충족되지 못한다면 시장에 의한 자원배분은 비효율적으로 된다. 이것을 보통 '시장실패(market failure)'라 하는데 시장실패는 경쟁의 불완전성, 공공재적인 재화의 성격, 외부효과, 수요예측의 불확실성, 정보의 비대칭성 등이 원인이 되어 발생한다.

보건의료의 시장실패가 발생하는 이유로는

첫째, 보건의료 분야가 일반부문과 달리 시장에서의 경쟁이 불완전할 수밖에 없는 경제적 특성을 갖고 있기 때문이다. 면허제도 등과 같이 공급자의 독점권을 제도적으로 보장하고 있는 상황에서 자유로운 경쟁을 전제로 한 시장은 애초에 생각하기 어렵다. 둘째, 건강 질병현상의 불확실성 내지 보건의료 수요의 불확실성 때문에 시장을 통한 효율적 자원배분이 어렵기 때문이다. 셋째, 정보의 비대칭성 역시 보건의료에서 시장원리가 제대로 작동하기 어려운 이유 중 하나이다. 보건의료서비스를 구매하여 이용하는 사람은 자신의 정확한 필요를 알기 어렵기 때문에 다른 경제 분야와는 달리 보건의료 분야에서 보건의료 공급자에 대한 소비자 주권이 성립하기 어렵다. 특히 시장에서 의료공급자는 이윤을 최적화하려는 경향이 생기게 되고 의료공급자 유발수요를 발생시키게 되는데 이러한 조건에서 선의의 대리인으로서 의료공급자를 상정한다는 것 자체가 힘든 일이다.

더욱이 의료가 의료공급자에게 독점되어 있는 상황에서 이러한 현상은 보건의료의 치명적인 약점으로 작용하게 된다. 예컨대, 불필요한 서비스의 과잉공급, 필요한 서비스의 과소공급 등의 문제점들이 발생한다. 최근에는 소아과 의사의 부족으로 의료공급의 불균형이 문제되고 있다.

이러한 시장실패가 존재하기 때문에 이를 극복하기 위하여 각 국가는 보건의료에 대한 공공적 개입을 강화하고 있으며 공공의료의 중요성 또는 의료의 공공성을 기본적인 원칙으로 정하고 있는 것이다. 특히 보건의료서비스는 소비를 통해 국민 개인뿐만 아니라 국가 전체에 장기적 편익을 가져다주기 때문에 국가의 책임하에 서비스의 공급 자체를 책임져야 한다는 것이 선진외국의 지배적 경향이다.

뿐만 아니라 의료가 공공부문에서 제공되어야 하는 더 중요한 이유는 우선, 의료를 공공부문에서 제공하게 되면 욕구(need)를 기준으로 하기 때문에 지불능력을 기준으로 하는 민간부문에서보다 평등의 가치를 높게 구현할 수 있다. 인간생존에 있어 필수적인 재화나 서비스는 사회구성원 모두가 평등하게 누려야 한다는 사회정의 이념 측면에서 보건의료는 공공부문에서 제공되어야 할 규범적인 이유가 있다

(Titmuss, 1970).[25]

하지만 보건의료란 인간의 생명과 생활의 유지에 직결된 효과를 낳는 것으로서 의료가 질병에 대한 진단과 치료 등 포괄의료의 기능을 행한다고 보더라도 의료라는 시장을 통하여 교환되는 하나의 상품으로서의 특징은 여전히 남는다.

말하자면, 의료는 용역(service) 그 자체의 거래라는 것이다. 또 용역으로서의 의료는 기본적으로는 소비재이지만 교육이나 식량·의복·주거와 같이 노동력을 강화하고 인적 자본에 대한 가치를 높인다는 점에서 투자재인 속성을 겸비하고 있다. 그리고 지불 능력이 없는 사람이 의료혜택에서 완전히 배제될 수 있는 것인가를 생각할 때 최소한의 의료보장이 사회적으로 인정되어야 한다는 점에서 의료는 시장에서 균형가격이 형성되는 것만으로는 부족한 특성이 있기 마련이다.

나아가 의료라는 하나의 서비스를 생산하는 주체를 의료기관이라 하는데, 의료기관에서의 지나친 상업성, 이윤추구는 도덕적인 측면에서뿐만 아니라 국민경제의 후생증대 측면에 있어서도 부정적인 여지를 지닌 것으로 보이는바 이윤추구와 비영리성의 딜레마라는 의료기관의 이중성이 여기서 나온다.

아무튼 오늘날 국민의 의료욕구는 기본권적 요구이고 이데올로기적 체제를 초월하여 공공재(公共財) 또 일차재(一次財)로서 취급되며 공적으로 공여되는 것이 상례이다. 국가의 사회 경제력이 커지게 되면

의료만큼은 사회화시키는 것이 일반적인 추세이다. 이는 영국, 캐나다, 스칸디나비아 같은 정부 주도의 국민보건서비스 보장체계(필요에 따른 무료제공, 의료선택권, 수요의 평등구조 등)에서 잘 나타나고 있다.

그리고 국민의 건강보장 욕구가 제도적 원인으로 차등화되어서는 안 됨은 물론이지만 의료서비스를 제공함에 있어서도 의사와 환자가 공과 사의 관계를 형성할 수 있도록 의사의 신분은 공무원에 준하는 것이어야 할 것이다. 무엇보다 의사와 환자의 만남은 시장을 통해서가 아니라 지역이나 직장 등을 단위로 주치의와 같은 제도를 통해 일차 의료가 핵심이 되도록 하는 것이 바람직하다.

현재의 의료보험제도 하에서는 의사와 환자가 너무나 멀리 떨어져 있다. 의사들은 외면적으로는 국민건강을 외치고 있지만 실제로는 정부와의 수가 협상에만 매달리는 경향이 강하여 '의료 권력화'되어 있고[26] 국민들이 더 많은 부담을 해도 좋다고 느낄 만큼 시술 방식을 개선하거나 예방의료 및 서비스를 발전시키는 데는 소극적이다. 의료는 원래 인술을 기본으로 한다. 생명애, 인간애라는 정의 감각이 없다면 의료는 생명과 건강을 매개로 한 기술 장사일 뿐이다. 이런 상황에서 의료계의 지지를 얻으면서 하나의 해결책으로 제시된 것이 민간보험이다.

그러나 앞에서 지적했듯이 민간보험은 사회국가원리하에서는 선택의 문제가 결코 아니다. 민간보험은 기존의 비효율적인 의료공급구조를 더욱 악화시킬 가능성이 높고, 또 보험제도의 속성과 한계라는 측면에서도 사회국가원리와는 맞지 않는다.

요컨대, "보험의 효용은 삶의 과정에서 오는 악운의 결과를 예방하는 것이 아니라 그 정도를 완화하는 것일 뿐이며, 평등한 배려를 위해서는 중요한 작용이 없다."[27] 더구나 민영보험은 시장원리에 따라 영리를 목적으로 존립하는 것이므로 보험사 간의 경쟁과 방만한 사업비 지출, 까다로운 보험료 지급조건 등으로 국민부담은 더 늘어나더라도 '역의 선택 문제'라든가 수익성을 쫓는 '공급구조의 가치왜곡' 등으로 인하여 저소득층의 욕구충족을 위한 혜택은 오히려 악화될 수밖에 없다.

그러므로 민영보험의 도입은 공공의료 기반이 취약한 우리 현실에서 국민의 건강권이라는 청구권적 기본권마저 시장구매력에 의존시키려는 반복적인 것이다.

과도기적으로 우리 현행 의료보험제도를 유지하면서 내실화할 수 있는 방안으로는 민영보험 관련 이권 카르텔을 배척함으로써 무엇보다 '의료보장 단일화'에 국민적 합의를 모으는 것이다. 그리고 국민의료보험에서 비보험 항목이 없도록 하고 고가의료장비나 기술력도 누구나 활용할 수 있도록 의료기회의 평등을 실현하는 것이다. 물론, 보험료의 개인 부담률은 그에 맞게 조정되어야 하겠지만 현재 민영보험사에 내는 수십조에 달하는 돈을 건강보험료로 내도록 한다면, 그것만으로도 '의료보장 단일화'와 함께 완전 국민건강보험료 선불제도 도입이 가능할 수 있다고 본다.

4) 주거 보장의 의미와 정주권

◯ 주거권의 인권적 가치와 정주권 보장

우리 헌법은 "국가는 주택개발정책을 통하여 모든 국민이 쾌적한 주거생활을 할 수 있도록 노력하여야 한다"라고 하여 주거정책의 국가의무 즉, 주거권을 국민의 기본권의 하나로 규정하고 있다(제35조 3항). 그런데도 그동안 그것이 기본적 인권의 근거로 활용되지 못하는 경향이 있었다.

그러나 1990년 7월 10일 국회의 비준을 통과한 UN의 '경제적·사회적 및 문화적 권리에 관한 국제 규약'이 국내법과 같은 법적 효력을 갖게 되면서부터 이제 우리나라에서 주거권은 국민의 일상적 권리의 하나로 자리 잡게 되었다.

하지만 개발정책에 밀려 주거보장으로써의 정주권은 무시되다시피 하였고, 주택이 투기 자산으로 변질되는 과정을 겪기도 했다. 사실상 그동안 정부가 추진해 온 주택 정책이 주거 보장을 실현하기 위한 것이라기보다는 신도시 개발이나 건설경기 부양 등의 목적으로 실시되어 온 감이 있다.

무엇보다, 주택은 가진 자의 재산 증식을 위한 투기의 대상이 아니라 거주를 위한 삶의 필수품이라는 의식 전환과 그에 따른 주거 정책이 요구된다.

그렇지 않으면 아무리 많은 주택을 공급하여 주택 공급률이 100%

를 넘어섰다 해도 모든 사람이 주택을 소유할 수는 없다.

우리나라는 2005년 이미 주택 공급률 100%를 넘고 있지만 실제로 자가 점유율은 55.6%에 지나지 않는다.[28]

주택의 특성상 일반 상품과는 달리 늘어난 공급량에 따라 가격이 떨어지는 것이 아니기 때문에 공급물량 확대라는 양적인 목표에만 매달려서는 안 된다.

앞서 언급한 UN의 인권규약 내용을 보면,

> 모든 사람이 적당한 식료 · 의복과 주택을 포함하여 자기와 자기 가족을 위하여 적당한 생활 수준을 향유하고, 생활 조건의 부당한 개선을 구할 권리를 가지고 있음을 인정한다.

라고 되어 있다.

또한 주거권의 구성요소 중 '점유의 안정성(legal security of tenure)'이라는 항목은 "모든 사람은 자신이 거주하는 곳의 점유 형태에 관계없이 강제퇴거와 강제 철거 등에 대한 법적 대항력을 가져야 한다"고 규정되어 있는데 이러한 인권으로서의 주거권 개념을 우리에게도 적용할 경우, 자가 주택 소유자의 정주권은 물론, 임차인의 주거 안정을 보호할 수 있는 대항력 있는 주거권 보장의 근거가 될 수 있을 것이다.

◯ 거주 개념으로써의 주택의 기본가치

집은 우리 삶의 기본적 수단이며 자기실현의 첫 장(場)이다.

또 없는 자들이 겪는 주거 빈곤과 불평등은 자존심의 기반을 상실케 한다는 점에서 기본가치적 중요성을 갖는다.

인간은 오직 거주함으로써만 가장 내적인 본질을 채울 수 있다. 산다는 것 또는 거주한다는 것의 근본적인 형태는 집 속에서 이루어지고 또 집을 매개로 하는 환경 안에서 이루어지기 때문이다.

주택은 단순한 소비품이 아니라 노동력의 재생산과 가족의 유지라는 삶의 본질적 영역을 구성하기 때문에 급격한 땅값·집값 상승과 이에 따른 임대료 상승은 일반 대중에게 심각한 생활상의 고통을 준다.

오늘날 이 같은 부동산 문제의 가장 본질적인 원인은 토지와 주택에 대한 소수의 독점적 소유 때문이다.

그러므로 대동사회 실현의 방향성에 맞지 않는 투기와 불로소득을 없애기 위해서는 무엇보다 주택과 토지에 대한 소유의 편중을 막는 것이며 그를 위해서는 각각의 공익적 제한이 요구된다.

이를테면 토지 공개념을 부활시키고, 다주택 소유를 제한하여 주택의 거주 개념화를 제도적으로 유도하는 것이다. 특히, 세입자의 '정주권'을 다른 권리보다 우선 보장할 필요가 있다.

그와 같은 입법적 조치가 우리 자유민주적 헌법이념과 인애정의(인권 우월적 정의) 구현의 방향성에 어긋나는 것은 아니다.

그리고, 부동산 소유 제한의 당위성에 관해서는 인류의 진보적 사상으로부터도 그 제한의 근거를 찾을 수 있는데, 일찍이 밀(J. S. Mill)

은 사유재산제에 의해 움직이는 사회에서 분배가 노동의 양과 정반대의 방향으로 이루어지고 있는 현상을 지적하면서, "인간이 스스로 만들어 낸 것에 대한 사유재산권은 최대한 보장 되어야 하나, 토지란 인간이 만들어 낸 것이 아니므로 그에 대한 제한이 자유시장경제와 배치되는 것은 아니다"라고 하여[29] 토지의 공개념에 대한 전향적인 인식을 일깨워주고 있다.

그런가 하면, 마르크스(K. Marx)는 토지 소유가 자본주의적 생산양식을 영속화 시키는 토대로 기능한다는 시각에서 빈민들의 주택 문제를 다음과 같이 지적하고 있다.

> 공정한 관찰자라면 누구나 인정하듯이 생산수단의 집중이 심하면 심할수록 그에 따라 노동자들은 일정한 공간에 더욱 더 집중되며 따라서 자본주의적 축적이 빠르면 빠를수록 노동자들의 주택 사정은 더욱 비참해진다. 부의 증대에 따르는 도시의 개량 - 불량주택 지역의 철거, 궁전과 같은 은행과 백화점 등의 건설, 도로의 확장 - 은 빈민들을 더욱 불결하고 더욱 비좁은 빈민굴로 몰아낸다.[30]

오늘날 사회적 불평등을 대변할 빈민층 주택 문제의 심각성이 더욱 눈에 띄는 까닭은 그들이 몸 누일 자리를 발견할 수 있는 곳이 공간적으로 한정된 몇몇 불량주거지뿐이라는 점이다.

현실적으로 빈민층은 한정된 지역에 밀집되어 정착하는 것이 일반적 경향이다. 이런 현실은 이류 국민 의식을 갖게 할 수 있으므로 신축 국민주택 건립 시에는 그 규모와 지역 선정 등도 고려해야 한다.

아무튼, 유엔의 자매기관인 '국제주거연합(HIC)'이 지적하듯이 일정한 장소에서 거주하는 것, 그리고 평화롭고 안전하고 인간적인 품위를 지킬 수 있는 자신만의 거처를 가진다는 것을 사치나 특전 또는 좋은 집을 가질 형편이 되는 사람만이 누릴 수 있는 행운으로 여겨서는 안 된다.

개인의 안전, 사생활, 건강, 날씨로부터의 보호, 그리고 인간에게 부여된 여타 특성들을 누리려면 일정한 주거 형태가 반드시 필요하다는 사실 때문에 국제 공동체는 적절한 주거를 기초적이고 근본적인 인권으로 인정하였다.

따라서 기본적인 국민의 주거권 보장을 위해서는 국가의 적극적인 보충 의무가 뒤따라야 한다.

요컨대, '권리'라는 개념은 권리의 주체(A)가 의무의 주체(B)에게 어떠한 근거 (C)에서 어떤 권리(D)를 요구한다는 논리 구조를 지니고 있다. 따라서 흔히 외견상 권리를 요구하는 주체 A만 드러나 보일지 몰라도 실제로 A가 권리를 요구할 때는 반드시 의무의 주체인 상대방 B가 있어야 한다. 그래서 무인도에서 혼자 사는 로빈슨 크루소에게는 권리가 있을 수 없다고 하는 것이다. 의무의 주체인 B가 존재하지 않기 때문이다.

이처럼 권리의 논리 구조는 반드시 복수의 인간 공동체를 상정하고 있다.

그런데 전통적 인권 개념은 권리의 주체 A만 강조한 나머지 의무

주체 B의 존재와 역할은 상대적으로 강조하지 않았다.

근대 국민국가체제에서 가장 중요하고 가장 영향력 있는 의무의 주체는 두말할 것도 없이 '국가'이다.

시민과 국가가 서로 권리와 의무의 관계로 맺어져 있다는 개념이 바로 근대 민주정치의 기본전제이며, 실존적 개인에 대해 국가는 개인을 위한 수단적 역할을 한다고 보는 것이 보충성 원리에 담긴 사회철학이다.

따라서 인간 중심의 사회질서에서는 권리 주체(A)의 요구만큼이나, 아니 어쩌면 그보다 더 의무의 주체인 국가(B)의 적극적 역할을 강조하게 된다.

이러한 인식이 사회질서의 바탕으로 자리할 때, 인권을 말로만 인정하면서 인권 실현에는 소극적인 국가의 태도 자체가 논리적으로 불가능해질 것이다.

이는 사회정의(인애정의) 실현을 위한 보충성 원리가 주거보장과 같은 사회적 기본권의 실현에 있어 그것의 소극적 기능이 아닌 적극적 기능이 적용되어야 한다는 합당한 논리를 갖기 때문이다.

그렇다면, 국가가 보장해 주어야 할 주거시설은 일반인이 감당할 만한 가격이거나(affordable) 공공시설이어야 하고, 접근이 용이해야 하며(accessible) 사람이 살만한 조건이어야 하고(habitable) 거주자의 생계활동지역과 가까워야 한다. 무엇보다 주거가 계층을 조장하고 사회적 배제를 강화하는 환경이나 양식이 되어서는 안 된다.

5) 사회적 시장경제

인간은 경제활동을 영위함으로써 존재한다. 그런데 인간은 혼자서 혹은 자기만을 위해서 경제활동을 하는 것이 아니라 경제공동체를 구성하여 타인과 더불어 살아갈 수밖에 없다. 그러므로 경제는 윤리적 차원에서 만인의 복지에 적합한 질서를 가져야 하고 인간존엄성에 이바지하는 체제라야 한다. 우리는 이렇게 '사회의 인간화', '사회정의'를 실현하기 위해 경제의 윤리적 차원을 중요시하는 경제질서를 추구하게 되는데, 우리는 그것을 '사회적 시장경제'구조에서 찾을 수 있다.

◯ 사회적 시장경제란 무엇을 뜻하는가?

사회적 시장경제는 흔히 독일이나 스웨덴 같은 특별한 나라에서 채택한 사회체제라고 이해하기 쉬우나 그것은 참된 인간존엄성을 실현하려는 하나의 이념과 이상을 지닌 경제체제라고 할 수 있다.

우리나라의 경제질서도 '사회적 시장경제' 질서로서의 성격을 갖고 있다. 이것은 헌법재판소의 우리 헌법상 경제질서에 대한 해석이기도 하다(헌제 1996. 4. 25 선고).

'사회적 시장경제'라는 개념은 단순히 경제학적 이론에 관한 문제에서 끝나지 않고 경제의 윤리학적 문제, 즉 사회적으로 영위된 시장경제를 의미한다.

우리가 윤리적 차원에서 경제문제를 바라본다면 효율적 경제체제의 발견을 최종목표로 하는 경제적 합리성이라는 시각보다는 오히려 공동체적 목표인 공동선의 실현에 중요한 관심을 둔다.

사회적 시장경제에서 '사회적'이란 말의 의미는 사람은 혼자 사는 것이 아니라 다른 사람들과 인간적 유대관계를 맺고 살아야 한다는 실존 차원의 의미가 아니라 사회에 있어서 상대적으로 약하거나 불리한 입장에 서 있는 사람들에 대한 윤리적 자세, 즉 약간의 희생을 감내하는 공익적 자세를 뜻한다.

말하자면, 사회적 시장경제체제는 어느 누구도 이용당하지 않고 어느 누구도 불리한 처지에 놓이도록 강요되지 않으며, 어느 누구도 소외되지 않는 시장경제체제이다. 여기서는 경제적 효율보다 '공동선'의 실현이 우선한다.

이때의 공동선이란, 공동체적 삶을 통해 그 안에서 창출한 재화와 가치들을 모든 구성원에게 나누어줌으로써 그들이 모두 복지혜택을 누리는 상태를 뜻한다.

사회적 시장경제는 사회정의와 함께 인간의 자유가 하나의 이상으로 존중되어야 한다는 윤리적 원칙에 근거를 둔다. 즉 사회적 시장경제는 사회정의와 자유를 동시에 실현하려는 경제체제라 할 수 있다. 이런 점에서 사회적 시장경제는 모든 경제활동의 척도에 인간을 둔다.

따라서 사회적 시장경제의 목적은 19세기의 자유주의적 시장경제에서처럼 생산과 이윤의 극대화에 두지 않고 하나의 윤리체계로서 고유한 인간에 대한 인식에 그 뿌리를 둔다. 즉 사회적 시장경제에서는 인간을 개체인 동시에 사회적 존재라는 이중적 성격을 지닌 것으로 이해한다. 인간을 개체로 인식한다는 것은 인간이 가진 자유로운 결정권을 강조하며, 인간이 사회적 존재라는 말은 인간이란 다른 사람들과의 연대성을 존중해야 할 의무를 가진다는 측면을 강조한다.

우리가 어떤 경제체제를 좋게 보고 또 선택하게 되는가는 결국 우리가 인간을 어떻게 이해하는가에 달려 있다. 사회적 시장경제의 기저에 깔려 있는 인간에 대한 이해는 다음과 같이 표현될 수 있다.

'인간은 이원성을 가졌다는 것, 즉 개체이면서 동시에 공동체적(사회적) 존재'라는 것이다. 이런 점에서 사회적 시장경제는 자유주의적 자본주의와 다르며 사회주의(공산주의)와도 구별된다. 자유주의적 자본주의에서는 인간을 공동체에 대한 어떤 특별한 책임을 지지 않는 완전히 자유로운 개체로 본다. 또한 공산주의에서는 인간에게 그 개인적 존재의 실행을 위한 어떤 여지를 보장하지 않고 인간을 공동체적 존재로 본다. 자유주의와 사회주의 양측 모두에서는 이렇게 편중된 시각으로 인간이 갖는 이원성이라는 본성을 간과하고 있다. 따라서 이 두 체제에서는 인간이 행복에 이를 수 있다는 것이 현실적으로 불가능하게 된다. 이러한 두 체제가 갖는 한계를 인식하면서 사회적 시장경제는 인간이 지닌 이원성을 충분히 인정한다.

이런 인간관은 인간의 사회적 본성과 사회의 본성에 입각한 사회 정의의 인격주의적 인간관과 일치한다.

일반 사회윤리의 원칙들을 인간공동체 생활의 형태로 경제에 응용한다면 경제의 목적은 인간을 가능한 재화로 잘 돌보아 주어야 하지 자본을 축적하는 데 사용해서는 곤란하다는 점이다. 재화생산의 경제 과정은 그 자체로 목적이 될 수 없고 생산에 참여하는 인간이 생산에 종속되어서는 안 된다. 거기에 비해 고전적 자본주의에서는 자본축적이 그 자체로 목적이 되면서 노동자가 그 목적에 종속되었다. 사회적 시장경제의 창시자들은 경제적 생산과정을 그 자체로 목적으로 삼지 않고 재화란 인간에게 제공될 목적을 지닌 수단에 지나지 않음을 분명히 했다.

'만인을 위한 복지'는 사회적 시장경제의 창시자들이 염두에 둔 중요한 구호였다. 이런 의미에서 경제의 목적은 자본축적이 아니라 인간복지에 있다. 이로써 사회적 시장경제는 자유방임 자본주의와 사회주의적 경제체제와 뚜렷이 구분된다.

공동체생활의 목표는 모든 사람의 동일한 존엄성을 근거로 한 공동선이다. 공동체생활 그 자체는 같은 정도로 만인의 복지에 이바지해야 하고 만인은 공동체가 생산한 재화를 향유할 수 있어야 한다. 다시 말해, 모든 사람이 재화를 받을 동일한 기회를 부여받을 수 있는 그런 구조를 만들어야 한다. 사회적 약자를 배려하는 '만인의 복지'가 사회적 시장경제의 목표이다.

이런 점에서 사회보장제도는 사회적 시장경제의 중요한 구성요소라 할 수 있다.[31]

효율성과 사회적 책임을 동시에 추구하는 사회적 시장경제에서 사회정의와 공동선은 아주 중요하다. 시장의 자유로운 작동을 통하여 공동선이 저절로 생겨난다고 생각하는 것은 자유방임주의의 오판이다. 국가에 의한 '구조적 통제'가 없다면 시장경제는 독점에 의한 '경제권력'으로 변질될 수 있다. 공동선은 자유방임주의에서는 우연의 부산물로 나타났다고 할 수 있고, 사회적 시장경제에서 공동선은 의도적으로 추구하는 중요한 목적이라 할 수 있다. 따라서 사회적 시장경제는 효율보다 배분적 정의를 우선으로 하게 되며, 이런 사회질서 하에서 보충성 원리는 시장조정을 위한 경쟁이 갖는 것과 동일한 위상을 갖는다.[32]

그러므로 사회정의 실현을 이념으로 하는 사회국가에서는 경제주체들이 약간의 위험부담, 즉 공익적 자세를 수용함으로써 적극적인 보충 역할을 하는 것이 필요한 바, 이는 사회복지가 효율의 가치보다 사회적 효과를 중시하는 이유와 그 맥락을 같이한다.

제4부 ▶▶▶

(부록)
일상의 공감세계

1

동물과 아이들

'뻐꾸기'와 '큰 벌꿀 길잡이'는 다른 뱁새(붉은머리 오목눈이, 개개비, 딱새 등)의 둥지에 몰래 알을 낳아 의탁부화 한다.

숫 뻐꾸기 울음소리가 아무리 좋아도 둥지를 틀 줄 몰라 암놈이 뱁새 둥지에 몰래 들어가 알을 낳는다는 것이다.

부화된 뻐꾸기 새끼는 본능적으로 다른 알과 새끼를 펑퍼짐한 등으로 밀어내어 죽게 한다. 먹이를 독차지하기 위해 또 '길잡이 새'의 탁란에서 부화된 새끼는 독수리처럼 날카롭게 구부러진 부리를 갖고 태어나 다른 새끼를 쪼아 죽게 한다. 그 후 자라면서 곧은 원래 어미새의 부리 모양으로 변한다고 하니 신비롭고 놀라울 따름이다.

이렇게 속고 속이는 '변화와 적응'의 생태계를 들여다보면 '생존본성'과 존재의 방식에는 선악의 경계가 없음을 깨닫게 된다.

우리가 동물이 환경에 적응하는 과정에서 나타내는 다양한 형태 변화를 생존 본성이라는 관점에서 보게 되면, 거기에는 비록 사소한 변이라도 생존에 유용한 것은 보존되고 유리하지 않은 것은 도태된다는 '자연 선택'의 섭리가 있음을 알 수 있는바,

　사람은 뻐꾸기가 뱁새의 성미를 훔치고 뱀은 뱁새의 알을 훔친다고 말하지만, 자연은 뻐꾸기나 뱀을 도둑으로 몰아 벌을 주지 않는다. 뻐꾸기가 알을 품어 깔 줄 모르는 것은 그것이 본성이고, 뱀이 뱁새의 싱싱한 알을 먹이로 삼는 것은 뱀의 본성인 까닭이다. 사람이 밥을 먹는 것이나 뱀이 개구리를 먹는 것이나 무엇이 다른가?

　이처럼 섭리는 약자에 대한 온정을 모른다. 질량불변의 법칙하에서 자연 생물의 존재는 먹이 사슬의 순환에서 벗어날 수 없다. 파리는 잠자리에게, 잠자리는 또 다른 큰 것에게 먹힌다. 가장 큰 생물일지라도 나중에(늙어서)는 박테리아의 먹이가 된다. 운명도 방법은 다르나 결국은 같은 짓을 하고 있다.

　시골에서 지내다 보면 야생의 생태를 직접 경험하는 경우가 많다. 그중에서도 제비는 인간과 공생적 관계를 보여주는 철새이다. 사람이 살고 있는 집에 둥지를 틀어 야생동물로부터 위험을 피하고, 날쌘 생김새대로 최고 시속 90km의 속도로 공중을 곡예비행하며 곤충을 잡아먹는다.

　빨랫줄에 모여앉아 아침 햇살을 받으며 지저귀는 제비들의 그 맑고

야무진 소리는 봄날의 생기를 안방까지 전해주는 '생명의 찬가' 같다.

젊은 시절, 시골에서 지낼 때의 일이다. 처마 안쪽 제비집에서 새끼 한 마리가 뜨랑으로 떨어져 있었다. 눈도 못 뜨고 털도 안 난 빨간 새끼였다. 나는 부채를 사용해서 올려 주었다. 사람 손을 타면 안 좋다는 얘기를 들은 적이 있기 때문이다. 그런데 그 이튿날 두 마리가 마루에 떨어져 있었다. 또 올려 주었다 그 뒤로도 몇 마리가 떨어져서 방치했더니 얼마 후 움직임이 없어 쓸어 없앴다.

왜 그렇게 되었을까?

한동안 잊고 지냈는데 어느 날 빈집같이 조용하던 제비집에서 한 마리가 날갯짓을 하는 것이었다. 이어 둥지를 벗어나 담장 위로 날아가 앉았다. 거기에서 어미로부터 먹이를 받아먹는데 보니 제법 통통한 모습이었다.
아하! 그제야 생각이 났다.

그때는 초여름 우기였고, 지루한 장맛비가 거의 보름 이상 계속되면서, 게이다 내리기를 반복했으니 하늘에서 먹잇감을 찾기가 어려웠던 것이다. 그러니까 개체 수를 줄여서라도 먹이 부족의 위기를 넘기자는 전략이었던 것이다.

하지만 그것이 어미가 새끼를 솎아내는 방법이었는지 새끼들끼리

밀어내기 싸움의 결과였는지 알 수 없었다.

그런데 나중에 뻐꾸기의 탁란 과정과 부화된 새끼의 본능적인 생존전략에 관해 알게 되면서 추측해보니, 제비의 경우도 그것이 모성애를 가진 어미의 전략일 수는 없고 새끼들끼리의 생존경쟁으로 빚어진 결과였다는 확신을 갖게 되었다.

자연 생태계에서는 이처럼 선악의 문제라든가 개체적 감정 같은 것은 언제나 '종속팽창의 법칙' 뒤로 밀린다.

흥부전에도 등장하는 우리의 익조 '제비'는 정말 영물이다. 이억만 리 강남에서 한 철을 살다가 돌아와서는 자기의 옛 둥지를 다시 찾는 것을 보면!

이런 사실은 오래전에 어느 여중생이 실험을 통해 증명하기도 했다.

최근(2021~2022)에도 경남 밀양 주민들이 위치추적장치를 사용하여 확인했고, 강남 땅이 인도네시아, 필리핀, 호주 등이라는 것도 알게 되었다.

그리고 여기서 익조라고 한 것은 물론 사람의 생각일 뿐이다. 참새가 가을에 논에서 영근 벼이삭을 축낸다고 몹쓸 새라고 생각하고, 제비는 해로운 벌레를 잡아먹으므로 이로운 새라고 생각한다. 그러나 참새가 해로운 짓을 하려고 벼이삭을 쪼는 것은 아니며, 제비가 이로운 일을 하려고 벌레를 잡는 것도 아니다.

참새나 제비나 다 마찬가지로 살기 위하여 그렇게 할 뿐이다. 다 살기 위하여 그렇게 한다면 참새의 짓은 나쁘고, 제비의 짓은 좋다고 분별할 수 없는 일이다.

이렇게 만물은 저마다 고루 한결같이 갖춘 것이 있다 그렇게 갖춘 것을 동덕(同德)이라고 한다. 참새는 참새의 털을 간지하고 참새의 소리를 간직한다. 이것은 곧 참새의 동덕인 것이다. 참새는 봉황의 깃털을 탐낸다거나 공작의 꼬리를 탐내지 않는다. 참새는 꾀꼬리의 목소리나 도요새의 목소리를 탐하지 않는다. 사람을 제외한 만물은 저마다의 본성을 동덕으로 간직한다. 사람이 불행한 것은 무엇보다도 사람의 동덕(정체성, 개성)을 파괴하는 데서 비롯되었다.

사람이 아닌 생명들은 저들의 동덕대로 살다가 죽어가므로 희망이니 절망이니 좌절 따위를 모른다. 그러니 동덕을 파괴한 것은 인간의 분별의식 즉, 인위인 셈이다.

또 동물들을 보면, 저마다 특별한 능력을 발휘하며 살아간다. 우리가 야성(野性)을 길들여 운동이나 물건 운반에 이용하는 말과 당나귀는 감각능력 외에도 아주 뛰어난 기억력을 가진 것으로 알려지고 있다. 당나귀를 데리고 처음 가는 길로 하루 종일 걸어간 후 풀어 주었더니 당나귀들은 한 치의 오차도 없이 출발한 곳으로 돌아왔다고 한다.

네덜란드에서는 "당나귀는 같은 돌을 두 번 밟지 않는다"라는 속담이 있을 정도다. 또 말의 기억력도 대단하다. 아무리 멀리 외승을 나가도 돌아오는 길은 갔던 길을 고집한다. 영국에서 한 동물심리학자의 실험에 의하면, 말을 바깥이 보이지 않게 창문을 막은 차에 싣고

2km 떨어진 낯선 곳에 내려놨더니 그냥 바로 논·밭을 가로질러 마구간이 있는 방향으로 뛰어 자기 집으로 돌아가더라는 얘기다. 주변을 볼 수 없게 했으니 갔던 길을 기억했을 리도 없는데… 이런 능력은 귀소본능이라는 설명만으로 충분하지 않다.

아무튼 오늘날 우리는 자연과 동물에게서 더 많은 것을 배워야 한다. 특히 인간성 회복을 위한 처방과 다른 사람을 사랑하고 존경하는 사회성에 대한 교훈을 많이 배워야 한다. 인간 사회에서 사라져 가는 소중한 모든 것들을 우리는 동물 세계에서 찾아 나갈 수 있을 것이다. 우리의 가장 가까운 친구인 그들은 각기 다른 모양과 방법으로 그 소중한 가치들을 보존하고 있기 때문이다.

게다가 오늘날 자연의 야생동물들이 우리가 생각해 왔던 것보다 훨씬 더 놀라운 능력을 가지고 있다는 사실이 전 세계 여러 곳에서 입증되고 있다. 동물들도 동정심이나 공포감, 공격성 같은 희로애락의 감정이 있을 뿐만 아니라, 정신적인 활동 즉 신비로움에 대한 반응이 있음을 보여준 사례가 많이 있다.

예컨대, 1963년 12월 동물학자인 아드리안 코르틀란트(1918~)는 매우 놀라운 사실을 증명한다.[1] 그는 아프리카 열대우림에서 해가 넘어가는 저녁노을을 바라보고 있었다. 웅장한 수풀과 초원 위로 온 천지를 붉게 물들이며 서서히 해가 떨어지는 모습은 저절로 감탄사가 우러나오는 장엄한 광경이었다.

이때 숲속에서 갑자기 침팬지 한 마리가 나타났다. 파파야를 지니고 있었는데 걸음을 옮길 때마다 허리춤에 매달려 덜렁거리고 있었다. 휴대용 스낵인 셈이었다. 석양이 넘어가는 것이 보이는 곳으로 나온 녀석은 파파야를 바닥에 가만히 내려놓았다. 그러고는 꼼짝도 않고 그 자리에 서서 노을의 색깔이 시시각각으로 변하는 황홀한 광경을 넋을 놓고 지켜보고 있었다. 15분 동안이나 그렇게 바라보더니 해가 넘어가자 천천히 숲속으로 돌아갔다. 바닥에 내려놓은 파파야는 그 자리에 놓아둔 채로…, 경치에 취해버렸었나 보다.

서서히 어둠 속에 잠겨가는 하루의 햇살을 바라보고 서 있던 그 침팬지의 마음속에서 어떤 일이 일어나고 있었는지에 대해 우리들은 단지 짐작만 할 수 있을 뿐이다.

그 부드러운 보랏빛과 주홍빛이 그의 상상력을 휘저어 놓았을까?

그 황혼이 지난날의 기억을 깨우쳐 주거나 떠나간 누군가의 얼굴을 떠오르게 했을까? 아니면 알 수 없는 적막감이나 황홀감에 빠져 망연자실했거나 백일몽의 환상을 보았을까? 무엇 때문이라고 단정하여 말할 수 없을 것이다.

하지만, 녀석은 먹을 것과 같이 생명을 유지하는 데 필요한 것 그 이상의 무엇인가를 충족했을 것이다. 그것은 틀림없이 정신적인 욕구요 감정의 움직임일 것이다. 인간과 동물 사이에 교감과 소통이 가능한 것도 동물에게 숨겨져 있는 감정과 추상적 능력 때문에 가능한 것이 아닐까?

아이들은 누가 가르쳐주지 않아도 동물과 교감하고 본능적으로 동물을 좋아한다. 아이들의 생명체에 대한 사랑, 즉 '생명애착(biophilia)'은 진화론적인 유산의 한 부분으로 천성적인 것 같다. 말하자면 수천 년 동안 우리는 야생의 환경과 영향을 서로 주고받으며 진화해 왔으므로 자연적으로 동물들에 대해 끌리게 마련이고 특히 자연성을 간직한 아이들은 그들과의 교감을 통해 행복을 느끼는 것 같다. 이처럼 동물은 어린아이들이 자라면서 삶에 대한 생각을 발전시키고 정서를 풍부하게 하는 데 있어 꼭 필요한 존재다.

우리 어린이집에서는 관상조류과 승용마 1마리를 사육하고 있는데, 봄·가을이면 원아들에게 승마체험을 시켜준다. 아이들은 처음에는 두려워하며 말 등에 오르지만 말의 걸음걸이에 따라 흔들흔들 움직임이 온몸에 전해지면서 표정은 금방 싱글벙글 환해지고 감출 수 없는 듯 우쭐한 기분에 환호하거나 콧노래를 흥얼거리기도 한다.

자폐증이 조금 있던 한 아이는 평소와는 사뭇 다르게 환하게 웃고 큰 소리로 친구들을 호명하며 이목을 집중시킨다. 그런가 하면 쉬는 시간에는 여자 어린이임에도 겁 없이 말 머리를 꼭 껴안으며 말과 대화를 나누는 친구도 있고, 대부분의 아이 역시 다가가 쓰다듬어 주고 먹을 것을 주면서 감정을 교류하는 모습을 볼 수 있다.

"말을 물가로 끌고 갈 수는 있어도 물을 먹게 할 수는 없다"라는 얘기가 있는데, 이는 얽매이지 않으려는 말의 야성, 정복당하지 않는 말의 자주성을 이미 인정하고 있음을 뜻하며, 본성에 어긋나는 짓은 하지 말 것을 일러준다.

그처럼, 유아기 아이들은 앉혀놓고 하는 선행학습보다는 동·식물과 상호작용하면서 생명과 자연의 리듬을 따라 자랄 수 있도록 돕는 것이 무엇보다 중요하다고 하겠다.

J·J·루소는 《에밀》에서 이런 말을 했다. "자연은 아이들이 어른이 되기 전에 어린이기를 원하고 있다. 만약 이 순서를 어기면 우리는 푸르고 맛이 없는 당장에라도 썩어버리는 조숙한 과실을 낳게 할 것이다"라고.[2]

또, 아이들 발달 단계에 맞는 양육과 욕구 충족 여부가 얼마나 중요한지에 대하여는 조선 왕조 역사에서도 그 교훈적인 예를 찾아볼 수 있다. 바로 사도세자의 경우다.

사도세자는 아버지 영조가 늦은 나이에 얻은 왕자로서 어릴 때 문장을 읽고 쓸 정도로 영특하여 영조의 기대와 사랑을 한몸에 받았다. 그러나 영조의 그런 사랑은 조건적인 사랑으로 변하게 된다.

말하자면 권력 후계자로의 양육이라는 자연스럽지 못한 욕심이 앞섰던 나머지, 왕세자 수업을 받아야 한다며 네 살이 되는 즈음부터 어려운 경전 공부를 주입식으로 시키면서 세자의 총기에 대신들과 함께 기뻐하기도 했지만, 세자로서는 때로 두통을 호소하고 피로감이 쌓이면서 차츰 공부에 흥미를 잃어 가는 부작용을 보였던 것이다.

더구나 세자는 애착 관계가 필요한 시기에 생모와도 떨어져 생활하게 됨으로써 긍정적인 자아형성에 어두운 그림자를 안고 성장한 것으로 보인다. 그 단적인 근거로 훗날 생모 영빈 이 씨는 세자의 과도한 일탈의 문제를 영조에게 고하여 죽음에 이르게 했고, 죄책감 때문인지 세자가 죽고 3년상이 끝나는 다음날 아들 곁으로 떠났다.[3]

그리고 세자 나이 15세가 되어서는 대리청정(세자에게 국정을 대신 처리해 보게 했던 일)을 수행해야 했는데, 그때도 영조의 조급증과 완벽주의는 세자에게 심한 스트레스가 되었고, 국사 처리가 부담으로 작용하면서 세자는 자아 정체감에 큰 혼란을 겪은 것으로 보인다.

부연해 보자면, 우리가 익히 알다시피, 사도세자는 28세의 젊은 나이로 뒤주 속에서 생을 마치게 되는데 그 마지막 몇 년간은 영조와의 마찰이 심했을 뿐만 아니라 의대증으로 불리는 강박증이 발병하면 감정의 통제력을 잃고 애꿎은 주변 사람들까지 살해했다고 하니, 또 그 희생자 수가 100여 명에 이른다는 사실이 믿기지 않는다. 물론 이것은 왕권의 모순과도 연결된다.

역사의 기록을 보면, 강자 입장에서 사실이 왜곡되기도 하고, 지나친 과장으로 진실된 감정을 파괴하기도 한다.《한중록》을 쓴 혜경궁 홍 씨는 아들인 정조조차 그 부덕(婦德)의 결함을 지적할 정도로 지아비의 생명구제보다 친정 가문의 명예를 더 앞세웠고,《영조실록》에서도 노론과 영조의 음모가 자주 드러난다. 무엇보다 영조는 아비로서는 차마 할 수 없는 반인륜적 행태를 자행한 것이니 어찌 이것을 당쟁의 참화나 세자의 신경증으로 인한 비행 때문으로만 여기고 넘어갈 수 있는 일인가.

훗날, 왕위에 오른 아들 정조는 아버지를 무예를 좋아하는 문무를 겸비한 명석한 사람으로 추억했고, 신하들에게 자기가 사도세자의 아들임을 공언할 정도였다.[4]

그리고 좁디좁은 뒤주에 갇혔던 아버지의 아픔과 한을 달래드리고파, 광활한 땅 수원으로 산소를 이장하게 되는데, 그 규모와 절차를 성대히 함으로써 애틋한 그리움과 추모의 정을 나타내기도 했다.

아무튼, 사도세자의 다이나믹한 생애와 비극적인 종말을 놓고는 이를 단정적으로 평가하고 이해할 수는 없겠지만, 적어도 오늘날 보육철학의 관점에서 그 원인의 하나로 우리가 간과해서는 안 될 부분은 어린 세자에 대한 영조의 잘못된 사랑과 생모와의 불완전한 애착관계 그리고 인생은 속도가 아닌 방향이 중요하다는 사실을 망각하게 하는 조기교육의 폐해를 그 악의 씨앗으로 추리해 볼 수 있다는 점이다.

인간의 의지가 욕망과 야합하면 탈이 된다!

경쟁심으로 찌든 껍데기 인생이 되지 않도록 꿈, 즉 내일이 아니라 오늘이 행복한 아이로 키우기 위해서는 역사를 반면교사로 삼는 지혜와 용기가 필요한 요즈음이기도 하다. 왜냐하면 지금도 우리나라에서는 조기입학(5세)을 거론하는 자들이 있는가 하면 학부모 중에는 아이들이 아직 그릇도 만들어지지 않았는데 지식으로 가득 채우려고만 한다. 그러다 보니, 대자연과 하나 되어 뛰어놀고 정서적 행복감을 가질 기회와 경험이 부족한 채로 뇌에 과부하가 걸려 문제를 일으킬 소지를 안고 자라게 될 수 있는 것이다.

따라서 루소의 자연주의 보육관이나 왕조시대의 역사적 교훈으로부터 우리가 깨닫는 바는 "발달 시기에 맞는 양육이야말로 사람이 할 수 있는 가장 중요한 일이다"라는[5] 것이다.

뇌 과학자 서유헌 교수도 인간의 뇌는 나이에 따라 부위별 발달 속도가 다르므로 20년간 차근차근 '적기 교육'을 해야 한다는 점을 강조한다. 특히, 유아기(2~6세)는 감정과 본능이 분화 · 발달하고 자아가 형성되는 시기이므로 이때는 포유류적인 욕구의 뇌 발달에 맞게 또래 아이들과 아이답게 놀 수 있게 하고 조건 없는 사랑과 인정으로 상호작용을 하면서 아이의 생각에 공감해 주어야 한다는 것이다.

공감이란, 아이의 요구를 부모(어른)의 눈높이에서 판단하지 말고 아이에게 묻고 철저하게 아이의 마음속에 들어가라는 의미이다.

여기서 잠깐! '애정어린 양육 없이 공감은 없다'라는 의미와 '반사거울'에 대하여 먼저 이해하고 넘어가자.

신생아는 감정을 느낄 수는 있지만 자아가 없는 상태로 세상에 태어난다. 갓난아기는 생애 첫 2년 사이에 처음으로 자기인식을 한다.

신생아는 운동, 감각생리, 인지적 발달이 다른 포유동물에 비하면 대략 2년 정도 뒤떨어진다. 따라서 젖먹이 영아는 이 시기에 자기 주변 인물들과 아주 특별한 방식으로 유대를 맺는데, 이러한 이유로 인간은 '나'와 '너', '자아'와 '중요한 타인' 같은 특별한 방식으로 결합하는 것이다. 인간이 지구상의 다른 종들보다 뛰어난 공감 능력을 지닌 생명체인 것도 이 때문이다.

관찰을 통해 보면, 아기 주변의 애착인물(어머니, 할머니 등)이 무의식적이자 직관적으로 계속 거울처럼 반영되며, 아무런 의도 없이 서로를 아주 많이 모방한다는 것을 알 수 있다. 의사 소통은 신경세포의 공명체계를 통해 일어난다. 젖먹이가 애착 인물에게 일으킨 공명 반응은 아이에게 감지된다. 즉, 갓난아기를 돌보며 애착 인물이 보인 반응은 다시 아기에게 돌아간다. 이 전체 '놀이'는 양방향의 과정이다. 젖먹이 또한 공명한다. 자신이 감지한 것을 제한된 능력 안에서 모방한다. 아기는 들은 것에 대해서도 공명으로 응답한다. 울음소리를 들으면 젖먹이는 즉시 같은 소리로 화답한다.

어린아이가 자기 애착 인물에게 일으키고 또 자신에게 되돌아온 공명은 아이에게(직감적으로 알 수 있는) 근본적인 정보를 제공한다. 하나는 아이의 편인 '누군가가 존재한다는 것'이며, 다른 하나는 아이 자신이 '누구인지(어떤 존재인지)'에 관한 것이다. 세심하고 다정한 공명은 아이에게 그가 이 세상에서 환영받고 있으며 다른 사람에게 기뿜이 된다는 신호를 건넨다.

반대로 애착 인물이 끊임없이 내는 성급한 어조나 신경질적인 탄식 또는 더 나아가 불평 가득한 목소리는 자기 주변 인물이 부담을 느끼고 스트레스에 시달리고 있다는 걸 아이로 하여금 감지하게 만든다. 그러면 아이는 주의를 끌고 자기 욕구를 알리는 것이 무의미하거나 역효과를 가져온다고 느끼게 된다.

이렇게 되돌아온 공명으로 얻은 정보(그의 편이 존재한다는 것 그리고 자기가 누구인지)는 아이 안에 저장되며 어린 자아의 중심을 이룬다. 이 자아의 신경세포 상관자는 아이의 전두엽에서 생애 첫 2년간 자리 잡기 시작한다. 아이에게 일어난 공명의 전반적인 방향성에 따라 인격이 발달한다. 자기가 사랑받고 있으며 또 그럴 자격이 있다고 여기는 인격으로, 아니면 사랑받을 가치가 없다고 느끼는 인격으로 발달하는 것이다.

게다가 아이에게 저장된 공감의 경험은 후에 아이가 다른 사람에게 직접 감정 이입을 하고 또 타인에게 공감할 수 있는지 여부를 결정하는 내면의 틀로 작용한다. 이렇게 태어나서 2~3년이 흐르는 동안 생애 첫 자아가 아이 안에서 자리를 잡는 것이다.[6]

요컨대, **아이의 공감 능력은 직접 공감을 해보는 것으로만 발달된다.** 이는 단순한 공감이 아닌 아무 조건 없이 확고히 유지되는 깊은 신뢰 관계 속에서 경험한 감정이입이어야 한다.

'확실한 애착' 관계가 없으면 아이는 지속적인 불안과 걱정 속에 살게 되며, 이런 경우 아이는 공감 능력을 제대로 발달시키기가 너무나 어렵다. 뿐만 아니라 이때 엄마의 보살핌을 충분히 받지 못하고, 사랑받고 싶은 욕구의 좌절을 겪으면 의존적이고 자기중심적이며 매사에 요구가 많고 받을 줄만 아는 성격이 된다.

이렇게 아이는 세 살이 될 때까지 '반사거울' 즉 자신에 대한 엄마의 반응을 통해 자아상을 형성해 간다.

그리고 아이들은 기다려주지 않으므로 어릴 때 감정체험의 기회를 많이 갖도록 하는 것은 매우 중요하다. 동물·식물을 가까이하면서 생명체에 대한 외경심과 배려심을 기르도록 하는 게 필요하다. 동정심과 애정 같은 정서는 교육으로 얻어지는 것이 아니라 체험하면서 발달하기 때문이다.

만일 어린 시기에 공감과 원시감정(행복감 등)의 경험이 부족할 경우 나중에는 좀처럼 만회되기 어려우며 어른이 되어서도 행복감을 느끼지 못하거나 자기 조절력이 떨어지는 삶을 살게 된다는 것이다.

그렇다면, 가능한 한 육아휴직을 충분히 (2년 이상) 보장해 주고, 아이의 행복과 모성의 안정적 발현을 돕는 일은 공동체 구성원 모두가 나서서 기꺼이 함께해야 할 중요 부분인 것이다.

다시, 자연의 세계로 돌아가 보자.

자연의 순수함은 우리 내면의 순수함을 끌어낸다.
우리는 모든 것을 베푸는 야생의 자연 속에서 평화를 느낀다.
참나무와 소나무의 향기로운 냄새
우리 마음과 정신을 활짝 열고
귀 기울인 채 가만히 있으면
사방이 자연의 노래로 가득하다
가끔 떨어지는 나뭇잎 소리가 들릴 만큼 고요하니,
시간이 멈춘 것 같다!

이럴 때, 우리는 대자연과 하나가 되는 우주적 심층의식 속으로 깊이 빠져들고 있는 것이다.

우리는 이제 어려서부터 가지고 있는 감수성과 다른 살아있는 것들에 대한 공존의식을 회복해야 한다, 우리가 다른 동물을 어떻게 대우하고 있느냐에 따라서 자연 세계를 향한 우리의 자세가 결정되기 때문이다.

우리가 스스로 마음을 열지 않는다면 어떻게 열대우림의 파괴나 오존층의 파괴와 같은 문제들을 해결할 수 있다는 희망을 가질 수 있겠는가?

환경의 위기는 정신적인 위기이다!

잃어버린 정신을 다시 찾아낼 때까지는 이 문제를 해결할 수 없다.

잃어버린 정신이란 우리가 얽히고설킨 자연 생명체의 그물망에서 분리될 수 없는 존재라는 사실을 깨닫고 천지만물과 화합하는 것이다.

동물들이야말로 우리에게 이러한 연결고리를 깨닫게 해주는 스승이다. 우리가 그들의 눈을 들여다본다면 그 창문을 통해 그들이 무엇을 느끼고 있는지 그리고 우리의 인간성에 옮겨 심어야 할 슬픔과 기쁨을 볼 수 있을 것이다.

동물과 같이 지내는 것을 배우게 되면 우리가 누구이며 또 무엇인지에 대해 깊은 성찰을 하게 된다. 우리는 동물과 자연, 사람을 각각 그들이 가지고 있는 그대로의 가치로 판단해야 한다. 그래야 동정심이라는 맑은 기운을 통해 그들을 알게 된다. 우리는 동물의 입장에 서서 그들을 사랑해야 한다.

각각의 동물의 입장에 맞추어 특별한 관계를 형성할 수 있어야만 자기들만의 탄탄한 감정과 입지를 가진 모든 동물과 이야기를 나누고 교감하면서 서로를 믿을 수 있게 된다.

내가 강촌 비행장에서 낙마(落馬)하여 한참 동안 기절해 있을 때 달아나지 않고 깨어나기를 기다려준 내 친구 '장군이'처럼….

2

생활 속의
공감 산문

◆ 무엇이 소중한가?

후회 없이 살아야 한다지만, 나는 현재라는 이 순간을 살면서도 과거에 붙들려 있을 때가 종종 있다. 후회가 되는 일들이 자꾸 떠올라 잊히지 않는다. 잊히기는커녕 그것이 내 운명이란 말이냐는 반항심에 화가 치밀어오르기도 한다.

어떤 때는 혼자 길을 걷다가도 문득 엄습해 오는 과거의 어리석음이 오늘의 외로움과 인과관계처럼 얽혀지면서 갈피를 못 잡고 멈춰 설 때가 있다.

기회는 한순간에 사라지고 아쉬움은 길게 남아, 그 침묵의 어리석음을 곱씹어 자책하게 된다. 비록 어여쁜 사랑일지라도 어찌 말 없는 속내까지를 알 수 있었으랴

'말 한마디'면 모든 것이 달라졌을 텐데….

후회가 아픈 것은 그것이 실패로부터 오는 것이 아니라 우물쭈물하고, 포기하는 데서 오기 때문이다.

그 어떤 이상(理想)인들 인연보다 소중하랴!

가지 못한 길 저편으로부터 물끄러미 바라보는 꽃 한 송이가 나를 향해 손사래치듯 잎을 나풀거린다. 그냥 이렇게 서로를 그리워하는 것이 더 낫겠다고, 후회 없는 인생이란 없는 거라고.

그렇게 한참을 멈추어 야속한 심사(心事)를 반추하다 보면, 자기부정과 자기초월의 반복을 통해서, 엉켜있던 과거가 한 걸음 멀어져 가고, 주변이 밝아지면서 비로소 직시하게 되는 바는, '소중한 것은 바로 지금이야!'라는 세월의 자각이다.

현실의 주체적 존재 즉, 실존의 시간은 지금 이 순간뿐이다.

아직 오지 않은 미래를 지레 걱정하며 고통스러워하는 것은 어리석은 짓이다. 걱정은 건강하지 못한 마음의 파괴적인 습관에 지나지 않는다.

그보다도 지나간 어제의 일들은 그만 생각하자. 어떻게 될 수 있었고, 어떻게 되었어야만 했다는 식의 생각은 하지 말자.

도대체 그러는 의미가 무엇인가?

후회나 갈망은 파동에너지를 수반하는 것이니, 그것은 우울감을 부르는 에너지의 낭비일 뿐이다.

모든 것이 전전(轉轉)하여 무상(無常)하니!

인생만사는 '새옹지마(塞翁之馬)'인 게지.

거꾸로 올 수 없는 시간 여행길에서 중요한 것은 내일을 위해 오늘의 행복을 미루지 않는 것이며, 사람과의 소소한 만남일수록 그런 관계를 소홀히 하지 않는 것이다.

그리고 마음과 뜻이 있다면 과감하게 시도해 볼 일이다. 망설이고 주저하면서 시도조차 못 한다면 그에 따르는 후회는 훨씬 더 크게 다가온다. 이것이 심리학에서 말하는 '자이가르닉(zeigarnik) 효과'인 게다.

이와 같이 하여, 우리가 현재의 생활 관계에 온전히 집중한다면, 뇌리를 스치는 온갖 부질없는 생각에 마음을 뺏기지 않는다면, 사람들은 우리(나)와 함께 있는 순간을 훨씬 더 즐거워할 것이다.

《탈무드》에서는 시간은 멈추어 있을 뿐이고, 흘러가는 것은 인생이라고 말합니다만 '우리 모두는 과거로부터 미래를 향해 흐르는 시간의 흐름 속에서 함께 여행하는 동반자'인 것이다.

그것도 단 한 번의 외줄타기 같은 여행으로 누구라도 마무리되지도 못한 채 끝이 난다. 그렇게 시간여행을 하는 동반자 한 사람, 한 사람의 존재는 스스로 빛을 내고자 하면서 눈 깜박할 사이에 시야에서 사라지는 별똥별 같은 것이다.

여기! 존재의 한계를 예감하면서 별빛처럼 반짝이는 한마디의 울림을 준 사람이 있었다.

벌써 10년이라는 시간이 흘렀나 보다!

어느 날 뜻밖의 전화가 걸려 왔다.

도회지에 사는 고향 선배 '안영대' 형님으로부터 전화가 온 것이다.
촌수로는 아저씨뻘이다.

> 봉근아, 어떻게 지내느냐?
> 하는 일은 잘 되고…
>
> 예, 별일 없습니다.

간략한 나의 응답이 전해지기가 무섭게 이어 말씀하셨다.

> 봉근아, 절대 흔들리지 말거라.
> 너를 알아주는 사람이 있다는 사실을 잊지 말기 바란다.
> 누가 뭐래도 너를 알아주고 인정해 주는 사람이 있다는 사실!
> 그것만은 꼭 명심했으면 한다.
>
> 예, 형님!

그런데 그랬던 영대 아저씨가 3주가 지날 즈음 돌아가셨다는 얘기
가 들렸다. 믿기지 않는 허망함으로 한참을 멍하니 있어야 했다.

당시 나는 모르고 있었지만, 그는 위암 말기 환자로 투병 중이었던
것이다. 인생의 종말을 코앞에 두고 심신의 고통을 감내해야 하는 상

태에서 전화를 했던 것이니, 오! 얼마나 전하고 싶은 마음이 절박했으면 그랬을까!

하지만, 굵직한 목소리에서는 어떤 확신이나 여유가 배어 나올 뿐 그렇게 아픈 사람 같은 느낌은 전혀 받지 못했다.

이후 나는 통화 내용을 상기하면서 그 이유가 무엇일까를 생각해 보기 시작했다.

보통 죽음을 앞둔 사람은 가족이나 가까운 사람들에게 감사하는 암시적인 말을 전하기도 한다지만 이 경우는 그런 의미는 아니었고, 평소 나와의 접촉이 별로 없었으니 관계도 그런 정도의 사이는 아니었다.

아마도 친인척이나 고향 친구들 여러 명이 문병을 오갔을 때였던 만큼 그들 누군가로부터 나에 대한 비난성 얘기를 들었던 것은 아니었을까?

이유가 무엇이든, 자신의 병환이 위중한 시점에 아픔을 숨기고 전하고자 한 육성의 메시지는 나에게는 너무나 뜻밖이고 고무적인 것이어서, 그 진심이 더욱 큰 울림으로 다가왔다.

내 기억 속의 영대 아저씨는 도덕군자 같은 풍모를 갖추고 웃음기 띤 얼굴로 낭창낭창 춤추듯 걷는 걸음걸이가 특히 눈에 선하다. 그는 일찍이 영남대학교를 졸업하고 철학가다운 면모를 보이며 고향에서도 얼마 동안 생활한 적이 있는데 그때도 나와의 직접적인 접촉은 많지 않았다.

다만, 그의 동생인 '영상' 친구와 나는 아주 각별한 사이가 되어 청소년기를 보냈던바, 동생을 통해서 나에 관한 얘기를 들으며 관심을 가지게 되었을 것이라는 점은 쉽게 짐작할 수 있다.

TV가 없던 시절, 시골 가정의 밥상머리 대화에서 이웃에 관한 크고 작은 정보가 빠질 수 없었다는 점은 어느 집이나 마찬가지였기 때문이다.

한 살 연배인 '영상' 친구는 나와 생각이 잘 통했고, 동네 사람들도 보기 좋다고 말할 정도로 서로는 친숙하고 보배로운 관계로 지냈다. 뒷산 마루 바위에 앉아 밤이 새도록 인생을 토론하며 사색의 지평을 넓힐 수 있었고 여행을 하며 앞으로의 진로를 설계해 보기도 했다. 그때마다, 세상을 넓게 보라며 책을 소개해 주고 잠재해 있던 감성과 지적 욕구를 끌어내 주었던 것은 언제나 친구 쪽이었다. 고졸 검정고시도 75년도에 같이 합격했다.

그 해 추석 무렵, 영상 친구는 합격 기념으로 계룡산까지 무전여행을 해 보자고 하여, 1박 2일을 걸어서 동학사까지 갔다 온 적이 있다.

뒤꿈치가 까지고 산비탈을 오르내리는 모험의 행군이었지만 나에게는 소중한 체험이 되어 추억의 한 페이지를 장식하고 있다.

그때, 동학사의 텃밭에서는 예닐곱 명의 까까머리 여승들이 야채

가꾸는 작업을 하고 있었는데, 장난치듯 깔깔거리며 율동을 하고 손뼉을 치면서 노래를 부르는 이팔청춘 비구니들의 그 해맑은 모습이란, 처음 느끼는 사람에 대한 청순 발랄한 아름다움이었다.

그런데, 왜?

그녀들은 어린 나이에 세속의 꿈과 배움의 과정을 빗겨나 이곳에서 일찌감치 승녀의 길을 수행하며 살고 있는 것일까? 하는 애틋한 감정과 의문이 집에 돌아와서도 한동안 쉽게 가라앉지 않았었다.

그 뒤로 영상 친구와 나는 각자의 생활로 접어들었고, 나중에 친구는 부산 대학교에 들어갔고 나는 국가 공무원이 되었다.

《삼국지》, 《에밀》, 《의지와 표상으로서의 세계》 등 많은 책을 섭렵하고 중국 무술에도 흥미를 보였던 영상 친구는 문무를 겸비한 사람이 이상적이라는 생각을 갖고 있었다.

'영대' 아저씨는 그런 동생의 영향으로 나에 관해서도 알고, 동생과 나에 대하여 비슷한 기대를 품고 있었을 것이라는 생각도 해 볼 수 있겠다.

아무튼, 우리가 세상을 살면서 자기를 진정으로 알아주고 인정해 주는 사람을 만난다는 것은 커다란 행운이 아닐 수 없다.

여기서 '인정해 준다'라는 말의 의미는 어떤 사안을 놓고 하는 평가 개념이 아니라 한 인격체가 포괄하고 있는 보이지 않는 내면세계와 의지까지를 신뢰하고 지지해 준다는 뜻일 것이다.

돌아보면, 순탄치 못했던 젊은 날의 시련을 극복하고, 그 후 공직의 작은 권리에도 안주하지 않고, 때로는 마찰이 빚어질 정도로 '불의와 타협할 줄 모르는' 나의 곧고 선량한 사람됨을 인정한다는 뜻으로 받아들여지며, 또 대인(大人)다운 안목에서 그런 이상을 추구하는 후배에게 혹시라도 세상의 몰이해로부터 상처받을까 봐 용기와 격려를 해 주신 말씀으로도 읽힌다.

그리고 '대인답다'는 표현을 한 것은 외람되지만 다른 동년배들의 사는 모습에 견주어 보면 그렇다는 얘기다.

예를 들자면, 어느 선배는 아는 후배들이 믿거라 맡긴 매매 거래를 기화로 자기이익을 챙기는 데 급급하여 원망을 사는가 하면, 선출 공직을 지낸 어느 선배는 계급의식만 덧칠해져서, 멀리 따로 앉아 식사하는 유관관계자들의 거동을 주시하고 있다가 음식값을 계산해 주기 위해 벌떡 일어나는 광경은 보기에도 민망할 정도였다.

이렇게 어설프게 어른 행세를 하는 사람들이 많은 세상이니 그런 부류에 견주어 보면, 위엄을 갖추었으되, 너그럽고 인애(仁愛)로운 인간관계를 유지하면서, 무엇이 소중한가?를 묻고 답하는 가운데 음덕(陰德)을 쌓아온 '영대' 아저씨 같은 분이야말로 진정 '큰바위 얼굴'을 닮은 대인이라고 본 것이다.

'남자는 자기를 알아주는 사람을 위해 목숨도 바친다'라고 하였거늘 이미 그 님은 세상을 떠나고 없으니 애석한 마음을 담아 그의 영전에 거듭 명복을 빌 뿐이다.

그런 연장선상에서 여건이 허락된다면, '영상' 친구와의 우정과 괄목상대하는 생활이 옛날처럼 이어져 '관포지교'라는 말이 우리 둘 사이를 가리키는 또 하나의 수식어가 되었으면 좋겠다. 관중은 말했다. "나를 낳은 것은 부모지만, 나를 알아준 사람은 오직 포숙뿐이다"라고.

붉게 노을 진 하늘을 가로질러 보금자리를 향해 날아가는
의좋은 기러기들처럼…
우리의 참다운 우정이 빚어내는 인연의 아름다움을
세상에 선사해 주고 싶어진다.

삶은 멀리 있는 어렴풋함 것을 보는 것이 아니라
뚜렷이 가까이 있는 것을 행하는 일 일진데,
후회도 욕심도 벗어놓고 단순하게 이렇게 살아야지!

유명해진다는 것은 사후(死後)에나 가능할 뿐,
그것은 인간을 고귀하게 하지도 않는 것
쉬이 모든 사람의 입에 오르내림은 부끄러운 일이다.

생명의 원리가 '자유의 실현'이라면
인생의 목적은 공감으로부터 오는 것!
너무 사치스럽게 할 필요는 없다.
완성되지 않은 채 아쉬워함이 좋다.

서로를 알아주는 '우정'이라는 관계 속에서
인생의 방향(芳香)은 피어난다네.

◆ GP의 부활을 희망하며

평화로운 남북관계를 염원하면서 아들에게 보냈던 군사우편을 다시 펼쳐본다.

〈 I 〉

효제야, 별일 없느냐?

중국 유학 때보다 더 걱정이 되는 것은 너의 군 생활이 추위와 함께 시작되고, 시국의 혼란이 적응을 더 힘들게 하지 않을까 하는 노파심 때문이다.

엄마한테 듣기로는 요즘 밤낮이 바뀐 생활을 하며 수면도 충분치 못하다던데, 무엇보다 스스로 알아서 건강관리에 신경 쓰기 바란다. 특히, 잠잘 때 숙면을 취할 수 있어야 할 것이다. 취침 2~3시간 전에는 음식과 커피를 삼가하여 장(腸)을 편하게 해야 할 것이다. 왜냐하면, 수면 조절이나 행복감을 느끼게 하는 '세로토닌' 호르몬의 대부분(90% 정도)이 위장관에서 분비된다는 것이다, 그러니, 숙면을 위해서도 장을 편안하게 해야 할 이유가 있는 것이지, 또 취침 시에는 스스로를 위로하고 칭찬하며 모든 사념(思念)을 내려놓아야 한다.

그리고 자연을 가까이하는 생활 속의 여유를 위해 도움이 될 만한 내용을 몇 자 더 적어 보겠다.

효제야, 네가 지금 지키고 있는 DMZ는 오랜 세월 그러니까 1953년 7월 전쟁이 멈추고 60년 이상 사람의 발길이 닿지 않아 자연 그대로의 모습을 간직한 곳이 아니냐!

지금 그곳은 얼마나 다양한 동·식물이 살고 있을까? 자연이 주는 '생태계의 보고'가 되어 있을 듯싶다. 서쪽으로 예성강과 한강 어귀에서 동쪽으로 강원도 고성군까지 250km(155마일)에 이르는 비무장지대에 사는 식물은 157과 754속 2,504종에 이른다지! 이는 남한에 사는 식물의 절반 이상이 되는 만큼 산림청 국립수목원에서는 DMZ에 야생화 벨트를 만들 계획으로 군 당국과 협력을 진행하고 있다는구나. 그런 측면으로 보자면 초소의 생활이 불안과 긴장만 있는 것은 아니겠구나라는 생각을 해본다. 신선한 공기, 야생이 꿈틀대는 대지의 기운이 그곳을 오가는 병사들에게 호연지기를 북돋우는 기회도 되겠거니 싶다.

그리고 초소를 지키는 시간 틈틈이 무슨 생각을 할까?

물론 초소병이 딴생각을 하면 안 된다고 교육받기도 하겠지만, 젊음이 손짓하는 낭만과 사색(思索)의 영역까지 자유를 통제할 수는 없겠지!

《논어》옹야 편에 이런 문구가 있다.

지자요수, 인자요산(知者樂水, 仁者樂山)

지혜로운 사람은 물을 좋아하고 어진 사람은 산을 좋아한다는 말이다. 즉, 지혜로운 사람은 변화에 대해 민감한 사람이다. 모든 만물을 변화하는 측면에서 관찰하는 것이 지자의 태도다. 물처럼 시시각각으로 변화하는 모습을 나타내는 것은 없다. 그러므로 변화를 좋아하는 사람은 물을 좋아하게 된다.

그에 비해, 마음이 어진 사람은 언제나 한 마음 그대로를 간직하고 있다. 모든 만물을 변하지 않는 측면에서 생각하는 것이 인자의 태도다. 산처럼 언제 보아도 그 모습 그대로 보이는 것은 없다. 그러므로 변하지 않는 것을 좋아하고, 심덕이 두터운 사람은 산을 좋아하게 된다.

다시 말하자면, 지혜 있는 사람은 사리에 밝아 여러 가지 일에 대처하므로 동적이고 물을 좋아하며 즐겁게 살아가는 데 비하여, 어진 사람은 언제나 정도(正道)를 지키어 정적이고 영원히 의연한 산을 좋아하며 작은 이익이나 변화에 신경을 쓰지 않기 때문에 장수(長壽)하게 된다는 것이다.

우리가 학교나 책을 통해 배워서 아는 것은 여기까지이다.

그런데 여기에서 한 걸음 더 나아가 그런 이유가 무엇 때문일까?를 놓고 생각해 본다면, 또 하나의 철학적 사색이 되는 거겠지.

우리가 등산을 하거나 숲속 길을 거닐 때 마음이 어질어지는 까닭은 그곳에서 생태계의 조화와 균형을 발견할 수 있기 때문이 아닐까 싶다.

나무와 나무 사이에는 다툼이 없고, 여러 동·식물이 공존하는 자연질서 속에서 생명체들의 종속 팽창, 자유확대의 모습을 볼 수 있기 때문이다.

이를테면, 씨앗이 바람에 날려 비좁은 바위틈에 떨어져 그곳에 싹을 틔워 자란 구부러진 소나무일지언정 자신이 처한 조건과 환경을 탓하기 보다는 더 길게 뿌리 뻗어 어떻게든 살려고 애쓰면서 자기 운명을 수용하는 모습은 자연 생명체들이 갖는 존재의 경향성이요 그런 적응과 수인(修因)의 긍정적인 기운이 뿜어 나오는 곳이 숲속이고 보면, 그러한 생명력을 품고 있는 산을 좋아하는 사람은 어진 마음을 갖게 된다는 이치로 이해할 수 있다.

또 지혜로운 자는 물을 좋아한다는 뜻도 물이 가진 자연적 속성 때문이리라.

부드러운 것으로 강한 것을 이긴다는 이유극강(以柔克剛)의 철학이 노자의 중심사상이듯이, 물은 만물의 성장을 도와 이롭게 하면서도 자기를 내세우지 않고 항상 낮은 곳으로 흘러가면서 수평을 지향한다. 물의 이러한 평형작용으로서의 속성은, 사회적 평등의식이라는 이미지와 결부되어 흔들리지 않는 정의로움의 상징처럼 이해되기도 하는바, 작은 물이 바다에 이르면 태풍에도 흔들리지 않을 만큼 깊게 자리 잡는 이치와 같다고 하겠다.

그래서 사람들은 물처럼 사는 삶의 지혜와 가치를 뒤늦게 깨닫기도 한다. '물이 언제 그릇을 탓하더냐 둥글면 둥근 대로, 모나면 모난 대로 제 모습을 그릇에 맞추는 물처럼 사는 사람은 세상을 탓하지 아니한다'라고 말하는 것이다.

그렇게 이해해보면, 산은 산대로, 물은 물대로 닮고 싶은 속성이 있지만, 우리가 처한 현실 상황에서 각자에게 다가오는 의미는 조금씩 다르게 받아들여질 수 있을 것이다.

그리고 전번에 매운탕 집에서 관심을 보였던 종교 문제에 관해서도 잠깐 생각해 보도록 하자.

러시아의 대문호이며 사상가인 톨스토이는 평생 진리를 추구하면서 인생의 고민을 이성의 힘으로 해결해 보려고 과학(자연에 내재한 규칙성, 목적성을 찾아 보고자 함)과 철학에도 몰두했으나 이루지 못하고 결국 종교에 기울게 되었다고 술회한다. 그는 인간성을 갈고 닦는 기초로써의 신앙은 인생에 있어 힘이 된다고 믿으며 "자기의 인격을 스스로의 힘으로 완성하는 것만이 자기 구제의 길"이라는 그 나름의 종교적 신념을 갖게 되었다. 톨스토이가 그랬듯이 신의 존재를 입증하는 것은 그것을 반증하는 것과 마찬가지로 불가능하다. 왜냐하면 철학자나 과학자들이 말하듯 "신은 없기 때문이다." 그러므로 신을 믿는 것은 상식이나 논리적 논의의 문제가 아니라 감정의 문제이다. 종교는 인간이 이성적으로 접근이 안 될 때 즉 사유(思惟)가 끝나는 데서 비로소 시작되는 감정적이고 초월적인 영역으로 이해할 수 있다.

또, '생명의 원리는 자유이다'라는 관점에서 보면, 신앙이란 인간의 유한성과 죽음에 대한 불안 의식이 만들어 낸 자유 확대의 한 지평이라고 할 수 있다. 우리는 누구나 죽음이라는 어두운 면으로부터 얼마간 자유롭기를 바라고 죄의식으로부터도 벗어나기를 원한다. 종교는 전통적으로 이러한 인간욕구(본성)를 충족시키려 했으며 실제로 죄의식으로부터 벗어난 자유에 대한 전망이야말로 참다운 인간 해방일지도 모른다. 그런 점에서, 성급하게 무신론을 말하거나 종교적 교리와 가르침을 가벼이 폄훼해서는 안 된다고 본다.

특히, 불교는 자기 수양의 종교라고 할 수 있다. 불교는 부처님의 가르침이라고는 하지만 부처님은 인간으로서 자각한 (깨달음을 얻은) 것이기 때문에 결국 불교는 인간의 가르침인 것이다. 계시적인 신(神)의 종교가 아닌 인간의 종교인 것이다. 요컨대, 불교는 진리를 가르치고 그 핵심은 인연을 가르치는 것이다.

그럼 인연이란 무엇인가?

인연이란, 인연생기(因緣生起)를 줄인 말로 인(因)과 연(緣)과 과(果)의 관계를 나타낸다.

인은 곧 원인을 말하는 것으로 결과에 대한 직접적인 힘이고, 연은 인을 도와 결과를 낳게 하는 간접적인 힘이다.

예를 들어, 여기 한 알의 벼가 있다고 하자, 이 경우 벼는 곧 인이다. 이 벼를 책상 위에 가만히 놓아두기만 해서는 언제까지 가도 한 알의 벼밖에 안 된다. 그렇지만 한 번 이것을 땅에 뿌리고 거기에 비와 이슬과 햇빛과 거름과 같은 온갖 연의 힘이 더해지면 한 알의 벼는 싹을 틔우고 자라나서 가을에 가서는 수백 수천의 벼 알이 되는 것이다. 이것이 곧 인과 연과 과의 관계이다. 그러므로 꽃이 피고 열매가 맺히는 결과는 반드시 인과 연과의 화합(和合)에 의해서 비로소 이루어진다는 이치다.

이처럼 우리가 알든 모르든 일체의 사물은 서로가 돕고 의지하는 무한한 인연의 관계 속에 존재해 있다는 것이다.

불교에서 '옷깃만 스쳐도 인연이다'라는 표현으로 인연을 중요시하는 이유가 여기에 있다고 하겠다. 군 동기들도 특별한 인연으로 맺어진 관계인 만큼 서로가 도움의 자세를 갖는 것이 필요할 것이다. 물론, 인연에는 좋은 인연도 있지만, 악연도 있는 것이므로 그런 경우는 교차로에서의 마주침 정도로 여기고 경계하면 될 것이다.

그럼 이만, 줄이겠다. 모쪼록 항상 좋은 생각, 건강한 몸 관리로 활기 있는 군 생활 해 나가길 바란다.

사랑한다 아들아.

2017. 6. 10.

아빠가

<　Ⅱ　>

입대한 지 어느덧 1년이 되어가는구나, 처음 춥고 낯선 연천 땅에 너를 떼어 놓고 올 때는 정말 불안하고 안쓰러운 마음에 엄마는 눈물을 보이고 나도 속으로 울먹였었는데, 지금은 그래도 복무하는 비무장지대를 부분적으로나마 알게 되고, 자주 통화도 하고 얼굴도 볼 수 있어서 한결 마음이 가벼운 편이다.

하지만 또다시 겨울철 추위와 맞닥뜨리고 보니 최전방에서 복무하는 군인들의 힘겨워하는 모습이 눈에 밟히는구나.

게다가 눈까지 내리는 날이면 눈 치우느라 더욱 고생이 많겠구나.

어쨌든 내복도 껴입고, 목도 감싸고, 손·발이 얼지 않도록 철저히 채비하는 것이 스스로 북풍한설을 이겨내려는 자세가 아닐까 싶구나.

그리고 오늘은 동짓날인데 혹시 팥죽은 먹을 수 있었는지 모르겠구나. 뜨끈하고 달콤한 팥죽 맛을 음미하는 것은 잠시라도 고향의 향수를 달래주기에 부족함이 없을 텐데….

아빠는 아침에 엄마표 팥죽 두 그릇을 뚝딱 했단다(뱃살 운동은 계속하고 있으니 걱정 마라).

동지(冬至)는 밤낮의 길이가 바뀌면서 태양의 부활을 의미하므로 예로부터 '작은 설'이라 불리기도 했으니, 차츰 차츰 겨울은 가고 머지않아 봄이 오겠지!

이렇게 마음속으로나마 앞날에 대한 기다림의 여유(餘裕)를 갖다 보면, 소초병의 귀도 눈도 밝아지면서 멀리 적막을 가르는 철새의 비행 소리가 더욱 크게 들리고, 저 언덕 넘어 땅속에서 피어오르는 아지랑이의 가물거림도 더욱 가깝게 보이지 않을까 싶다.

고은 시인의 '그 꽃'이란 시가 있다.

내려갈 때 보았네
올라갈 때 못 본 그 꽃

이 짧은 시는 우리가 산을 오르고 내릴 때의 경험이 사실적으로 묘사되었다고 볼 수 있지만, 시적 언어가 담고 있는 비유나 상징성 등을 감안해 보면 보다 다양한 의미로 해석 · 인용이 가능할 것이다.

이를테면, 인생의 변화무쌍한 굴곡(屈曲)을 반추하며 이 시를 감상해 본다면, 사람은 누구나 나이가 들어 철이 들고 깨닫고 보면, 지나온 세월에서 후회스러운 일이 한둘이 아니다. 그동안 안 보였던 일, 못 보고 스쳐 지나갔던 일들이 눈에 보이기 시작한다. 즉 산을 내려올 때처럼 마음의 여유가 시야(視野)를 넓혀 주었기 때문에 보이는 꽃(가치)들이 아니겠는가.

또 다른 시각에서 감상해 본다면 고전 '대학'에 나오는 다음의 구절과 같은 의미로 응용해 볼 수 있을 것 같다.

心不在焉 視而不見, 聽而不聞, 食而不知其味.

'마음이 있지 않으면 보아도 보이지 않고, 들어도 들리지 않으며, 먹어도 그 맛을 알지 못한다'라는 뜻이다.

부연하자면, 창밖에 차 소리 바람 소리가 아무리 요란해도 거기에 마음이 가 있지 않으면 우리의 귀는 듣지 못한다. 또 만원 버스에 올랐는데 아주 친한 친구가 앞에 있다. 하지만 딴생각 중이라면 못 볼 수도 있다.

이처럼 마음의 중심을 어디에 두느냐에 따라 우리의 감각과 지각 능력은 달라질 수 있다는 가르침이다.

마찬가지로, GP 소초병의 역할을 수행함에 있어서도 무엇보다 중요한 것이 마음가짐이 아닐까 한다. 마음을 흔들리지 않는 중정(中正)에 놓으려면 먼저 마음의 길인 자기의 의지(意志)를 성실되게 하여 스스로를 기만하지 않고 지금의 과정에 몰입하는 것이다.

그런 과정의 연속선상에서 시간은 금방 지나가고 군대 생활이기에 얻어지는 보람으로서의 아름다운 '그 꽃'도 보게 될 것이라 생각한다.

예를 들자면, 우선은 야식하는 버릇을 멀리함으로써 장 건강이 좋아지는 것을 느낄 것이고, 스마트 폰 보는 습관을 멀리함으로써 피로감이 사라지고 시력도 보호될 것이다. 또 바른 자세와 절도 있는 생활에 익숙해지다 보면 그것이 평생의 건강 습관으로 이어질 수도 있는 것이리라.

그뿐인가, 민족 분단의 고통과 통일의 염원이 서려 있는 DMZ에서 혹한에 맞서며 북녘을 살피고 응시하는 젊은 자신에게 전해지는 순간순간의 메시지는 무엇이랴? 이렇듯 군 복무가 낭비적인 과정만은 분명 아니지 않겠는가.

끝으로 빨리 제대했으면 하는 일선 군인들의 내적 갈등을 다독이고, 조급증을 누그러뜨릴 만한 우화 하나를 소개해 볼까 한다.

어느 날 두 나무꾼이 뿌리를 내린 지 백년이 넘은 나무를 자르고 있었다. 나무를 자르자 나이테가 보였다. 젊은 나무꾼은 다섯 개의 나이테가 거의 붙어 있는 것을 발견하고는 "5년 동안 가뭄이 들었던 모양입니다"라고 쉽게 결론을 내렸다. 나이테가 붙어 있는 이유는 나무가 그만큼 자라지 않았기 때문이라는 사실을 알고 있었기 때문이다. 그렇지만 나이 많은 현명한 나무꾼은 젊은 나무꾼의 말에 동의하면서도 그와는 다른 관점 하나를 말하였다. "가물었던 해는 실제로 그 나무의 생명에 중요한 시기였네. 가뭄 때문에 그 나무는 땅속으로 뿌리를 더 깊이 내려야만 했겠지. 그래야 필요한 수분과 영양소를 얻을 수 있으니까. 그리고 가뭄이 사라지자 나무는 튼튼해진 뿌리 덕분에 더 크고 더 빠르게 성장할 수 있었을 것이네."

효제야, 그럼 이만 줄이겠다. 추위가 염려되어 펜을 들었다만, 서로 소통하고 배려하면서 부대 분위기를 훈훈(薰薰)하게 만드는 것보다 더 좋은 겨울나기가 있을까 싶구나.

상관들도 사병들의 사기 진작을 위해 세세하게 신경 쓰고, 건강관리에도 소홀함이 없을 것으로 본다. 애로사항은 말을 하는 것도 필요하겠지.

모쪼록, 비염 걸리지 않게 하고, 수면의 질을 높여 하루하루의 긴장과 피로가 누적되지 않도록 해야 할 것이다.

혹시, 특별휴가라도 얻게 된다면, 바로 연락하여 엄마, 아빠와 함께 연천 매운탕도 먹고, 목욕도 하고, 노래 실력도 뽐내 보도록 하자.

자랑스러운 우리 아들, 힘내라!

2017. 12. 23.

아빠로부터

〈Ⅲ〉

하얀 이슬이 내리고 가을 기운이 완연해진다는 '백로' 절기로구나.

이 가을이 지나갈 쯤이면 우리 멋진 아들도 제대를 하겠지.

북풍한설 추울 때 신병훈련을 시작으로 근세기 최고의 폭염이라는 올여름 더위를 이겨내기까지 그동안 긴장감 감도는 최전방에서의 생활이 얼마나 힘들었을까.

효제야, 이제 얼마 남지 않았구나!

유종의 미를 거둘 수 있도록 언행이나 임무 수행에 흐트러짐이 없도록 하거라. 요즈음 낮에는 높고 푸른 하늘 빛이 가을의 정취를 느끼

게 하지만, 밤이 되면 바람은 찬데도 모기가 많더구나, 또 태풍·호우
가 쓸고 간 산 길목은 속살을 드러내면서 숨겨져 있던 지뢰나 뱀 등이
나올 수도 있을 테니 주의했으면 좋겠다.

행복이란 아프지 않고 몸(물질)과 마음(정신)이 채워지는 것이라고
본다면, 자연과 함께하는 GP 생활이 시나브로(모르는 사이에 조금씩) 채
워 주었을 생태적 환경에의 적응 경험은 우리가 사는 데 있어 무엇이
소중한가에 대한 귀띔도 되지 않았을까 싶다.

노자는 행복한 상태를 무위자연(無爲自然)으로 표현하기도 하였는
데, 이때 무위자연이란 아무것도 하지 않고 있는 그대로 살리는 것이
아니라 인간에 의해 교란된 일이 없는 자연으로 돌아가 그 자연의 이
법에 따라 살라는 의미일 게다. 오늘의 DMZ는 그런 무위자연의 가
능성을 보여 주는 데 부족함이 없지만, 군사 전략상 벌목이 되고, 지
뢰와 같은 음모가 숨어 있으니 인위와, 무위가 부자연스럽게 공존해
있다고 봐야 할 듯하다.

효제야, 아무튼 끝까지 맡은 임무에 소홀함이 없도록 하거라.
그리고, 너는 편지를 안 보내도 괜찮다고 했지만 효철이의 마음 상
태도 전해 주고 싶구나, 효철이도 변함없이 잘 지내고 있으며, 누구보
다 엉아의 제대 날을 기다리며 보고 싶어 한다. 네가 먼저 전화라도
하면 서로에게 힘이 될 듯싶구나!

요즈음 '소확행'(소소하지만 확실한 행복!)이라는 말이 유행한다지.

어제는 아빠도 엄마랑 속리산 법주사 숲속 길을 산책하고 왔다. 산림욕을 하듯 신선한 공기를 마시며, 아름드리 나무가 한 곳에 뿌리 내리고 사는 생태의 의미에 대하여 대화를 나누면서 돌아왔다(단순하게 나무처럼 사는 것이 더 고귀한 것이라고 왜냐하면 나무는 대지에 뿌리를 박고 있으면서도 끊임없이 위를 향하여 삶을 긍정하기 때문이라고, 창조의 목적은 헌신에 있다고…).

그리고 엄마가 중국어 책을 보내 줬다고 하던데, 부대 내에서 틈내어 책을 볼 수 있는지 모르겠구나. 2년이라는 세월을 책과 멀어져 생활했으니 알게 모르게 경직된 머리를 염려하는 심정은 이해할 수 있겠다만, 너의 잠재된 능력과 성숙된 조건으로 볼 때, 진로와 공부를 앞당겨 고민하고 조급해할 것은 아니라고 본다.

아빠, 엄마는 아들이 무슨 생각을 하고 어떤 진로를 꿈꾼다 해도 그 꿈이 이루어지도록 모든 뒷받침을 다 할 것이다.

비유컨대, 우리는 같은 조건이라면 가벼운 배일수록 더 빠를 것 같이 생각된다. 하지만 경험 많은 뱃사람들은 배 밑바닥에 '밑 짐'이라 부르는 일정 무게의 짐을 항상 싣고 다닌다고 한다. 밑 짐이 든든한 배는 풍랑이 거센 때라도 큰 흔들림 없이 앞으로 나아갈 수 있기 때문이란다. 신념과 끈기는 학업을 성취해 나가는 데 있어 밑 짐이 되는 것이라고 생각한다.

그럼, 환절기인 만큼 건강관리에 유의하고, 끝까지 자중자계(自重自戒)하거라.

치과는 2일로 예약해 놓았으니 일정이 맞지 않으면 미리 연락하기 바란다.

힘찬 포옹의 날을 기다리며

2018. 9. 9.

아빠가

◆ 아들아, 누구에게나 어린 시절의 상처가 있단다.

은빛의 우아한 보물, '진주'는 조개에게 하나의 상처였다.

원래 조개는 몸속에 이물질이 들어오면 뱉어 내려고 한다. 그러다가 여의치 못하면 자신을 보호하기 위해 조개껍데기와 같은 성분의 분비물로 이물질의 둘레를 자꾸 감싸게 된다.

그리고 그것이 자꾸 쌓이고 쌓여 바닷속의 광물질과 결합하게 되는 과정 속에서 진주가 된다.

그러니까 진주는 조개가 모래알 같은 자극물에 의해 상처가 생겼을 때 그에 대한 내부 반응으로 만들어지는 것이다.

'오랜 시간 동안 정성을 다해 상처를 보듬고 감싸는 일! 그것이 아름다운 보석을 만드는 일'인 것이다.

나는 우리 '효철'이(지금은 '도영'이)가 자신에게 다가왔던 한때의 불운과 아픈 기억의 어린 시절 상처를 하늘이 내린 자신만의 특별한 성장통으로 승화시켜, 깊이 있는 감성의 소유자로 자신을 재발견하고 보듬는 용기를 발휘했으면 한다.

먼저, 어릴 때의 효철이를 추억해 본다.

2살쯤 청주대 교정에서 있었던 일이다. 옹기종기 모여 있던 여자 대학원생들 중 한 명이 탁 트인 공간이 좋았던지 서툰 몸짓으로 이리저리 아장거리는 효철이를 보고 크게 소리쳤다.

야, 쟤 좀 봐라!

어쩌면 저렇게 사랑스러운 아이가 있다니!

라면서 다가와 높이 끌어올려 안아 주었다.

나는 그 대학원생과 효철이의 얼굴이 크고 작은 해바라기 꽃처럼 피어났던 그 정경을 잊을 수 없다.

또 조금 더 커서는 공주 '마곡사'로 여행을 갔다 온 적이 있는데

할머니가 안 가시겠다고 하자 효철이가 은근히 보챘다. 할머니만 남겨두고 가는 것이 마음에 걸리는 모양이었다. 그래서 할머니와 함께 온 가족이 즐겁게 출발할 수 있었다.

천왕문의 무서운 형상과 사찰 내 탱화의 인물 묘사가 신비로운 듯 의아해했다. 나는 사람이 죽어서 좋은 세상에 다시 태어나려면 살아 있는 생명체를 함부로 죽이지 않고, 남에게 해코지하지 말아야 한다는 뜻으로 설명해 주었더니,

효철이가 말하길,

"그러하면 나는 지금의 우리 가족이 이 모습 그대로 계속 살았으면 좋겠다"라는 순수한 마음을 표현했는데, 그것은 비상하게도 어린애의 생각이 가족이라는 관계 속에서 자신의 존재가 의미 있다는 걸 드러내는 것이었다는 점에서 매우 놀라웠다.

효철이 말마따나 그때의 가족 구성원이 함께 영원할 수 있었으면, 할머니도 지금까지 살아계실 텐데….

또 한번은 나와 효철이랑 둘이서 평택(흙마 축산)에 갔다 온 적이 있는데, 고속도로를 내려오면서 휴게소에 들러 무엇이든 먹고 싶은 것을 고르라고 했더니, 먹을 것은 관심이 없고, 장난감을 집어 들었다.

그것을 차 안에서 꺼내보고 만지작거리며 "엉아가 이것을 보면 깜짝 놀라겠지!"라고 흐뭇해하면서 얼른 형아를 만나 보여주고 싶어하던 그 마음씀이 얼마나 예쁘던지! 미호에 도착하여 짜장면을 사 먹는 중에도 얼른 집에 가고 싶다는 마음이 행동에서 역력했다.

형제지간이란 그런 것이다. 때로는 경쟁심리나 질투 섞인 다툼을 벌이기도 하지만, 언제 어디서나 늘 가깝게 있고, 안 보면 생각나고 마음속 깊은 곳으로부터 서로 의지하는 관계가 형제간의 사랑인 듯

싶었다.

그리고 한번은 동창모임 때문에 친구들이 어린이집에 온 적이 있는데, 바깥마당에서 서성이는 친구들에게 쭉 다가가서는 "안녕하슈! 안녕하슈!"라고 까불 듯이 인사하면서 반가움을 표시하던 모습이 얼마나 기특하던지!
친구들은 하나같이 눈빛에 총기가 가득하다고 칭찬해 주었다.

이렇게 한참 이쁜 짓을 하며 구김살 없이 커가던 효철이에게 갑작스러운 시련이 닥친 것은 3살이 지날 쯤이었다.

할머니와 동네 경로당에 갔다 돌아오는데 다리가 아프다며 칭얼대고 감기 같은 증상을 보이기 시작한 것이다.
할머니와 나는 병원에 가보자고 하였으나 아내는 감기를 갖고 뭘 그러느냐며 대수롭지 않게 넘기려고 했다.

그러나 아이에게는 좀 더 세심한 감수성이 필요했다. 며칠이 못 가서 아이의 입술이 빨갛게 변하고 균열이 생겨 밥도 못 먹고, 종아리도 붓고 아픈 증상이 나타났다. 감기약으로 치료될 수 있는 병이 아니었던 것이다.

뒤늦게 대학병원을 찾았는데,
의사는 아이의 상태를 살펴보고 몇 가지 문진을 하고는 '가와사키'

같다고 했다. 가와사키는 발견자(일본 의사)의 이름을 따서 붙여진 병명이다.

이것은 주로 5세 미만의 소아에게 발생하는 급성 혈관 염증으로 피부점막과 심장 등에 이상을 일으키는 질병이란다.
원인은 불명확하지만 수인성(水因性) 즉, 오염된 물을 먹은 것이 원인이 되는 것으로 추측되고 있다는 것이다.

바로 입원했고, 아스피린을 복용하면서 부작용을 막고 열을 내리는 것이 관건이라는 설명이었다.

그렇게 검사와 치료의 불안한 병원 생활이 이어졌고 많은 이들이 병문안을 왔다.
안양에 사는 효철이 고모는 "손이 귀한 집 자식이라 대가를 치르게 되는 것 같다."라고 하고, 외할아버지는 "효철아, 어서 싹 나아라" 하시며 위로의 손길을 주셨다.
이종사촌 형과 형수님, 강기윤 차량 아저씨 내외분, 선생님들, 그 외에도 여러분들이 문병을 오셨다.

그렇지만 그와는 상관없이 아이는 주사와 채혈의 불안 그리고 주기적으로 찾아오는 고통과 씨름해야 했고, 때로는 40℃를 오르내리는 고열에 짓눌려 어두운 그림자가 어른거리는 걸 느끼기도 했을 것이다.

중간에 찍은 X-ray와 초음파 검사 결과는 모두를 놀라게 했다.

심장 관상 동맥이 풍선처럼 부풀어 위험한 지경이라는 의사의 설명에 말문이 막히고 긴장할 수밖에 없었다. 할머니는 의사를 붙들고 울먹이며 호소하듯 하였고, 아내는 밤을 새워 간호하면서 아이와 함께 고통과 위험한 순간순간을 겪어내야 했다.

같은 병실에서 상황을 지켜본 다른 보호자 어머니들도 어젯밤은 정말 효철이가 고비를 넘기는 듯싶었다고 말했다.

바로 그날 밤!

나는 집에 돌아와 야간 시멘트 작업을 하고 있었다. 잠을 잘 수 없는 심란함 속에 말 구유(먹이 통)를 얹어 놓을 사각 틀을 만들기 위해 높이 1m 가로 1.5m 세로 70cm 정도의 벽돌 쌓기 작업을 시작했다.

모래와 시멘트를 섞어 이기고 눈대중으로 벽돌을 쌓아 올리는 데 서둘러 쌓다 보니 옆구리가 터져 흘러내렸다.
이번에는 실을 갖고 수직과 수평을 잡아가며 다시 쌓기 시작하였다.

한밤중이 되자 세상이 고요하고 적막하기가 마치 딴 세상에 와있는 것 같다는 기분이 들었는데, 그때 홀연 더운 바람이 확 밀려오면서 뿌연 사람의 형체가 스쳐 지나가며 또렷하게 말하였다.

"나는 아파 죽겠는데 너는 지금 뭐 하고 있느냐."

분명 어른의 목소리였는데 인기척이 지나간 길목에는 아무것도 없었다.
소름이 돋았다.

얼른 일어나 마구간을 들여다보니, 말은 숨소리도 내지 않고 눈만 멀뚱멀뚱하니 구석에 고정되어 있었다.
말도 무엇인가를 본 것일까.

순간! 아 효철이의 고통과 구원의 외침이 메아리처럼 텔레파시가 되어 아빠인 나에게 전해진 것이로구나!라는 직감이 들었다.

나는 나도 모르게 마당으로 나와 별빛 희미한 하늘을 보며 기도했다.
"지금 아버지의 혼령이 오셨다 가신 거라면 제 간절한 바람을 한 번만 들어주세요. 제 목숨을 가져가도 좋으니 제발 제 자식의 생명을 살려주세요.
천지신명이시여, 저는 이미 살 만큼 살았습니다."라고 중얼거렸다.

그렇게 침침한 백열전구 아래서 반쯤 정신이 나간 상태로, 기도하는 심정으로 작업을 하다 보니 어떻게 시간이 지나갔는지도 모르겠고, 완성된 구유 틀 공간으로 동녘 가시 광선이 비쳐 들 때까지 새날

이 밝아온 것도 몰랐다.

아침나절이 되어 병원으로부터 어젯밤의 한고비는 어렵게 넘겼다는 전화를 받고 그제야 나갔던 혼과 몸의 감각도 되살아나기 시작했다.

지금도 나는 나만이 아는 그 구유 틀 작업 중 일어났던 신기한 경험과 천지신명에 고한 약속을 기억하며 그것을 저버리지 않을 각오로 가족에 대한 헌신적인 마음가짐을 유지하고 있다.

한 달가량을 그렇게 병마와 사투한 후, 피골이 상접하고 제 몸 가누기도 힘들 정도가 되어 집에 돌아온 효철이의 모습은 기쁨과 소중함 그 자체였지만, 그 후 사진으로 보는 당시의 모습은 더욱 뼛골을 아프게 했다(사진은 나중에 아내가 없앤 듯하다).

아무튼, 효철이는 점차 기력을 회복하고 웃음기도 되살아나면서 아이들과도 어울리고 주말에는 형아와 밖에 나가 곰돌이랑 뛰어놀면서 밝은 성격을 회복해 나갔다. 한동안 통원하며 건강체크도 하고, 3년 뒤에는 초등학교에 입학했는데, 학교에서도 교사의 관심을 받으며, 과학 부문 장관상도 타고 수학 박사라는 별명이 붙을 정도로 재능을 과시하며, 아침에 지각하는 것 말고는 원만한 학교생활을 했었다.

그런데 어느 날 할머니께서 말씀하시길, 오늘은 효제가 학교에서 돌아오자마자 눈물을 흘리며 뒷전으로 맴돌기에 무슨 일이 있었느냐고 물으니까, 하굣길에 동생과 같이 왔는데 오는 길에 효철이가 "죽고 싶다"라고 말하더라는 것이었다.

돌아보면, 그때 효철이는 소아 우울증세가 있었던 것이다. 소위 말하는 '가면 우울증'이다. 즉, 사고력이나 감정의 발달이 미숙하여 절망감, 허무감 같은 우울한 감정이 겉으로 별로 드러나지 않는 아이들의 정신 증상인 것이다. 어른들로서는 진즉부터 '가와사키'의 후유증을 염두에 두었어야 했는데 가면에 속고, 무지했던 것이다.

병원에서 겪었던 불안과 죽음에 대한 공포는 잠재의식 속에 커다란 상처가 되어 불쑥불쑥 어두운 감정을 불러일으키는 것이리라.
누구든 어린 시절의 상처(특별한 경험)가 하나쯤은 있게 마련이지만, 문제는 어린 시절의 상처가 세상과 건강한 관계를 맺지 못하게 작용할 수도 있다는 점이다.

우선 그것은 세상을 불신하며 개방적이기보다는 방어적으로 대하게 함으로써 세상과의 관계를 왜곡시킬 수 있다.
이를테면, 어린애의 살결에 주삿바늘을 꽂기 위해 한참 동안을 고문하듯이 울게 하는 것은 신출내기 여의사 둘이서 은밀히 벌이는 광경이었다. 그런 과정 속에서 아이는 아픔도 아픔이지만 그들이 대하는 공감력 없는 태도로부터 비정함을 느꼈을 것이고, 그렇게 실습대상인 양 취급하는 미숙한 의사들의 모습에서 아이는 사람에 대한 불신감이 아로새겨졌을 것이다.

결국은 숙련된 간호사가 들어가 단번에 주삿바늘을 꽂는 데 성공하는 것을….

의술은 인술이 전제되지 못한다면, 그것은 그들에게 있어 생명을 다루는 일조차 하나의 장삿속 밑천에 지나지 않는 것인지도 모르겠다.

우리가 어린 시절의 상처를 강조하는 것은 그것을 기억하기 어렵기 때문이다. 6~7세 이전의 일들은 잘 기억하지 못하지만 잠재의식 속에 저장되어 평생토록 작용하기 때문에 더욱 중요시되는 것이다.

이해를 돕기 위해 또 다른 사례를 들어 보자면,

미국의 한 어린 소녀 클라라 바턴(1821~1912)은 자기네 목장에서 암소를 도살하는 현장을 본 적이 있었다.

도살꾼이 암소의 머리를 도끼로 내리치는 바로 그 순간 클라라는 자신의 머리에 큰 충격이 가해지는 것을 느끼고는 그 자리에서 의식을 잃고 쓰러지고 말았다.

정신을 차리고 난 이후로는 그녀는 철저한 채식주의를 고집했고, 한 번도 육류를 먹은 적이 없었다고 한다.

이런 경험적 사례를 통해 보면, 동정심이나 애정이란 배워서 생기는 감정이 아니라는 사실을 증명해주는 것이며, 반면에 잔인성이야말로 살아가면서 생성되고 점점 더 심해지는 것이라고 이해할 수 있다.

이처럼 어린 시절의 상처는 사람의 기호는 물론, 인생의 가치관에까지 영향을 주는 것으로 볼 수 있다.

아무튼, 유년기 상처를 치유하지 못한 사람은 인격의 일부분이 미숙한 채로 남아 있게 된다고 한다. 우리 안에는 과거의 경험이 만들어 놓은 모순된 감정들과 유아적인 감정들이 겹겹이 쌓여 있다.[7]

이해할 수 없는 분노, 원인을 알 수 없는 우울, 열등감 같은 유치한 감정들이다.

이러한 감정들은 격렬하고 통제하기 어렵다. 무의식에서 진행되기 때문에 이해하기도 어렵다.

그렇지만 엄연한 현실이다. 실제 현실이 아닌 타인의 눈에 보이지 않는 심리적 현실일 뿐이지만 대인관계나 정신세계에 구체적인 영향력을 행사한다.

심리적 현실에서 사는 존재는 이미 어른이 된 내가 아니라 '마음속의 아이'이기 때문이다.

그와 같은 내면의 아이를 찾아 직시하는 것은 자아가 건강하고 통합능력이 뛰어난 사람이어야 할 수 있는 일이지만, '마음의 힘'을 기르고 즐겁게 도전하는 자에게 과거의 상처는 오히려 자유롭고 행복한 인생의 지침이 되고, 밑거름이 될 수 있는 것이다.

왜냐하면, 역경을 즐거운 도전으로 바꾸는 '마음의 힘'이야말로 자유로운 삶을 위한 핵심 요건이고, 행복은 가치 있다고 생각하는 일에 도전하고 집중할 때 즉, 삶의 순간순간에 깊게 몰입할 때 찾아오는 것이기 때문이다.

상처 입은 나무가 더 많은 열매를 맺으려 하듯이,
또 상처 많은 꽃잎이 더 향기롭듯이…

상처의 고통을 견뎌내는 적극적인 인내의 힘이
'진주'와 같은 아름다움을 낳는 것이다.

우리는 어린 시절의 상처가 있기 때문에 성숙된 인격의 아름다움과 향기로운 감성의 소유자가 될 수 있는 것인지도 모르겠다.

◆ 자연과 생명의 리듬, 말을 타고…

바쁜 일상, 물질문명의 현대 생활은 우리의 몸과 마음을 메마르게 한다. 비교적 자유인으로 살아온 내가 세상에 권장하고 싶은 운동이 있다면, 생명과 교감하는 레포츠, 승마이다.

워밍업을 한 후 경속보로 말등과 허벅지가 안착이 되면, 강촌으로 나가 비행장과 강둑 길을 달려본다.

푸르른 하늘, 먼 지평선까지 시야가 넓혀지면서,
출렁이는 말의 보폭이 심장박동을 부드럽게 진정시키고,
시원한 공기가 폐부에 스며드니 호연지기가 따로 없다.

말과는 계속 감각적으로 교감을 이루어야 한다. 무릎과 종아리를 쪼이듯이 하여 말의 갑작스러운 행동에도 대비해야 하고 고삐와 음성 부조로써 집중력을 유지하는 것도 필요하다.

그렇게 서로에게 방해가 되지 않는 상태로 말과 사람이 하나가 되었다 싶으면 떠그덕 떠그덕 3박자 구보의 리듬을 타고 가로수 길을 달리는 것이다. 한참을 달리다 보면 말도 사람도 몸이 데워지고, 기분은 한껏 부풀어 행복 호르몬이 방출된다. 웬만한 스트레스는 바람결에 날아간다. 숙변이 빠질 정도로 장운동 효과에도 그만이다.

승마는 무리하지 않는다면, 남녀노소 누구라도 가능하며 발달장애 (자폐성) 문제를 갖고 있는 어린이에게는 특히 좋다.

여성의 유연하고 아름다운 체형관리에도 더없이 좋다. 당뇨나 관절염도 예방된다.

1시간 승마로 성인 여성 하루 섭취량인 2,300kcal보다 많은 2,700kcal가 소모되며 이는 하루 종일 골프를 치는 운동량이라고 한다.

여기서 잠깐!

승마는 살아있는 동물과 함께하는 운동이므로 말에 관한 기본 지식과 말의 특성을 아는 것이 우선된다.

말(馬)은 예로부터 힘과 고귀함의 상징이다.

승마가 매력 있는 것은 동물과 교감하면서 사람의 요구와 말의 본능이 조화를 이루고, 기승자의 몸과 마음이 균형을 이루는 기품있는 운동이기 때문일 것이다.

그렇지만, 말은 감정과 개성이 있는 생명체로서 늘 순종적이기만 한 것은 아닐뿐더러, 겁이 많은 동물로서의 특성이 있다. 초식동물로서 놀라거나 위험이 닥치면 달아나려는 야성(野性)이 숨겨져 있어 그것이 위험한 상황을 야기할 수도 있는 것이다. 그러한 공포성은 귀소성(귀가성)과 함께 발동하므로 되도록이면 낯선 코스로의 외승은 자제하는 게 좋다.

고라니 같은 야생동물, 대형 차, 바람에 날리는 비닐 등 위험 요소는 많다. 무엇보다 말의 컨디션을 살펴 기다려주고 운동을 보류할 줄도 알아야 한다.

말의 눈은 멀리도 잘 보지만, 넓게 본다는 특징이 있다. 후방 꼬리 부분을 빼고 전면을 동시에 볼 수 있다. 갈까 말까 망설여지는 경우 말의 판단이 옳을 때가 있다.

그리고 말은 질보다 양 위주로 먹는데 콩이나 강냉이 같은 알곡 사료를 한꺼번에 많이 먹으면 산통을 일으킬 수 있다. 말은 위가 작고 하나라서 소처럼 되새김질을 못하며, 장의 길이도 소장 21m, 대장 6~10m 정도가 되므로 과식으로 장이 꼬여 굳어지면 숨이 멈추게 될수도 있다. 또 말은 주로 건초를 먹고 발한량도 많으므로 물을 많이 필요로 한다. 항상 깨끗한 물이 준비되어 있어야 한다.

그러면, 다시 외승 코스를 따라 떠나보자.

따스한 오월의 햇살을 온몸으로 받으며 싱그러운 시골길을 달려본다. 푸른 들판을 가로질러 흐르는 미호강, 그곳으로부터 들려오는 물새들의 노래가 몸과 마음을 씻어준다.

여기저기선 농부들이 허리를 굽혀 다정한 눈길로 땅과 대화를 나누고 탐스럽게 솟아오른 푸른 채소를 쓰다듬는 손놀림이 매우 경쾌하다.

풋풋한 흙냄새와 코끝을 자극시키는 풀과 들꽃 향기가 그윽하고 싱그럽다. 이렇게 그들과 함께 살아간다는 것은 얼마나 아름다운 조화(調和)인가! 나도 모르게 깊은 탄성이 나올 정도다. 그저 푸르른 대지와 산과 들을 바라보는 것만으로도 마음이 즐겁고 풍족해진다.

사람의 마음이란, 크고 놀라운 일에 감동하기보다는 작고 잔잔한 일에서 더 진한 감동을 느끼는가 보다!

어느새 문주리 앞을 지나,

노적산과 칠동산 사이로 호젓하게 나있는 오솔길과 횡길을 따라 평보와 속보를 거듭하다 보면 땀으로 젖은 자신을 발견하게 되고, 나뭇가지를 헤치고 작은 냇물을 건너면, 드디어

눈 앞에 펼쳐지는 금강 물줄기와 드넓은 백사장!

바로, 금강과 미호강이 만나는 합강 섬터이다.

잠시 쉬어 숨을 고르자니 동심이 얽힌 옛 추억이 밀려온다.

어릴 때 소 뜯기며, 씨름하고 닭싸움하던 고향 땅이다.

그리고 방향을 바꾸어 돌아오는데 마주오는 흰색 차량에서 아는 사람인 듯 따봉을 보내면서 인사를 한다. 강변도로를 한참 뛰어 당도하니 부강 재래시장이라, 조심스레 시장통을 걸어가는 데 중년 나이로 접어드는 젊고 원숙한 여성이 자리에서 일어나며 환호한다.

야아! 멋있다.
내가 슬쩍 고개를 돌려보니 시선을 피하며 다시 말한다.
말이 멋있다구유!

인마일체가 된 나는 말이 멋있다는 말이 곧 내가 멋있다는 의미와 잘 구분이 안 된다.
그래서, 예 고맙습니다. 응답하고는 말 걸음을 속보로 바꾼다.

거기서 2.5km를 더 오다 보면, 어느 아늑한 마을을 통과하게 되는데 작지만 현대화된 마을이다. 한 젊은이의 신호로 경로당 어르신들이 모두 나와 말을 멈추게 하고는 애들같이 들뜬 모양으로 이런저런 관심을 보인다.
그중에는 95세 되었다는 할아버지 두 분이 가까이 다가와 나의 고향이 어디이고 선친은 누구인지 등을 궁금해하신다. 또 한 어르신은 그전에 기마 경찰대 소속 말들을 관리해 본 경험이 있다면서 말에 관련한 에피소드와 추억담을 꺼내신다.

나도 응답하듯 한마디 했다.

저도 어릴 때 엄마 손잡고 대전 외삼촌 댁을 방문하던 중 목척교 도로를 순행하는 경찰관이 탄 검은색 준마(호마) 두 마리를 보았는데 그 광경이 얼마나 놀랍고 이국적이었던지, 그때 어린 내 가슴에 꽂힌 환상적인 이미지는 나의 꿈 같은 욕망의 한 부분으로 자리하여, 그 후 나로 하여금 소 타는 소년이 되게 하였고 성인이 되어서는 이렇게 말 타는 자유인으로 살도록 작용했노라고….

귀가 어두운 노인들을 통역하듯이 젊은이는 큰 소리로 연동어린이 집에서 오셨데요 라며 연신 휴대폰 사진을 찍는다.

인사를 하고 느슨해진 마음으로 말 머리를 돌려 마을을 벗어나려 하는데 외떨어진 집의 대형 불독견이 말을 보고 놀라며 으르렁 달려 들자 말도 놀라 껑충 엉덩이를 흔들어 댔다. 초보자 같으면 낙마할 수 도 있는 상황이었다.

사실 20년 전만 해도 동네마다 아이들이 뛰노는 소리가 들렸지만, 지금은 시골에서 아이들을 보기가 쉽지 않다.

학교도, 어린이집도 아이들이 현저하게 줄었다. 오늘 같은 경우도 옛날 같으면 아이들이 모여들어 말을 구경하며 신기해 했겠지만, 지 금은 80, 90대 노인 분들이 그런 모습을 대신 연출하고 있는 셈이니, 돌아보면 세월의 무상함이요, 격세지감이 아닐 수 없다.

나의 아버지도 살아계셨더라면 저 어르신들처럼 정정한 모습일 텐데!

너무 일찍 돌아가셔서 유복자인 나는 그 얼굴조차 알 수 없으니, 그저 쓸쓸한 마음만이 마을 어르신들의 뒤안길에서 그리움처럼 밀려왔다가 사라진다!

집이 가까워지면서 말의 걸음걸이가 빨라진다. 호주머니 휴대폰에서는 '대부', '석양' 등 트럼펫 연주곡이 흘러나온다. 음악도 제2의 자연이라고 말해지듯이 심금을 울리는 천상의 소리, 트럼펫 선율은 말의 걸음을 느긋하게 하고 안정시킨다.

이윽고 뒷산 중턱 고갯마루를 넘자 하니 해는 서쪽 하늘로 저물어간다.

저 멀리 눈길을 머물고 바라보노라니,
굽이굽이 산맥이 파도쳐 다가오는 듯하고,

떨어지는 붉은 태양은 광선에 힘을 잃고,
보랏빛, 주홍빛, 황금빛으로 하늘을 물들인다.

아! 석양이 아름다운 것은
저 피안의 노을을 품었기 때문이며,
노인이 아름다운 것은
먼 그리움의 추억을 품고 있기 때문이구나.

나도 언젠가는 파도치는 석양의 해변을
말과 함께 끝없이 달려보리라.

그렇게, 저녁이 오고,
사람 사는 마을에 초롱꽃보다
환한 꽃이 피는 건

아침에 집을 나갔던 이들이
사랑을 안고, 웃음을 안고
돌아와 행복을 풀어놓기 때문이다.

◆ 산책로의 낙엽을 밟으며

미호로 다시 이사 온 지 3주가 된다. 미호강이 서쪽으로 보이고 기슭에는 민가도 더러 자리한 야산이 있는데, 올라 보면 골짜기는 깊어 산등성을 따라 길이 만들어져 있다.

반쯤 앙상한 나무들 사이로 난 산책로를 따라 멀리까지 걷노라니 솔잎, 참나무잎 등 떨어진 나뭇잎이 쌓여 푹신할 정도다. 옛날 같으면 갈퀴로 긁어다가 밥 짓고 군불도 때는 땔감이 되었을 것이다.

그런데 문득 과거 어머니의 나무해오시던 모습이 생각났다.
어느 날인가는 말씀하시기를, 솔잎을 양껏 긁어모아 한 아름 묶은 다음 이를 한 번에 머리에 일 수가 없으니 먼저 조금 높아 보이는 곳에 올려놓고는 머리를 나뭇잎 묶음 중앙 부분에 고정하고 무릎을 꿇듯이 몸을 낮춰 나무 다발을 머리 위로 올린다고 하셨다.

하지만 그것이 생각만큼 쉽지 않아 머리를 처박고는 몇 번을 비비적거린 후에야 간신히 목을 지레 삼아 머리를 세우고 무릎과 허리를 펴고 일어선다고 하셨다. 그러면 나무 묶음에 머리가 너무 깊게 박혀 눈앞이 잘 보이지 않아 앞쪽 나뭇잎을 조금조금 빼내고 나서야 비로소 한 발짝 한 발짝 산기슭을 내려올 수 있다는 것이다. 조금 내려오노라면 이미 비비적거리느라 힘을 많이 빼서 걷는 다리가 후들거리고 식은땀이 등 고랑을 타고 미끄러지듯 흘러내린다고 하였다. 그리고 중간에 나무를 내려놓고 쉴 수도 없어 걸음만 멈추기를 몇 번 마침내 집에 도착하면, 원망을 내려놓듯이 나무 다발을 헛간에 내팽개치곤 한다고 말씀하셨다.

그러고 나서 한참을 뜨락에 앉아 숨을 고르고 나면 시나브로 그 힘든 순간은 어디로 사라지고 객지에 나가 있는 자식 생각에 다시 힘을 추스르게 된다고 하셨다.

오늘 낙엽 쌓인 수타리봉 등산로를 홀로 걷노라니 어머님의 생전의 고단함과 외로움이 나뭇잎 겹겹으로부터 투영되어 떠오른다.

나의 어머니는 일찍 혼자되어 시부모 모시고 남매인 자식에 대한 헌신으로 일생을 점철하셨으니 그 단조로운 생애가 운명애 같은 위대함으로 다가온다. 나는 그런 어머님의 존재를 드높여드리고 싶었지만 뜻대로 되지 않았고, 어머니는 오히려 나의 평범한 인간 됨만을 염원하셨다.

말년에는 연년생 손자들을 돌보면서 힘든 줄도 모르고, 경로 국악단원 활동도 하시며, 이웃의 존중을 받는 존재가 되어 인생의 보람을 맛보는가 싶었지만 오래가지는 못했다. 향년(享年) 79세! 어머니는 삶에 대한 애착이랄까 돌아가시기 전 며칠 동안은 '나무관세음보살'을 암송하시며 방에 전구를 끄지 못하게 하셨는데 아마도 잠이 들면 생명이 영원히 끝날 것 같은 예감이 불안과 공포로 작용했던 모양이다!

대학병원에 입원 중이던 어느 날이다.

예지몽을 잘 꾸시는 어머니는 아버지가 하얀 두루마기 차림으로 다가와 말 없이 스쳐 멀어져 가는 꿈을 꾸었다며 잠시 마음이 흔들리는 듯 흐느끼고 싶어 하셨다.

게다가 의사들의 뒷짐 진 소견을 듣고 조치원으로 옮겨 오면서는 곡기를 끊으시고 오히려 담담해지셨다. 정작 내가 할 수 있는 게 아무 것도 없구나! 라는 무력감에 짓눌린 것은 나 자신이었다.

그런 와중에도 어머니는 당신이 가시고, 혼자 허둥댈 아들을 생각하시는지, 4촌 조카가 왜 안 오느냐고 묻습니다. 초상 치를 일을 도우라고 말하고 싶으신 겁니다. 친형제처럼 잘 지내라고 부탁하고 싶으신 겁니다.

아! 어느 누구인들 어버이가 자식을 걱정하는 마음의 그 끝없는 깊이를 헤아릴 수 있단 말인가!

남기신 말씀조차 "나는 죽어서도 너를 위해 살 것이다"라고 하셨다.

둥구나무처럼….

나무는 항상 그 자리에서 찾아오는 이를 조용히 맞이할 따름 말이 없다.
나무는 만나러 오는 사람의 마음에 따라 각각의 의미가 되어 줍니다.

둥구나무야,
내가 한창 젊을 때 나는 너를 보면 안돼 보였다.
가고 싶은 데로 맘대로 가지 못하고 한 곳에서 사는 네가 안돼 보였다.
그런데 어느덧 늘그막의 나이가 된 지금
고향마을 어귀에서 너를 다시 보니 한없이 부럽기만 하다.
고향 떠나 살던 친구는 벌써 별똥별이 되었는데,
한 곳에 뿌리내리고 아름드리 나무가 되어 있는 네가!

미주

제1부

1 《현대물리학과 동양사상》, 프리초프 카프라, 김용정 · 이성범 역, 범양사, 2017

2 《너만의 명작을 그려라》, 마이클 린버그, 유혜경 역, 한언, 2002

3 《짜라투스트라는 이렇게 말했다》, 프리드리히 니체, 황문수 역, 문예출판사, 1989

4 《주체 철학 노-트》, 기세춘 편저, 도서출판 세훈, 1997

5 《아인슈타인의 우주적 종교와 불교》, 김성구 저, 불광출판사, 2018

6 《박문호 박사의 빅히스토리 공부》, 박문호, 김영사, 2022

7 《생명의 원리》, 한스 요나스, 한정선 역, 아카넷, 2002

8 여기서 야누스(Janus)적이라는 표현은 로마신화에 나오는 야누스 신이 문의 앞뒤를 보는 두 개의 얼굴을 가진 데서 '상반된 성격이나 사물'을 비유하여 이르는 말이다.

9 《뇌 과학의 함정》, 알바 노에, 김미선 역, 갤리온, 2009

10 《정치학》, 아리스토텔레스, 이병옥 · 최옥수 역, 박영사, 2007

11 《인간 본성에 관한 10가지 철학적 성찰》, 로저 트리그, 최용철 역, 자작나무, 2000

12 《호모 데우스》, 유발 하라리, 김병주 역, 김영사, 2001

13 《건전한 사회》, 프롬, 김병익 역, 범우사, 2001

14 《만들어진 신》, 리처드 도킨스, 이한음 역, 김영사, 2016

15 여기서 소외란, 인간활동의 산물이 인간을 지배하는 것으로 진화됨으로써 자유를 잃는 현상이다.

16 《반야심경》, 홍정식 역, 자이언트 문고, 1982

17 《나를 품은 하늘과 땅》, 조셉 바라트 코넬, 장상욱 · 김요한 역, 세어링 네이처, 2017

18 《사상과 윤리》, 한국국민윤리학회, 형설출판사, 1992

19 '인간 존엄성에 관한 소고', 한병호, 《법학연구》 4, 해사법학회, 2002

제2부

1 《사회계약론》, J · J 루소, 이태일 역, 범우사, 1986

2 《외로움의 철학》, 라르스 스벤젠, 이세진 역, 청미, 2021

3 라르스 스벤젠, 같은책, p. 147

4 《자본주의, 사회주의, 민주주의》, 슘페터, 이종인 역, 북길드, 2016

5 《이기적 유전자》, 리처드 도킨스 저. 홍영남 · 이상임 역, 을유문화사, 2020

6 《공감하는 유전자》, 요아임 바우어, 장윤경 역, 매인경제신문사, 2022

7 《만물은 서로 돕는다》, P.A. 크로포트킨, 김영법 역, 르네상스, 2014

제3부

1 《정의》, 오트프리트 회페, 박종대 역, 이제이북스, 2004

2 《국가》, 플라톤, 조우현 역, 삼성출판사, 1976

3 《생명의 원리》, 한스 요나스, 한정산 역, 아카넷, 1994

4 《21세기를 위한 21가지 제언》, 유발 하라리, 전병근 역, 김영사, 2020

5 《사회정의란 무엇인가》, 이종은, 책세상, 1989(15~16)

6 "사회정의의 법리", 이상열, 경북대학교 대학원 박사학위 논문(미간행), 1987

7 《정의와 다원적 평등》, 마이클 왈쩌, 정원섭 외 옮김, 철학과 현실사, 1999

8 《감정과 공감의 해석학》, 황태연, 청계출판사, 2015

9 《도덕 감정론》, 아담 스미스, 김광수 역, 한길사, 2016

10 《사회정의론》(A Theory of Justice), J. Rawls, 황경식 역, 서광사, 2003

11 《예기》, 예운, 공자

12 《니코마코스 윤리학》, 아리스토텔레스, 최명관 역, 을유문화사, 1977

13 황태연, 같은 책, pp. 536~538 재인용

14 황태연, 같은 책, p. 541 재인용

15 《정의에 대한 6가지 철학적 논쟁》, 카렌 레바크, 이유선 역, 간디서원, 2006

16 《논어》, 이인 4-3, 공자, 김학주 역, 서울대학교 출판부, 1985

17 《장자》, 장자, 김동성 역, 을유문화사, 1977

18 《인간이란 무엇인가》, 데이비드 흄(Hume), 김성숙 역, 동서문화사, 2013

19 《맹자》, 고자 상, 홍인표 역, 서울대학교 출판부, 1992

20 J. Rawls, 같은 책, 황경식 역, p. 468

21 《상속의 역사》, 백승종, 사우, 2018

22 《사회복지정책론》, 구인회 · 손병돈 · 안상훈 공저, Roemer, J. E, 1998, Equality of opportunity, 나남, 2010

23 《한국헌법론》, 허영, 박영사, 1993

24 《영국의 복지정책》, 이영찬, 나남출판, 2000

25 《사회복지의 사상과 역사》(The Gift Relationship, 1970), Titmuss, 박광준 역, 양서원, 2008

26 《의료개혁과 의료권력》, 조병희, 나남출판, 2003

27 《자유주의적 평등》, 로널드 드워킨, 염수균 역, 한길사, 2005

28 《사회복지 정책론》, 박병현, 학현사, 2011

29 《존스튜어트 밀의 진보적 자유주의》, 이근식, 기파랑, 2006

30 《자본론1(하)》, 김수행 역, K · Marx, 1976, Capital, 비봉출판사, 1994 : 828

31 "사회적 시장경제의 핵심내용과 주요테제", 《담론 201》, 정용교 역, F. W. Herbert, 8(1), 2005

32 《사회적 시장경제 · 사회주의 계획경제》, 안병직 · 김호균 공역, H. Hamel, 1989, 아카넷, 2001

제4부

1 《인간의 위대한 스승들》, 제인 구달 외, 채수문 역, 바이북스 2012

2 《에밀》, J · J 루소, 민희식 역, 육문사, 1993

3 《조선 갈등사》, 신정훈, 북스고 2021

4 《심리학자, 정조의 마음을 분석하다》, 김태형, 위즈덤 하우스, 2013

5 《아이가 보내는 신호들》, 최순자, 씽크스마트, 2017

6 요하임 바우어, 같은 책. pp. 115~116

7 《30년 만의 휴식》, 이무석, 비전과 리더십, 2013

참고문헌

제1부

《현대물리학과 동양사상》, 프리호프 카프라, 김용정·이성범 역, 범양사, 2017

《짜라투스트라는 이렇게 말했다》, 프리드리히 니체, 황문수 역, 문예출판사, 1987

《주체 철학 노-트》, 기세춘 편저, 도서출판 세훈, 1997

《아인슈타인의 우주적 종교와 불교》, 김성구, 불광출판사, 2018

《박문호 박사의 빅히스토리 공부》, 박문호, 김영사, 2022

《생명의 원리》, 한스 요나스, 한정선 역, 아카넷, 2002

《뇌 과학의 함정》, 알바 노에, 김미선 역, 캘리온 2009

《정치학》, 아리스토텔레스, 이병옥·최옥수 역, 박영사 2007

《인간 본성에 관한 10가지 철학적 성찰》, 로저 트리그, 최용철 역, 자작나무, 2000

《호모 데우스》, 유발 하라리, 김병주 역, 김영사, 2001

《건전한 사회》, 프롬, 김병익 역, 범우사, 2001

《만들어진 신》, 리처드 도킨스, 이한음 역, 김영사, 2016

《반야심경》, 홍정식 역, 자이언트 문고, 1982

《나를 품은 하늘과 땅》, 조셉 바라트 코넬, 장상욱·김요한 역, 세어링 네이처, 2017

《사상과 윤리》, 한국국민윤리학회, 형설출판사, 1992

'인간 존엄성에 관한 소고', 한병호, 《법학연구》 4, 해사법학회, 2002

제2부

《사회계약론》, J·J 루소, 이태일 역, 범우사, 1986

《외로움의 철학》, 라르스 스벤젠, 이세진 역, 청미, 2021

《자본주의, 사회주의, 민주주의》, 슘페터, 이종인 역, 북길드, 2016

《이기적 유전자》, 리처드 도킨스, 홍영남 · 이상임 역, 을유문화사, 2020

《만물은 서로 돕는다》, P.A. 크로포트킨, 김영법 역, 르네상스, 2014

제3부

《정의》, 오트프리트 회페, 박종대 역, 이제이북스, 2004

《국가》, 플라톤, 조우현 역, 삼성출판사, 1976

《생명의 원리》, 한스요나스, 한정산 역, 아카넷, 1994

《21세기를 위한 21가지 제언》, 유발 하라리, 전병근 역, 김영사, 2020

《사회정의란 무엇인가》, 이종은, 책세상, 1989

"사회정의의 법리", 이상열, 경북대학교 대학원 박사학위 논문(미간행), 1987

《정의와 다원적 평등》, 마이클 왈쩌, 정원섭 외 역, 철학과 현실사, 1999

《감정과 공감의 해석학》, 황태연, 청계출판사, 2015

《도덕 감정론》, 아담 스미스, 김광수 역, 한길사, 2016

《예기》 예운, 공자

《니코마코스 윤리학》, 아리스토텔레스, 최명관 역, 을유문화사, 1977

《정의에 대한 6가지 철학적 논쟁》, 카렌 레바크, 이유선 역, 간디서원, 2006

《논어》 이인 4-3, 공자, 김학주 역, 서울대학교 출판부, 1985

《장자》, 장자, 김동성 역, 을유문화사, 1977

《인간이란 무엇인가》, 데이비드 흄(Hume), 김성숙 역, 동서문화사, 2013

《맹자》 고자 상, 홍인표 역, 서울대학교 출판부, 1992

《사회정의론》(A Theory of Justice, 1971), J · Rawls, 황경식 역, 서광사, 2003

《상속의 역사》, 백승종, 사우, 2018

《사회복지정책론》(Equality of opportunity, 1998), Roemer, J. E, 구인회 · 손병돈 · 안상훈 공저, 나남, 2010

《한국헌법론》, 허영, 박영사, 1993

《영국의 복지 정책》, 이영찬, 나남출판, 2000

《사회복지의 사상과 역사》(The Gift Relationship, 1970), Titmuss, 박광준 역, 양서원, 2008

《의료개혁과 의료권력》, 조병희, 나남출판, 2003

《자유주의적 평등》, 로널드 드워킨, 염수균 역, 한길사, 2005

"사회적 시장경제의 핵심내용과 주요테제", F. W. Herbert, 정용교 역, 《담론 201》 8(1), 2005

《사회적 시장경제 · 사회주의 계획경제》, H. Hamel, 1989, 안병직 · 김호균 공역, 아카넷, 2001

《사회복지 정책론》, 박병현, 학현사, 2011

《존스튜어트 밀의 진보적 자유주의》, 이근식, 기파랑, 2006

《자본론 1(하)》(Capital, 1976), K.Marx, 김수행 역, 비봉출판사, 1994

제4부

《인간의 위대한 스승들》, 제인구달 외, 채수문 역, 바이북스, 2012

《조선 갈등사》, 신정훈, 북스고, 2021

《심리학자, 정조의 마음을 분석하다》, 김태형, 위즈덤 하우스, 2013

《아이가 보내는 신호들》, 최순자, 씽크스마트, 2017

《에밀》, J · J 루소, 민희식 역, 육문사, 1993

《공감하는 유전자》, 요하임 바우어, 장윤경 역, 매일경제신문사, 2022

《30년 만의 휴식》, 이무석, 비전과 리더십, 2013